红尘万丈

铁鱼 著

北京联合出版公司

图书在版编目（CIP）数据

红尘万丈 / 铁鱼著 . -- 北京：北京联合出版公司，2024.1

ISBN 978-7-5596-7265-0

Ⅰ.①红… Ⅱ.①铁… Ⅲ.①散文集—中国—当代 Ⅳ.①I267

中国版本图书馆 CIP 数据核字（2023）第 215363 号

红尘万丈

作　　者：铁　鱼
出 品 人：赵红仕
选题策划：雁北堂（北京）文化传媒有限公司
责任编辑：王　巍
特约策划：冯子宁
特约编辑：李　萌
封面设计：胡崇峯
版式设计：冉冉工作室

北京联合出版公司出版
（北京市西城区德外大街 83 号楼 9 层　100088）
河北文盛印刷有限公司印刷　新华书店经销
字数 248 千字　880 毫米 × 1230 毫米　1/32　13 印张
2024 年 1 月第 1 版　2024 年 1 月第 1 次印刷
ISBN 978-7-5596-7265-0
定价：58.00 元

版权所有，侵权必究
未经许可，不得以任何方式转载、复制、翻印本书部分或全部内容
本书若有质量问题，请与本公司图书销售中心联系调换。电话：（010）58301268

＊

我十五六岁那年，还在济南读书，惹了点祸，被人堵了好几天。最后没办法，找了个大哥给我平事儿。

出完早操我就去了，因为中午他们就要打我。

见面的地方在文化东路与燕子山路的交叉路口，那里有一个羊汤摊子，没有幌子，只一口大锅，奶白的汤里翻滚着一副羊架子。热气冒出来一丈多高，热气里一个满脸红光的老爷子，戴着白套袖在一张肉案上切肉。

三轮车把上挂着一块三合板，上面歪歪扭扭地写了四个大字：滕县羊汤。

老爷子举着一把巨大带钩的片儿刀，把熟羊肉切成一片片半透明状，谁点了，就抓一把放到小秤上，一两半肉五块一碗，加肉单算。

在冬天济南的街头，一个冒着热气的羊汤摊子，人间胜景。

捡了个小桌坐下，那大哥过了半小时才到。从16路公交车站那边走过来，带了三四个人。我一看里面有我打过的那哥们儿，心说要坏。

他们看见我，就过来坐下。我赶忙点了五碗羊汤，那老爷子秤好肉，抓进大碗，一勺滚烫的白汤浇下，我似乎都听到那些羊肉发出卷曲的细微声响。一把葱花撒下，再结实地挖一勺凝结成块的羊油辣椒。看着它在碗里慢慢地融化，像是雪地里突然蔓延开来的岩浆，哧哧作响，冒着火气。味道香得烫人。

当然也很像我一会儿就要挨揍时流下的鼻血。我端羊汤的时候心里发了狠，还瞄了瞄大爷的刀，但是随即打消了。决定如果他们四个要揍我，我就只抓住一个打，他们打我一拳我就打他一拳。

那大哥倒是很和气，看我端羊汤过来，还站起来接着，坐下后跟我盘了一下道，提了几个人，其实都不认识，我硬着头皮说认识。

大哥说，弟弟你看这事儿你想怎么治。跟我有仇那孩子，憋着火看着我，就是想揍我。

这时候老爷子切了二斤饼给我们端过来，说"趁热"。

饥肠辘辘的一群人，在大早上被我折腾出来，在大饼端上来之后再也绷不住了。

大哥手一挥："先吃饭！"

我心一横，横竖这事儿都过不去了，先吃吧。

那羊汤实在是太香了，我不舍得先捞肉，先把汤喝掉一半，然后端着碗再去找大爷添。我们四五个人轮番地添汤，加饼，饼是软的烙饼，一点点撕碎放到汤里，吸满辣椒羊汤，吃得满头大汗，一嘴油光，都忘了我们其实是在江湖谈判了。

吃到最后，吃了七斤多饼，好在加汤是不要钱的。那大爷过来收碗，他早就听明白了我们这伙在干吗。

他一边收碗，然后说："小们，算了。"

不大声，却挺有分量。

那大哥看了看我,又看了看老爷子,又看了看我那仇家,手又一挥:"这事儿算了。"

最后我也没明白为什么就算了,大哥们最后坐16路公交走了。

结账发现还差三块钱,我来的时候没想到他们能吃这么多饼。

我跟大爷说,钱不够。

大爷摆摆手:"算了。"

如果说起我人生中的温暖,这事儿排第一。

山东的羊汤门派众多,滕县汤浓,单县汤白,莒县肉香,沂源全羊是清汤吃肉。无一不美,山东吃羊都是本地的山羊猴子,与北京的内蒙羊完全不同。所有羊汤都在济南集大成。

*

请收集人间,所有表达羞耻的词,
来赞美我。
一切流言,
臭名昭著,声名狼藉,厚颜无耻,
窃窃私语,全都是真的。
从春天到冬天,
四季里我都是,
在抚摸你
接吻,睡觉。
风流,浪荡。
令人咬牙切齿的,折下你手指着的,
每一朵花。
春风浩荡,大河流淌。
故事用十二种颜色罗织,
众口相传,川流不息。
你说,
一切罪名
我全都承认,
一切罪名
我全都喜欢。

我有个出家人朋友,岁数跟我差不多。一次在上海遇到。都很高兴,约了一起吃饭。

他是胎里素,所以做和尚更自在。我没什么佛缘,却跟他交好。

我念书的时候就认识他,那时候他还在济南。后来听说他做了和尚,有次我到了他的庙。本来也没想刻意找他,谁知我一进山门,就看着他坐在石头上玩手机。我钻到他身后,捂住他眼睛。他说哎呀铁鱼你别闹。

我说你咋知道是我,他说你发朋友圈了啊。

他拉着我去他禅房,端着个电热水壶给我烧水泡茶。我说你这化外之人,不应该是烧炭煮茶,红泥火炉吗?怎么这么不讲究啊。

他说装那个逼干啥?

就大碗儿茶。

他禅房干净朴素,除了有些香火气,倒像是个单身宿舍。他给我泡着茶,跟我说你先喝茶,我打完这局。

我说你玩什么呢?他说:"王者。"

我凑过去看,他一个小乔使得贼溜。

我说你当和尚就干这个?佛祖饶不了你。

他白了我一眼:"当和尚也不是只读经,经卷三千,读完便罢，修行便是过生活，小庙里无聊，师父又严苛，我有道心，就没什么魔。喝茶上网读书打王者。这就是生活。"

我说你可真行。

他说你别捣乱，晋级赛。

我说你这太着相了，怎么还对这虚幻的功名这么执着啊。

他一脸茫然地看看我，说这不应该的吗？

我竟被他问住了。

他玩着游戏，我无聊地翻着他的书，经书少，小说多。一会儿门帘儿一掀，一个胖和尚探头进来，一看我在这儿，他说，你这是有朋友？

他头也不抬，说铁鱼这是我师父。师父这是铁鱼。一会儿留他吃饭，吃凉面吧？

我立刻站起来合掌见礼。

那胖和尚笑眯眯地跟我打了个招呼，说好。

等他打完晋级赛，他才带我去五观堂吃饭，寺庙不小，也有僧一二十。

凉面很简单，大盆里用凉水拔着，一个小铁盆里切的是香椿咸菜，用香油调了。我捞了一大碗，拌了面。

他在外面吊儿郎当，吃饭的时候却挺认真庄重，寺里吃饭仪式感极强。有帮忙的居士戴着帽子在忙来忙去，一起诵经。

打板三次，刚才那大胖和尚才来。他一来，他们才开始吃饭。

也没人说话，这凉面极素，味儿很浅，或者是因为这佛门的加持，吃起来却极为适口。我吃了一碗，有些不够，又不好意思再去盛。他看我有些不好意思，便呼啦啦吃光自己碗里的，顺手抄起我的空碗，又去盛了。

我走的时候，他还给我装了半口袋花生。说是他自己种的。

后来在上海遇到，我非拖着跟他吃顿饭。上海有大素菜馆子。那馆子很有名气，他穿着一件灰布褂子，随意地坐着。跟我闲聊，我问他还玩王者吗？

他说不玩了。

我说我还以为你有网瘾。

他摇摇头说，没有。

我说那年我去看你，你玩游戏都不爱理我。

他说哎，当时我在陪一个孩子玩。

我说现在你咋不陪小孩儿玩了？他眼睛看着我说，那孩子往生了。当时他生了病，他母亲带他来庙里拜佛，跟我做了朋友。

他那几天要做手术嘛，你来得不巧。他就喜欢打游戏，我也练了很久啊。

我突然心里一酸，站起来给他道歉。

他摆摆手："众生习气毛病有八万四千烦恼，所以佛就有八万四千法门来对治。我只是照着做罢了。"

一桌斋饭端上来全是鸡鸭鱼肉。多是豆腐，冬瓜，蘑菇，雕刻造型调味，几可乱真。

我原还有些跟他开玩笑的心，知道他胎里素，决定整他一下。这会儿却有些很不好意思了。

我自己找借口说，哎，怎么做了这么一桌，我让他们撤了再换一桌。

他笑呵呵地说，这餐厅出名的不就是这个吗？你有些着相了。

我说怕你不舒服。

他说这么好的菜有啥不舒服的？

我不好意思地说，好好的白菜豆腐就做呗，干吗做成鸡鸭鱼肉的？

他说我眼里可没有什么鸡鸭鱼肉。

我说那你眼里看见的是啥？

他举着筷子说："好吃的。"

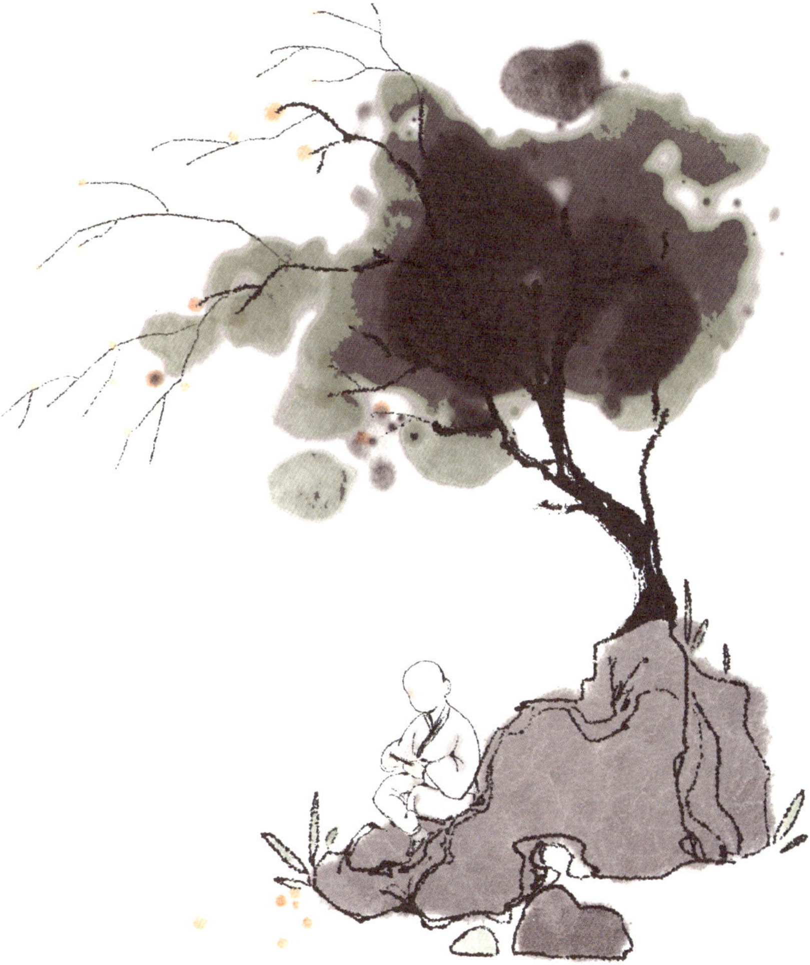

＊

北方吃花椒跟南方不同，南方花椒吃麻，而北方吃气味儿。

在川菜横行南北之前，北方人对麻的定义更多倾向于未醂的涩柿子，那是最接近麻嘴的感觉。而花椒，作为香料，除了腌肉除腥，炝锅增味儿，多是吃花椒盐儿，花椒面儿。

鲁菜里的硬炸肉，干炸里脊，软炸蘑菇，干炸带鱼，都必备一小碟椒盐儿才上桌。花椒小火焙干，擀面杖碾碎，掺一些盐进去。往刚打油锅里捞出来的炸货上一撒，味道一下子就变了。

另一种吃椒盐儿的办法是花椒盐儿的油饼。把面揉好，擀成薄饼，均匀涂上猪油，撒上花椒面儿，再卷起来，重新揉成剂子，再擀成薄饼，上热鏊子烙，烙得两面起了饹馇，白嘴吃，花椒味儿一冲鼻子，专治想妈。

椒盐儿油卷子也是这个做法，不过是蒸。柴火灶，钢种锅，蒸二三十分钟，卷子出锅都带着糊饹馇。说来都是面粉太温柔，需要花椒这种脾气冲的替它出头。

我小时候极少有机会买着吃，对这样的寻常饭食实在是不稀罕。后来出去了几年，回来发现家里不使柴火灶了，村里都通了煤气，取暖，做饭都省事儿了很多，唯独就是再蒸干粮，花椒卷子这样的东西，没有糊饹馇了。那才知道，这是什么样的珍馐美馔。

花椒单独的作用，传说是治疗牙疼。我牙没疼过，我表妹牙疼，小姨就让她咬一粒儿，不知是否有效，但是她长大以后就不吃花椒了。

水煮鱼最火的时候，川菜饭店会把水煮鱼里过分多的花椒辣椒捞起，打成辣椒酱让客人带走。最开始还不太习惯这样的做法，后来才深知其妙了。那辣椒酱拿回去，拌些花生碎，再抹馒头，或者炒肉。确实是借了川菜厨子的功力，他们的功夫随着花椒在家里大显神通。

北方很少有单独种花椒田的，大多数时候花椒是作为篱笆墙树，围在果园菜地旁边，它浑身是刺，长得又茂密。防君子防得好。

南方品种太多，除了青花椒，大红袍这种区别明显的，还有更多北方人无法分辨细微差别的品种。一道菜放几种花椒下去，它们就成了主角，所有食物主材都只能辨识起来口感，或嫩，或老，或脑花，或鱼肉，唯麻，辣，烫是体验追求。只是这个做法变化不多，有人说煮鞋垫儿也能好吃。

不过云贵四川也炸小酥肉，只是花椒粒直接挂进糊里，咬到一颗立刻在嘴里爆炸，像是吃了个小炮仗，舌头炸得生疼，过瘾极了。又与干炸里脊同也不同。

总感觉这玩意儿能钩出来人一些奇怪的受虐属性，有些密密麻麻的快感。

怎么还忘了炸花椒芽。就算炸花椒芽也得撒椒盐儿。

春天有几个菜。

香椿刚冒头的时候,你就得做夏至的安排。

当时是炒鸡蛋,炸香椿鱼儿。掰剩下的腌起来等吃凉面。

以前在家都是我妈腌,后来出来了,我就自己腌。一年一年地腌,办法工序都一样,但我就是记不住。

一到时候必须打电话问她,她就一遍一遍地教我怎么把香椿的红色揉青,下多少盐,晾多久,什么时候翻。

今年我没敢买多,就吃了几顿炒鸡蛋。又有些忙,就没想着腌。结果眼看着香椿快下市了,看我一直没动静,她撑不住了,给我打电话。

"你今年怎么没腌香椿?"

"你过几天吃凉面怎么办?"

我只好赶快去买香椿,然后听她在电话里一遍一遍地教我。我那几天,无论干什么都在担心我的香椿罐儿。

王府井文华酒店上面,有间有名气的扒房,主厨是一个意大利人,叫林伍德,原本他叫 Lynwood,这个名字读音英汉互通,甚是巧妙。有些语言天赋,张嘴能说一半儿的京片子,掺着意大利语。他能知道北京的各大城门怎么加儿化音,这是许多中国人都不知道的秘辛。这家伙还很爱聊天儿,牛肉做得很好,他很是得意,不认为自己是老外,见了我就话多,我竟然也都能听懂。

本来是约了一个姑娘说事，林伍德亲自推个小车出来切肉，木盘子上一块巨大的肉，旁边放了几根儿罗勒，几根柏枝儿，他故意要显摆，拿喷枪呼呼朝天喷了几下才又去喷那罗勒，随后拿个大玻璃罩子连肉带烟罩住，柏枝的烟味儿漏出来一点。我闻到这味儿，突然着急起来。

我问他，老林，你这什么味儿？

他皱着眉头说，咋了哥们儿？又抽了抽鼻子，跟我说，这味儿地道着呢。

我说坏了，难怪今天总觉得忘了啥，让你一喷我想起来了，我家里腌着的香椿今天没翻缸。

罗勒加上柏枝，用火一喷，有四分香椿树的味儿。我不知道意大利人吃不吃香椿，西餐里没见过用此配菜的，大概老林也不知道我在说什么。我给他比画了半天，答应腌好了给他拿点儿尝尝。

原本好好的吃肉的兴致，立刻少了一半，敷衍地吃了几口，姑娘看出我心神不宁，就说，你还是回去翻咸菜吧。我硬着头皮说不急，好不容易吃完肉，一溜烟地回去翻咸菜，真的怕长毛啊！

腌好了就不怕了，密封在冰箱里等夏至。

今天早上我早早地拿了出来，跟青辣椒一起切碎了。只调一点香油。煮一大锅水，切面下到刚断生，抓紧捞出来过凉。

撒一勺腌好的香椿，素净之极，也不是山珍海味，层次也不多，甚至严格意义上的美食都不算。

可就是必须吃一碗，可就是很香，很满意。

时令节气嘛，你不吃，你妈觉得你过不好日子。

兹事体大，得罪美人，怪我薄幸如此，皆因为腌香椿就只能这一茬。

过了一阵给老林拿了一些去，只是他不觉得好吃，终究还是个老外啊。

*

扫帚苗，我不知道外地怎么叫它。在山东它长大了就是绑笤帚，春天就是"蒸巴拉子"，有些地方叫麦饭。蒸野菜不局限于扫帚苗，槐花榆钱，十多种撒点干面就可以蒸。主要是山东的蒜酱，做法独特，先炒芝麻，再捣芝麻盐，再下新蒜。谁家没有个祖传的捣蒜石臼？酱油醋调好，最好是王村醋，素净饭食，倒是能胜肉。

有一次路过河北的黄骅，打了个尖，看到饭馆的菜单上有个叫黄菜的，我点了一个，店家焯水，芝麻酱拌了个野菜，吃起来怎么也似乎是扫帚苗？

再问的多了店家也不知道，大概还是各地方叫法不同，手边又无新鲜植株，即便见了，他应该也不太认识。

这类野菜味道清淡，放什么调料就是什么的味道，芝麻酱，辣椒，蒜酱，还是葱丝，海米。

扫帚苗，还带着一点儿苦难记忆的意思，应该六七十年代的时候就吃，那时候选野菜，大概都得选一些没有异味儿的，缺盐少油的，不苦，不涩，也好往下咽。

同样还有马兰头，上海人，苏杭人，四季都吃马兰头，已经不算野菜了，他们发明了拌香干的吃法。清爽淡雅，吃的是香油味儿。

最妙的是我在春天的苏州吃过一次家宴。一位女诗人专为接待我。她怕我拒绝,便早早列下菜单发我,都是家常小菜。

马兰头占了三样儿,马兰头香干,马兰头清炒,马兰头春卷。

荠菜占一样儿,荠菜刀鱼馄饨。

芦蒿炒金华火腿,油焖雷笋,腌笃鲜。

苜蓿一例,香椿炒蛋,草头圈子。

还有一例我未曾听过的菊花脑。

她在山塘有一个老房小宅,简朴古拙至极,一墙青苔,种着一丛乱糟糟的竹子,房门开着,屋里摆着小桌,她亲自下厨,绑着一个青布围裙。

凉菜早就做好了,她赤脚趿拉着一双棉拖鞋,举着个酒杯,一边做菜一边跟我喝酒。

这一桌都是引火之物。喝了几杯,春意盎然,只是觉得这老房子有些危险。

竹子摇晃,似乎埋伏着刀斧手,等她眉毛一挑,花枝杀尽,琢磨如何焚烧我。

*

北京这几年生态搞得眼看着的好。

几年前西海还是个光秃秃的水泡子，每年都放鱼，让人垂钓。一天到晚岸边围满了长杆儿巨炮，钓起的鱼都病恹恹的。

海子里连根儿草都没有，水都有股子鱼饵味儿。

头两年围着西海，一南一北都有饭馆儿，圈起来两三块地。环湖的路一直都断着，想过去得绕二环辅路。我吃过那几家馆子，做的菜也都不太正经，买卖也一般，靠卖光秃秃的水景赚钱，腹诽很久。前两年那个西海鱼生突然拆了，沿湖修了栈道，原来三刀一斧里的山釜餐厅的船，也被拖走了，铺了浮桥，环海小路接了起来。

湖里养了芦苇与藕，还有成片的香蒲。水质眼见地变好，那浮桥处，通着护城河的河口子，水质清洌，水草茂盛。竟有些李清照祠里墨泉的感觉，偶见野鱼，都不太大，生机勃勃。

湖里也多了个野鸭岛，用一些旧船泡沫之类搭起来的，几年下来倒也花草丰盛了。野鸭子都不避人，在藕塘里扎猛子，红脚白腚的，煞是可爱。

周围野猫多，开始几年孵出来的小鸭子被吃了不少，后来鸭子也聪明了，在岛上做窝。野猫也专门有一群人喂，被罐头猫粮催得一个个脑满肠肥，滚瓜溜圆的。胖的已然抓不住鸭子了。

夏天荷花开起来，遮天蔽日的，颇有野趣。但此处美景在秋霜后才能十分显露。

枯荷，黄草，秋霜，肥鸭，野鱼，落日余烬，一湖冒着寒气的火。

那天跟一大爷聊天儿，说起西海怎么就变美了。

大爷压着腿说："因为那年啊，从后海私奔来了一对儿野鸭子，在这儿做了窝。"

*

早上遛狗，看到有人在公园里投放了鼠药。我过去的时候还在想会不会有安全隐患。

回来的时候，看到有两个小孩儿撅着在地上，我过去看，她俩拿着彩笔在一块纸壳上写字儿。

"小狗别吃。"

我问她，小狗认字儿吗？

她说，你好笨啊，小狗不认识字你不认识呀？

早上北京的树更绿了一些。杨柳梧桐看起来枝条都硬实了不少，风却软了，吹在脸上粉扑扑的。北京四季分明，只有此刻才最像江南。

想吃一碗阳春面，可惜去不了扬州。

世上唯有两个地方的早茶人间最值，一是广州，二是扬州。比起广州的匆忙来，扬州更闲适。

茶必然是魁龙珠，绿杨春。点必然是阳春面，煮干丝，烧卖，虾籽馄饨，蟹黄汤包，三丁包，鸡丝卷子，野鸭菜包。

早上皮包水，晚上水包皮。

我这么浮躁别扭的人，在扬州却任人摆布，一点火气也无。阳春红汤白碗，素面朝天。有唱评弹的，咿咿呀呀，虽然听不懂，但佐茶佐饭，就像是馄饨里的虾籽一样必不可少。

一个扬州女孩坐在我面前，笑着教我吃蟹黄汤包。果真是一方水土一方人。江南女子那种温柔仪态只属于江南，并不娇媚，而是落落大方，举手投足，行云流水。

她有琴便是阳春白雪，她有剑就是人间玉娇龙。穿着高跟鞋纵横扬州北京之间，雷厉风行，大杀四方。

她教会我吃汤包，怎么吸蟹汤，怎么嚼面皮儿，我吃着有点嫌甜。

她笑眯眯地说，我却好喜欢。

从北京开车往北，过了张家口就是内蒙古。下高速第一个城市就是乌兰察布。

乌兰察布与广州其实相同，都曾经是商路口岸，张库大道在塞外的最后一站，从库伦，恰克图来的皮货牛羊在进大境门之前，都是在这里做最后一站的休整。自古以来，商业繁荣。商贾聚集，那儿便美食众多。

世界上有几种花样都叫烧卖，江南有糯米烧卖，广式多是干蒸虾仁猪肉。可天下烧卖正统全在内蒙古。

唯有蒙古烧卖可以拿出来单独开店而不单薄。最多再配些羊杂米汤小菜，生意便可经营，养家糊口。

面是上好的精白面，用烧卖棰擀皮儿，一定要把面皮作出花边儿来，再把来自辉腾锡勒，四子王旗的羊肉做馅儿，只要羊肉与葱。粗豪的蒙古妇人囫囵一捏，面皮裹着肉就捏成了些小石榴，一蒸就熟了。

原本我来乌兰察布是为了辉腾锡勒。

辉腾锡勒有草原，还有道黄花沟，风景奇绝，时至五月，冰河还没化，山谷里的草都有些泛青了，还被白冰盖着，一些雪水清澈，咕噜噜地响，春天在此停留的比别处久，江南已经梅雨季，北京入夏，而这山谷才是初春。

这里有的是一种黄鼠，从草地的洞里钻出头来，四处张望，看见人也不躲，鬼头鬼脑有些可爱。

山上放着一些马，太阳一照肌肉都闪着光，一丝丝地跳。都是些春天里绝美的肉体。内蒙古的风沙如刀，雕刻的野物都是神造天成。

人在此最无足挂齿，在荒野上，黄鼠觉得你只是比马丑了些，胖了些，其他也没什么了不起的。

我在那儿冻了一天，回到集宁，在酒店早早睡下，早知道这里有一个老店，晚饭草草了事。熬到早上，七扭八拐地在一个胡同深处找到了那处烧卖。

其实好铺子都有一种特殊的气质，说不明白，有时候你只是在街上走着，只是路过，你就能知道，哎，这一家店一定是好吃的。进去一看，窗明几净，老板勤快热情，如果再有几口大锅冒着热气，煮着肉，或者蒸着包子，坐下一摸桌子，不粘手。大概就会很好吃。不好吃的店，老远就能闻到一股子倒霉味儿，人都走不进去。

我站那儿看餐牌，上面写着四五种馅儿。价格都不贵，只是觉得内蒙古怎么有些小气，卖包子都是按两的？

我一抬手跟店里大姐说，要半斤羊肉大葱，半斤羊肉沙葱，半斤牛肉大葱。

大姐说，"你一个人可吃不了。你先点二两吧。"我说斤把烧卖我还吃不了？

她笑眯眯地说，你就听我的罢。

开始我还不服，端上来我才知道。是我把人家看轻了。一两是一大笼，如果我点一斤半，那就是十五笼，那可以擩到顶棚了。

乌兰察布与广州不同，烧卖是按两卖，万不可误会，它的一两烧卖，计算的并非烧卖重量，而是一两干面，一两干面和出来擀皮儿再包肉。最后蒸熟了得有一斤多。

如果你没有吃过新鲜的沙葱羊肉馅儿烧卖，绝不会知道舌头有这样的一个味区。

多年以前我吃到木姜子羊肉也是这样的感觉，只是远没有木姜子味道那么强烈，沙葱与羊肉更温柔，跟想象中的蒙古那种粗砺完全不同，就像是草原上慰藉更多的是情歌，不是呼麦。

北京也能吃到羊肉沙葱，有驻京办做得不错，可今天才知道是完全不同的东西。按理来说，乌兰察布与北京这么近，也就两三个小时的路程。早上摘的沙葱，宰的羊，半晌午就能到北京。可为啥就是差那么点意思？

想了很多原因，比如说调料，气温，连炉灶的原因都想了，厨师也都是内蒙古的好厨子，想来想去也想不明白。

走的时候，看着店里开始排队，这里的人吃早饭也很积极。想了想，大概把炒肝儿店开在这里，应该也不对味儿。

不是东西不对味儿，是人不对味儿。

＊

我小的时候特别能吃，有一次正月十五我跟着村里的扮玩，我演贾宝玉。我小时候长的其实还算眉清目秀，在整个村庄里，同龄的孩子都甩着大鼻涕的时候，我已经会用雪花膏了。这个习惯直接让我在村里数十个孩子当中脱颖而出，蝉联了两年扮演贾宝玉。

其实这并不是一个好活儿，你要被捆在一个大铁架子上，那大铁架子焊接在拖拉机的前杠上，有两个杈儿。在寒风凛冽中，被捆得结结实实，站在两三米的高处，你还要表演，说是表演，其实只是要在上面来回摆胳膊甩袖子。

贾宝玉的衣服是成年人的戏服，那袖子长得夸张。这在现在看来是一件非常危险的事儿。当然另外一个杈上还站着一个林黛玉，最开始的时候是个女孩，后来，她妈妈说她生病了，其实我知道没有，然后就换成了吕健。

我一直觉得这件事情非常的不严谨，吕健黑黑胖胖的，原本他在另外一个杈上演李逵，后来他被另外一个更黑并且长胡子的孩子顶替了，那个孩子的爸爸给村长打了招呼。正好林黛玉生病了，就让他跟我做了搭档。

我们有一次在去一个工厂的演出中，正值中午，那个厂管我们饭，工人们抬了几大笸箩包子出来。

至今我还记着，那包子是纯肉丸儿的包子，一个个足有碗口那么大，看起来特别震撼。那肉丸也没什么特别的，就是三分肥七分瘦的肉丁，还有并没有剁得特别细的葱。

最重要的是那面发的太好了，新麦子磨的面，老面肥做的引子。一个个都带着破酥的劲儿。

太香了。一抬出来，现场所有的人都放下手里的事儿，喊着吃饭啦冲过来。

我跟林黛玉哪见过这个场面，我们俩就开始比赛吃包子，最后我吃了九个半，林黛玉吃了七个。吃到最后，引起了工人们的围观，比我们高跷队的表演吸引人多了。那包子即便是他们干重活的人也就吃三四个。

这让我一战成名，吹嘘至今。由于我要保持战绩不被打破，所以接下来的一年中我每次都会吃很多，以至于到了第二年，因为超重，被扮玩队安排演八戒，而我绝对不接受从宝玉到八戒这种巨大的人生落差，在一次他们开会时，我上房顶往队部的烟囱里扔了两个麻雷子，然后，我就被永久开除了。

在黑夜，
你不必抱我。

情诗我都写在了一朵花上，
请春天再看。

*

记不清是哪一年暑假了。

大雷子家里买了一辆大车跑运输,他父亲是我父亲的堂兄。他比我大个七八岁,职专读完无所事事,整天好勇斗狠,跟着一伙人混来混去,眼看着要走上邪道,家里砸锅卖铁让他开了大车。

那是一辆临近退役的斯太尔,饱经风霜,无比巨大,载重几十吨。尽管是二手,但看起来就跟大雷子一样不好惹。

开始他不愿意干,家里请了个司机带他跑,跑了半年,司机回老家了。他自己跑了几趟,本来家里以为没人管束他,担心他撂挑子。谁知道他跑得很积极,日夜辛劳,不辞辛苦。可一段时间下来,却没赚什么钱。

有一天我看到他在拾掇车,就凑过去玩儿。那二手斯太尔被他擦得锃亮,车里尽管有些旧了,但几乎一尘不染。我爬进驾驶舱,拧着方向盘装司机。

他钻上来,一屁股把我撞到副驾驶,说你别乱动。

我问他开大车好玩吗?

他点上一根烟,抽了一口,眼神有些迷离。

"人生啊,在路上是最好玩的。"

这种富有哲理的话,经常会意外地出现在年轻人的口中,譬如此刻的大雷子。

他开始给我讲他去过的地方。旅途每一次都是从家出发，然后往东就经过潍坊，经过高密，路过青岛，到了青岛卸了货，再装上花生去烟台，去龙口，去莱阳，去看一个巨大的榨油厂。

他要在潍坊吃火烧，朝天锅，去青岛吃了炒蛤蜊才行，烟台还有脑袋一样大的海菜包子和大虾面。

往西呢就去济南，去聊城，再往南去泰山，去菏泽，还出了省去过安徽与河南。

西边就是吃羊肉，他冷傲地说，那汤跟牛奶一样白，壮阳。

然后他把烟头递给我，让我抽一口，我接过来叼在嘴里。

他继续说，路上，还有女人。

我深深地被他迷住了，我的大雷子哥哥。他仿佛一个浪迹天涯的剑客，年轻却饱经风霜，勘破世事。他嘴唇与下巴上长出才不久的茸毛，每一根都见过世面。

我说，你带我去吧。

他说那不行。你太小了，还不到时候。

我跳下车跑回家，从我爸养鸡场的零钱箱里偷了五十块钱，然后在他出发前，爬进了他的车斗里。

等到他发现我的时候，我们已经到了离家五十公里的一个货场。

我被颠得七荤八素的，他把我抱下来，叹了一口气。

他说，嗳，老弟，你还挺有种的。

然后我们俩就一起出发了，我并没有问过目的地，我坐在车里看着沿途的大山，那是一个我从未到达过的世界。我开始幻想他说过的那些地方，那些食物，还有女人。

他在路上只专心地开车，并不说话，我问得累了也不问了。

一直到了傍晚，我们在一个路边停了下来。路边有几个小饭店，饭店的外面有一些椅子，椅子上坐着一些裙子很短的女人，浓妆艳抹。在黄昏的霞光里，显得有些神秘，尽管四遭都破破烂烂的，还是很暧昧。

她们冲每一个路过的车招手，却少有人停下。

她们曾充斥在整个九十年代的国道路边，后来新世纪一来，就都不知道去哪儿了。

这就是女人吗？我问大雷子。心里有一些悸动，更多的是胆怯。

他看了我一眼说，这是饭店。

他让我下车，然后带着我走进了那饭店。女人们看着他走过来就纷纷笑着跟他打招呼。

"大雷子你来看安娜啦？"

我觉得大雷子一定跟她们很熟悉，可我很紧张，有一种强烈的刺激感，我只是路过那些女人，就嘴唇发干，脑袋发胀，羞耻得不敢抬头，女人们的样子我不敢看，只能闻到她们身上汗津津的香水味儿。

这在我生命里做下了记号，后来有一次我又嗅到了这个味儿，抬头看却没有看见人，我站在那里等那味道快散尽，才闻到了一些苦味儿。

那里确是个饭店，主要做的是驴肉跟小炒。老板娘是个戴着耳环的中年女人，她过来给大雷子哥哥打招呼点菜。

大雷子呼啦啦地点了五六个菜，驴板肠，驴杂汤，驴肉饺子，一条炖鱼，还有一盘切成薄片的肉。

我问他这是什么？他说是驴胜。我说什么是驴胜？他说就是驴鸭子。

我一定听说过这种东西，可是我有点不敢吃。

这时候一个高高大大的女人走了过来，坐在大雷子旁边。然后看着我笑着说，这是谁家小孩儿？

大雷子说，这是我弟弟，我带他出来见见世面。

然后跟我说，老弟，这是你嫂子。然后他想了想，你先叫姐姐吧，安娜姐姐。

我看着安娜，她很高，也很壮，一样的抹着口红，穿着短裙，上衣并不合身，紧绷绷的在身上。

她摸了摸我的头，我没叫出口。然后还没吃几口，大雷子就跟我说，你先吃着，在这儿等我，不要乱跑，我跟你安娜姐姐去办点事儿。

我说办点什么事。

他说你别问了，然后偷偷问我，你是不是还有五十块钱？

我说是啊。他说先借给我，我明天还给你。我把钱给他，他跟安娜走了。

我紧张地吃着桌上的菜，不敢抬头，害怕极了。这里就像是西游记里的盘丝洞，我也知道这是什么地方。我紧张地一直看着门口，如果有大盖帽进来，我一定得跑去通知大雷子哥哥。

那是我第一次吃驴肉，别的不说，这里的驴肉货真价实。

厨房的门冲着餐厅，里面有一口大锅，正翻滚着一副驴架子，灶台上的大盆里垛着小山一样的驴肉。一个中年男人正在忙碌。

驴肉很香，驴板肠有一点臭臭的，却又不同于猪肥肠的味道。驴杂汤清澈滚烫，配着干硬焦香的火烧。

慢慢地我安静了下来，一点点地融入了这里。我只身一人，坐在这个复杂的地方，我努力装出一副老江湖的样子来。

那盘驴胜我一口没动，我生怕我还没有到吃这个的年纪，我要吃了，万一那样了，可怎么办！可真对不起刘莎莎。

驴肉饺子，馅儿是一整个的肉丸儿，比牛肉软一点儿，非常好吃。这个店里即便没有攒劲的节目，我相信也会是一个非常好的饭店。

过了很久，我吃饱了，都快睡着了，大雷子才出来。他拍了拍我，说吃饱没？

然后他去找老板娘借了电话，给家里打过去，说我跟他在一起。

他爸在电话里把他骂了一顿，然后去给我爸妈通风报信了。

安娜一直站在他的身后，我看着安娜，她的眼睛一刻都没从大雷子身上挪开过。

大雷子挠挠头说我，你给我惹的麻烦。

然后跟安娜说，安娜，我一会儿要去青岛，后天才能回来。

安娜说你路上小心，我等你。

我们重新上路，到了青岛已经是深夜，大雷子把车停在港口的货场里。

我们就在车里睡觉，等待清晨工人上班来卸货。

我疲惫极了，一直睡到阳光透过玻璃晒在我的脸上。我一睁眼，就看见了大海。

大雷子带我来看大海了。我目瞪口呆地看着这一切。

如果一个人第一次看见大海，一定如我一般。

此刻我只有一个念头，我属于这里。

大雷子躺在码头的水泥地上抽烟，他看到我过来跟我说，下次我要带安娜来。

我跟他说，你爸跟我爸爸说你总也挣不到钱，我现在知道你的钱都去哪了。

他斜眼看了我一眼，说，无所谓。

我跟他说你放心吧，我会保守秘密。

等我们回去的时候，大雷子并没有如愿以偿地结到运费，老板说下次来结。大雷子有些失望，但还是带着我走了。

当我们再次路过那个饭店的时候，安娜就站在路边，仿佛站了好久，当她看见我们的车，她努力挥手。

大雷子只停了一下，没有下车。安娜冲上驾驶室亲了他一口。

那是我此生见过的最热烈的吻。是我第一次目睹，人类的真心相爱。

大雷子喘着粗气说，我要赶回去装货。我下次来看你，带你去海边。

然后我们就走了。我问他，其实你是没钱了吧？

他绝口不提欠我五十块钱的事儿，说你先想想回去准备怎么挨揍吧。

后来我再也没有机会跟他一起出车，我也从没对人说起过安娜。

直到有一天，大雷子哥哥因为替朋友出头，把人打伤，被抓了。家里凑钱赔偿别人医药费，准备把大车卖掉。

我爸爸说，那天来了个女的，拿来了五万块钱给了大雷子家里。

我说，是不是叫安娜？

*

我小时候常吃两样儿菜，一是红魔菜，或者叫红妈菜，长得与红苋菜极似，叶子背面儿都是紫红色。我来北京后买苋菜，吃到嘴里却知道不是它。

一是锅囊菜或者窝囊菜。就算是一个村里的方言叫的也不一样。至今我也不知学名是啥。我妈说它哪儿窝囊就在哪儿长得欢，所以叫这名儿。

都没有固定的名字。

这两样儿菜介于野菜与正经蔬菜之间，说是野菜是因为没人刻意种它，都是路边雨生，随便生长，想吃顺手就去撷一点儿。说它是正经蔬菜，是因为它们长得太正式，宽叶大棵，只是无人销售，可能实在是不太值当。

这也是一些童年讨厌的记忆，除了没完没了的丝瓜豆角，就是它们。

都带着些野生植物的苦头儿，譬如马齿苋，也不好吃，在某种程度上它们似乎是一样的。实在是长得太茂盛了。

红魔菜可以炒，不好吃，炒一大盘子红汤，但是煎咸食却不次于菠菜。我想过，但又不能太表扬它，只能说是我们的麦子好。

窝囊菜炒了好吃，虽然有点苦头，但是清炒后味有些浑厚，用猪油炒似乎更出息一点。但也架不住多，跟囊瓜豆角一起上桌。

吃到生厌。

为了不吃这个,我十几岁就跑了,出去上学,去闯荡。

好在城市里没人吃这个,大概是绿化带里太干净,生长不出窝囊的东西。

2015年,我去一个山里写生,遇到一个独居的老人,无儿无女,几乎家徒四壁。应该有快八十岁了。

我是去游玩写生,他却在此生活。那村里还剩下几家,几乎都搬走了。很是荒芜。

他每天捡一些核桃在路边卖,我看那核桃皮厚肉少,但敲出来却很香。只是不太多了,他说家里还有,可以带我去拿。

他家中院子里,红魔菜与窝囊菜都长得茂盛。野草也很高,但是压不住它们。若是其他的蔬菜,早就被杂草逼死了。

但这二位长得却繁茂无比,十分高大,似是一丛小树。

我惊讶地说,好多年没见这个了。

老人说,这个好吃啊。

我说,我不爱吃这个。

他说,我爱吃。

我折了一点儿闻了闻,苦涩的童年立刻冲出来打了我一拳,赶忙扔了。

他说,这是好东西啊,我岁数大了,也伺候不了地了。

"这些东西不用种。"

葵蕾虽苦,却是孤老良伴。

（这最后一句是我用了一位读者的句子，我开始把这篇发到网上，他写了这一句评论，我觉得写得十分的好，我问了他可不可以用在这本书里，他说很高兴。）

*

莫言老师写红高粱，说余占鳌吃抯饼。我就馋，土匪爱吃的东西，卷葱卷鸡蛋，能赎人。我就想抯饼是什么饼。

后来我一看电视剧。哎？这不就是单饼吗？

山东农村，能够祖传的玩意儿不多。除了些老桌椅板凳，水缸石槽。最多的可能就是鏊子。

我父亲兄弟几个分家时，我妈就要了两样儿东西，一张乌黑油亮的大铁鏊子，一个磨得锃亮包浆的蒜臼子，青石凿的，说是传了几代了。其余的房屋农具都没要。因那年我父亲刚盖好了新家，置办了新东西。

我妈爱吃烙饼，所以她每周都烙好几次。我小婶儿大妈都不太会烙，所以铁鏊子由我妈继承无人眼红，也都觉得顺理成章。

我其实更爱吃菜饼，韭菜鸡蛋虾皮儿，或者茴香，或者西葫芦。

点上棒子瓤，把那大铁鏊子烧热，完全不必刷油，只有棒子瓤的火力最好，惜惜地着，火不硬。

擀得薄薄一大张面饼搭上，再铺一层菜馅儿。再盖上一张饼，两面烙出花儿来。正好馅儿也熟了。

一切四角儿。

至今我从山东回北京，她都给我烙十几张让我带着。

再就是花椒面儿的油饼。似乎外面也没人做，只有农村人吃这个。擀好剂子，刷一点点油，再撒上花椒盐儿。爱吃葱花的可以撒一点，爱吃花椒芽儿的也可以放一点。也是大铁鏊子烧热，呱嗒一声甩上去。

烙出来铁花焦嫩，几种味道，层次分明，极为好吃，卷葱最佳，或者卷捣的芝麻盐儿掐蒜。

有多好吃呢？

其实每天吃也吃烦了，但一阵儿不吃又得吵着吃，每隔十来天吃一顿，哪一顿都觉得很香。纯粹新鲜粮食的好吃。

扞饼，就是毫无花样儿的单饼。什么也不放，油盐花椒菜馅儿一概不放。

可它厉害在哪儿呢？它不油不腻，味道温和包容，可卷着菜吃，卷着葱吃。鲁西与河南人叫它烙馍。

大概都是一样的东西。

用它卷肉，尤其卷那炖得烂糊热腾的猪头肉。实在是香。

有一回家里吃饼，饼刚下鏊子，我在学校里给老师自行车扎了胎的事儿就犯了案。被老师找到家里去了。

我这边刚卷上肉，我爸就举着铁锹冲过来了。我就一边跑一边往嘴里塞，到底是不能瞎了这卷饼。我跑着吃啊，不要命了都。

后来铁锹把儿都被我爹打断了。

我心里想着，万幸饼里卷的猪头肉没掉一点儿。

*

山东有道菜，原产在革命老区，蒙阴光棍鸡。从九十年代开始，这道菜从山沟里走到山东各大城市，很是风靡了一阵。

有非常多的专门做鸡的饭馆儿，基本都开在郊区或者城市边缘，都十分火爆，如果你要在山东开餐厅，羊汤馆，炒鸡店，只要稍微用心，一般不会亏本。

多数炒鸡店都是前店后厂，前面矮桌马扎，后面围起来的栅栏笼子，来吃鸡的客人看上哪只点哪只。伙计当着你的面上称，屠宰，拔毛，鸡胗鸡肝鸡腰子全都一锅炒了，大呼的青花椒，甜面酱，加上本地的酱油，薄皮辣椒，炒干再煮，煮完收汁儿，红亮亮一大盆，必须是那种大不锈钢盆，寻常家伙事装不了。

广东人说鸡有鸡味儿，山东人的鸡更有鸡味儿。

一是养得足，这些鸡皆是一年多左右的大公鸡，每天有专门的车从山上拉下送来。

二是喂得糙，全是散养在山上吃蚂蚱吃青草长大，一个个冠子血红，双眼凶恶，尖喙利爪，厉害无比。我见过养得大的恶鸡，体型巨大，腿生双钩，竟有二三十斤，一般狗打不过它们，叼一嘴一块肉。

山东人啤酒都是踩箱，一盆炒鸡，三两个凉菜。少有剩下,酒到最后,喊店家热上一锅馒头,趁热蘸上盆底的鸡汤,油汪汪的,心满意足。

山东驻京办也有炒鸡,但是枣庄派的,精致有余,装在那白盘子里总是差些意思。加上这些年北京没了活禽,吃个鸡算是难上天,超市菜场的鸡,都比乌鸦大不了多少,冻得硬邦邦的,更别说鸡肚子里那些好宝贝了,心肝都摘了去做它途。炒鸡做不全,缺心差两分,缺肝少三成,铁盆占一分,剩下四分酱油花椒哪哪儿不对,吃的失望。蘸菜底的馒头都软绵绵的。

每次回山东都会专程找店去吃,也会带朋友去吃,后来有一个外省人问我,蒙阴光棍鸡为什么叫光棍鸡?

我说可能是最开始发明这道菜的厨子是个光棍儿。然后就叫开了。

我跟人说了好多年,直到有一天我遇到了一个蒙阴人。

他说:"为啥叫光棍鸡?因为这些小公鸡都没老婆啊,都是光棍。"

*

回山东，一大早出来，看到小时候吃的小店还在。之前卖辣豆腐与火烧。

一二十年过去，生意依然不错。老板换了，或者是我记不清了。大姨很亲切，提醒我用叉子端碗，或许是近些年的新发明。之前都是用手端，有时候豆腐汤顺着碗边儿，流下来烫手。

急急忙忙地。

火烧有油酥跟肉两种。涨价不少，油酥七毛，肉火烧竟是要两块五。

辣豆腐是鸡汤与辣椒，从凌晨开始煮着，等到开门售卖，豆腐就煮成蜂窝，每一个孔洞都灌满辣汤，会在嘴巴里爆开，又烫又香。山东的豆腐都带一些苦头，又扎实。久炖不烂，口感独特。

吃这个还是要早到，七点钟的头一锅风味最好。

一过七点，一分钟就有一分钟的寡淡。

火烧也一样，从炉子里刚拿出来时皮酥肉嫩，一旦盖上棉被保温，就变疲软了，嚼起来让人失望。

张店的火烧门派分明，界限森严。博山火烧，皮儿要硬，肉要嫩。莱芜火烧没有馅儿，可要酥脆。淄川火烧更像西南地区的锅盔，薄薄大大的一张，贴到炉子里烤。潍坊肉火烧馅儿要猛，葱要足。

同样是面肉葱，纯靠口感做出来许多花样，而都自称第一。

我毛病又多，又难伺候。北京一些熟的餐厅服务员看到我来，如临大敌，就会通知厨师长。我有一次在包厢外面听到服务员在对讲机里跟厨师长学警报，"那个张大毛病来了，哇呜哇呜哇呜。"

我就当没听见。微信里躺着一堆被我屠戮过的厨师长，他们每一个人都十分讨厌我。

不过对他们做得好的菜品我也不吝夸奖。

想了想，我的耐心与包容好像全都给了山东的小吃。

不过再怎么包容，你辣豆腐里也不能放羊血啊！

*

老林一身本事，八极拳，通背，少林拳棍，开挖掘机，做把子肉。

1998年，他在电视上看到宋江武校的招生广告，小学三年级时毅然决然地从家乡转学去了郓城，因为他爹也是个少林寺迷。他走的前一天晚上，我们俩在村口桥下的一个洞里，偷喝了一瓶白干儿。

以至于第二天他上车的时候，我还在卫生室输液。

然后我们开始通信，我给他写张文娟的消息，他给我画拳谱。他跟我说，如果有人欺负张文娟，你就写信告诉我，你给我看好她。

后来张文娟有了一个新同桌，他俩开始一起上学放学，我跟老林写信说了。他回了四个字，祝她幸福。

然后就有很长一段时间没给我寄拳谱，我写信催了几次，才又寄回来一张。画的那些小人儿歪歪扭扭的，我照着练了一阵子，感觉掌心与丹田都有一些异样的热流，我很担心走火入魔。

他说，以你的资质还练不到走火入魔那个阶段，下次我画认真点。然后说，"我要去少林了。"

时至今日我都觉得，他当时遁入空门是因为张文娟有了新同桌，并且很快就取代了他的位置。另一个原因是他爹发现少林寺的小武僧，更容易上电视。

然后我们就失联了，有一年电视上的一台晚会里，有一群涂成金色的小和尚，在那儿表演群体武术，我趴在屏幕上找他，很可惜那些小和尚涂得金灿灿光溜溜的，长得都一个模样，根本无法分辨。

一直到重新联系上是几年以后了，我在济南上学。他回老家探亲，他去我家要了我的地址。尽管我的宿舍有电话，但是他还是坚持传统，我收到他的信的时候，正好在经历一场江湖风波，我被校外的人捅了一刀。

这一刀完全是因为一件小事，被人找了外面的几个人堵住我，在我反击的时候被人用三角刮刀捅了一下，在大腿上，其实并不严重。

我回宿舍卷了块手绢塞住就睡觉了，第二天毛巾干在伤口里，才去缝了针。我写信告诉了他。

在我寄出信的第二周。老林穿着一身运动服，背着一个军绿色的背包推开了我宿舍的门。

他个子长得没有特别高，脸黑乎乎的，头皮剃得澄青。嘴唇上冒出来一些绒毛。但是我一看就知道是他，在我眼里他一点也没有变。

当时我都拆线了，他让我脱了裤子看了看，我说你可别跟家里说。他说嗯，没事儿。

然后我带着他去吃把子肉。

切成厚片的好五花肉带皮，用草扎着，在老汤里炖上满满一锅，里面同时炖着大片儿的炸豆腐，炸鸡蛋与辣椒。

炖到酥烂，几乎捞不起来。用筷子头就可以切碎，那时候米饭不限量，我装了满满两大碗米饭，让老板浇上肉汤。再铺上把子肉与辣椒。

"噫，这中！"他少林寺没白待，河南口音已经换掉了乡音，我也一样，学了满嘴济南话。

我们俩一人抱着一瓶白趵，吃着大米干饭把子肉，比起把子肉，那老汤里捞出来的辣青椒与炸豆腐更加美味，酥烂饱满，蘸足汤汁，下饭下酒。

我说少林寺是不是不让吃肉啊，老林说也不是不让，李连杰不也吃嘛。我认为他是拿李连杰当借口。

我俩长大了不少，酒量都也已经有了一些，一人一瓶白趵突泉。

我俩一人吃了两大碗饭，五大块把子肉，吃完了他抹了抹嘴，跟我说："走，带我去。"

"去哪儿？"我其实知道他在问什么，我扒拉掉碗里的剩米粒儿。想了想，并不太想把他牵扯进来。

我说这事儿你甭管了，我能处理。

他说，你拳法都是我教的，我不能丢这个人。

我趁着酒劲儿，托人下战书约着砸个点儿，泺口黄河大桥。

老林和我，就我们两个人。本来我还想再喊几个人，被他制止了，说不用。

第二天中午，我俩坐着公交车去了泺口黄河大桥。我包里揣着半截床架子，一瘸一拐的。我俩从文东路倒了好几趟车，再从泺口服装市场走过去。我们穿过小贩人群，阳光洒在我们身上，这是我们的青春，谁也不知道，我们是两个背着剑的复仇者。

到了的时候他们等了我们半天了。

有十来个人,扎我的人也在其中。他们蹲在那儿抽烟等我,看到就来了我们俩,那哥们有点摸不着头脑,不知道我俩这是什么路数。

"就你俩?不说砸点儿吗?"

老林没理他,然后问我,是他吗?我说是。我还没说完,老林展开了双臂一甩,我只听到他的骨节咔咔作响,所有的人都还没反应过来,那人已经躺下了。

我伸手去摸床架子的时候,老林已经冲过去了。对方那十几个人愣是被他冲乱了,我摸着床架子冲过去的时候,已经差不多结束了。就一两分钟,被他放倒了四五个人,剩下的几个竟然撒腿就跑。

我心说少林寺真没白去。

我问他你这打的什么拳?他说我给你画过,通背拳。我说你别他妈骗人,你画的可不是这样。

他很认真地看着我说,你根骨不行。

然后我们两个就走了,对面的人也没说什么话,应该是服了。

反正要是我,我肯定服了。

老林没有跟我回去,他直接去了火车站。这一走,我们又很久很久没有联系。

后来有一年,我创业失败,回到老家待着,那几年我们村里把耕地都开发成了工厂,大肆建设,我本来想去找点机会。在张钢的工地上我又看到了老林,我一直以为他去做武行了,没想到他开着一台巨大的挖掘机,正在干活。

他看到我,皱着眉头跳下来。我俩同时问,你怎么回来了。

晚上喝酒的时候,他说他当不了演员,他不会演戏。后来觉得开挖机很赚钱,就去学开挖机,现在村里搞建设,他跟他爸爸回来包工程。

我说我一言难尽。

他没再问,我也没在家乡多做停留,后来我写书,出书,来了北京,开了一个出版公司,一直到现在。

一直到昨天,我在济南见到了他。

他顶着大肚子跟我握手,说在济南开了个把子肉馆。他老丈人家的手艺,他继承过来。

我很吃惊,他怎么又混到济南来了。

他说:"那年咱俩吃那把子肉太他妈的香了,我没事儿就从淄博坐火车来吃,吃着吃着,我就把老板的闺女娶了。"

"太香了。"他看着柜台后面忙碌的女人说。

＊

小周站在阳光下，脸上毛茸茸的。薄裙子汗津津地贴在身上。颈子上一层细密的水珠。

她鞋子可能有些不跟脚，跑了两步便停下，弯腰去拾掇鞋子，她看我眼神不善，才想起来去捂领口。

她朝我犟了一下鼻子，说，你看着什么没？

我脸皮烫得通红，确实是瞥见了一些白。但绝不是故意。我都想发誓了，但又觉得有点欲盖弥彰。只好赶快岔开话题，天太热了，我们去吃一点凉快的。

她从贵阳来北方读书，总是嫌弃北边没有豆腐圆子，没有肠旺面，没有脆哨，没有软哨。没有好吃的粉。

那我不能丢了北方人的面子，便载她去吃皮皮虾，海螃蟹，豆腐箱子与炝锅面。

她说这个凉快吗？

我告诉她螃蟹大凉。她说你可真会瞎掰。

早上从塘沽刚下船的虾蟹，两个小时就到天津，这会儿正好肥。皮皮虾白灼最好吃，或者避风塘，只是白灼更好剥。西南人不会剥皮皮虾，扎得手指头冒血珠，就赌气不吃。

我就手把手教她。

"你先把它的这些小脚都揪了，然后再掀壳儿。上面的壳掀起来，再把肚子上的壳撕下来。只要是胖的虾，都能完整地剥出来，然后捏着虾肉一揪，尾巴里的肉也出来了。"

我剥了一个完整的虾，不得不说正是季节，一拃长的肥虾，圆滚滚的，泛着微微的紫色，里面挤着一段结实的红膏，给她蘸了辣根儿，放到她的盘子里。她连膏带肉一口吃掉了，有些满意。

我问她学会了没？她说没有，你继续剥吧，这个有些甜，挺好吃的。

我剥虾蟹最拿手，如果剥得完整，成就感很足。小周边吃边问我，咱们两个算是在谈恋爱吗？

我说算吧。

她说，可是以后我要回南方。然后她想了想又说："只是谈恋爱嘛，又有什么关系。"

我想了想说也是。

然后豆腐箱子上来了，其实豆腐箱子是博山菜，在天津并不流行。只是餐厅老板是山东人。这个东西做起来很麻烦，却又卖不上价钱，在山东的话有专门给餐厅供应的小贩，所以就都有。

把豆腐切一个麻将块儿，然后下滚油炸，外壳炸脆了，再用一个特制的小工具开一个窗，把瓤抠出来。那个小工具其实就是用细铁丝弯出来的。留一个盖子，我在其他的地方也见过类似的，有叫棺材板的。把肉馅儿笋丁木耳混着捏碎了的豆腐再填回去，大火蒸，最后撒青蒜浇汁。吃着口感奇特，记忆点很足。属于忘不了的那种菜。

小周说，这个没有我们那儿的豆腐圆子好吃。我们那豆腐捏成丸子，炸得脆脆的，先咬一口，然后再往里灌一点儿辣椒，或者折耳根的蘸水。好吃死了。

"以后你去贵阳找我吧。"她说。

我一定会去的。我抠着一个蟹壳，把里面的蟹黄堆成一勺儿，撒了一点姜醋。她说不爱吃姜，我说我也不爱吃姜，但是螃蟹味儿就是姜醋味儿。你试试。她吃了一口，说，等你来贵阳我就用折耳根喂你。

后来我没有去贵阳找她，她那天跟我在海河边上走了很久。那天风很大，吹得她的裙子呼啦啦地响。

她说，你有些诗写得很好，有些写得不好。

我说我都不记得我写了些什么。

她说那么你现在给我写一首。我说好啊。

"你乘着风，

"呼呼直响，

"像一条小龙。"

她听完，然后问我："没啦？"

我说嗯。

她说你这算什么诗啊！

然后她在风里咬了我一口。

*

你咬了一口河川,
吻了一口长安。
秋风渐长,
火焰无穷苍翠。
你把一半月亮打成铁器,
剩下一半打成菩萨。
把天下人的荒唐心愿,
杀一半,
成一半。
把我额头上的雪,
打扫一半,
留给春天一半。

＊

固安有个柳泉镇，柳泉镇上有个烧饼铺，离于成龙故居不远。烧饼一元一个，外面铺着芝麻，烤得焦脆。门口写着"老白欢迎你"。

比北京的芝麻烧饼大，只是面里不调麻酱，麦子味儿香，白嘴儿吃就很不错。

铺子不大，但也摆了十几张小桌。食客不少，都很安静。好吃的铺子都有种好吃的气势，尤其这种小店，那种简陋下的整洁，食客的满足情绪，刚出锅的热气腾腾，玻璃透亮儿，桌子旧却没有油渍。

菜牌子都挂在墙上，没有单独的菜单。羊杂，羊肠，羊肝儿羊肚几样汤。大碗小碗儿的炖牛肉。夹馍的菜品，也有十几样儿，炖豆腐，牛肉，鸡蛋。

一切都靠两个老人，老两口年岁不小，怕有七十多了。老爷子扎着蓝布围裙，做汤做菜，个子很高。他老伴儿矮矮的，站在窗口后面，说话很少，慢吞吞地，做烧饼。

没有点菜机，你只能跟她说，我要吃什么。她做的也随意，你点的多了她也记不住。我开始着急，点了一大堆，她慢吞吞地从炉子里拿了几个饼，用刀剖开，咔嚓一声儿，饼肚子里冒出一股子热气。

尽管气温有三十多度，那股子香气能化出型来。

馋虫勾起，越发着急。她慢吞吞地找辣椒，捞肉，剁豆腐。才做了一个，后面有来排队的又点菜，我站在一边等着。谁知她一连做了三个，却让人端走了。

我有点不高兴，我说大姨儿，我的呢？她有些茫然地看着我，你要吃点什么？

旁边有个大哥跟我说，你要大点声儿，她有一点病。

老爷子端着一大托盘儿肉汤出来，看着我。我看他面无表情，以为遇到了那种脾气不好的老店主，我曾在上海就遇到过，脾气很大，也是卖饼，挨过骂。

那一大盘儿，都是我点的肉，菜，汤，分量不小。我赶忙去接，他却一笑，声音软和得很，说您先坐，我给您端过去。

我赶快让一起的姑娘们站起来接。我继续等烧饼，那大姨儿继续在剖烧饼，炸豆腐炖得都冒着神光。我站在那里馋得不得了，可她就是不紧不慢。

老爷子看我等得着急，问我点的啥？

我说一样儿各三个。

他点点头，怕你们吃不了。

我说人多能吃。

他点点头，转身跟大姨儿轻轻地说，你又忘了吧？

大姨儿有点儿委屈说，嗯。

他说，没事儿，你记着啊，这个豆腐的再做两个就够了。"别着急。"

＊

说起官僚们荒诞的形式主义，欺上瞒下，让我记忆犹新的，大约是中学时期。有那么几年每到五月初，山东的麦田刚刚抽穗儿，麦仁儿刚鼓起来还是一包水，正好到十几岁孩子的胸口那么高。

不知为何，每到此时，镇上各个中学都会组织学生停课，要求从家里带剪刀，由各老师带队下田。

干什么呢？剪麦穗儿，确切地说是把田里高矮不一的麦子铰齐整。几千上万亩的麦地，就那么铰过去。按村子分，先铰自家的。农民们只是沉默地看着自己的孩子们在田地里祸害庄稼。小时候并没有什么减产的概念。横竖也是饿不着，又不用上课。在地里还能捡到一些甜瓜，至于甜瓜的来路，绝对不是刻意种的，都是跟着粪肥生出来的。

尽管累得要死，但野外作业也独有趣味儿。剪下来的麦穗，堆到地头，仿若一座座小山。家里有养牛羊的，派上拖拉机来回地拉回去做青储饲料。

一连几天，小崽子们把麦子地剪得横平竖直的，蔚为壮观，麦穗跟秃杆儿混合着，远远地也看不出来。往往此时，地头公路上都会缓缓地开过来几辆轿车，也不见人下来。开过去之后，这事儿就消停了。

一直到了我成年了，依然对这件荒诞到离奇的事不能理解，也从未有人给我做出过任何解释。

后来我爹说:"为了应付检查。"

见我还是不理解,我爹说:"剪了好看。"

＊

我很小的时候，1990年或者1992年，突然一天夜里我被大人吵醒，他们都跑出去救火。失火的是一片即将收割的麦地。

我站在村口看着火光冲天，大人们慌乱抢救庄稼。天亮以后，麦地烧成焦土，翻出来两具抱着的尸体，已熔在一起。

"老屎包跟疯妮子都烧舍（死）了。"

一直很久，附近村子的人都还在说这事。有会讲故事的人绘声绘影地讲，一个疯汉跟一个疯婆子之间香艳的故事。村头的懒汉们尤其乐意听，听到那些堪称淫靡的细节时，喉咙都哦哦哦地发出声音，并开始嘲笑，"那老屎包还真是很会弄嘞。"

有几年街上有一个人，他身高马大，面目可怖，大概从未洗过澡，吓人的是他没有手，到了胳膊肘的地方就只有两个柺棒。村中劣童怕他，又偏偏欺负他。拿他逗能练胆儿，他从不还手，任由欺凌。

有一次被奶奶看到，翻脸把我狠狠地收拾了一顿。说你要再欺负苦命人，我就把你送去当和尚。

她说的这个苦命人就是老屎包，我东拼西凑听来了这些事。

老屎包，名字叫吴孝典。跟我奶奶差不多的年纪，要是活到现在，也差不多要九十多岁了。十几岁的时候跟着路过的部队跑了，打了很多年仗，一直到后来混到了张灵甫的部队，甚至做了一个不大不小的军官，至于什么职务，村里人当时传说得很神，有说是少校大校的，有说是中尉上尉的，已不可考。

1947年在孟良崮之后，他便偷跑回来村里。可惜父母早已不在，他便在他的一个远房叔叔家里安顿下来。新中国成立之前，当时还有人来找他，要他去台湾，不知怎么的他也没去。当时他正当青壮，又参过军，杀过人。不是村里的闲汉能够比得上的人才。

他这远房叔叔家当时有个女儿，叫吴花。也正值双十，便偷偷地爱慕。而吴孝典也对她百般疼惜，可只是把她当作妹妹。虽然也能看得出来花子的情谊，可在当时的环境，这种说远不近的家族里的爱情是绝不可能被认可的。吴孝典知道，花子的爸爸也知道。

花子的爸爸是个老实人，膝下无儿，正好吴孝典回来他也高兴终于有了可以养老送终的人。可是真要让花子如愿嫁给吴孝典，他也是绝对做不出来的。没有在农村生活过的人，是不知道穷苦的村民是多要脸的，因为他们穷得只剩下一张脸了，所谓的好名声，胜过一切一切。

而花子也知道这些，既然不能嫁良人，那我便不嫁了。有了这样一个哥哥，全世界哪里还有可以入眼的郎君呢？于是就一直不肯出嫁，十里八乡的媒婆踏破了他们家的门槛，而花子就是两个字，不嫁。任凭她爹怎么劝怎么骂也没用。

后来实在没办法就由她了。吴花子就每天守着吴孝典，跟他一起下地，一起吃饭，一起去村口坐着发呆。村里的闲言碎语自然是少不了。而他们两个也不在意。本来嘛，吴花子就是爱他。如果不是后来所谓的政治运动，或许他们两个就这样一辈子过下去了。

一夜之间，世界变了，大家开始忙着搞合作社，开始放卫星，开始抓国民党敌特。吴孝典的身份被人揪了出来，为了避免影响到叔叔跟花子。他便从家里搬了出来，睡到了村里的大庙里。花子每天给他送饭，后来被村里的工作组禁止了。说吴孝典是敌特，还没有调查清楚，不允许他跟任何人来往。

吴花子就一盆热鸡汤浇到了说话的人头上。以后每天还是挡着，而她每天还是送。

吴孝典突然有一天再也不吃她送来的饭，一连很多天，饭送来什么样，花子拿回去就什么样。无论花子怎么哭怎么说，吴孝典就是闭着眼睛不说话，后来逼急了，吴孝典很认真地跟花子说："去嫁人。"

吴花子听到这话天崩地裂，回家哭了七天，到了第八天头上，吴花子答应了村里一个闲汉的提亲。一直到出嫁，吴孝典都没再见她。或许如果没有后来的事儿，这个故事就应该结束了，是一个十分俗套的爱情故事。

可花子嫁的丈夫，在婚后，却并不把花子当人，每天想起来就打，一有空就骂，说她不守妇道，说她是个烂货，被吴孝典睡烂了才嫁给他，花子形同麻木，任他打骂也不说话。

那人连带恨上了吴孝典。认为他睡了他的女人，可他又没勇气去找他报复。所以只能恨急眼了，就加倍地打骂吴花子。

他极爱赌博，外面欠了一堆烂账。时常被邻村的债主追讨，突然有一天，一个上门的债主看到了吴花子，他就说，老李，你把你老婆给我睡一下，咱们的债一笔勾销。

那闲汉只欠了他两块钱，而闲汉却答应了。那天，吴花子被丈夫卖了两块钱。无论吴花子怎么挣扎反抗，而她却被她的丈夫摁住手脚，任由那个债主欺凌。而后便变本加厉。

闲汉终于找到了老婆的用途，也找到了一个还债的方法。他时常找人去，而花子每次都反抗，却又不敢说出去。怕给爹丢人，也总有风声传出去，村里的人都知道了她是个荡妇，谁都可以日。而那闲汉在流言中却成了戴绿帽子的可怜人。花子出门被所有的人指指点点，花子疯了。

从她嫁过来的那天就疯了。

终于还是被吴孝典知道了，在一个雨夜，吴孝典提着刀，一脚踢开闲汉家的门。一刀砍翻一个趴在花子身上的债主，一刀砍了花子的丈夫，那闲汉爬着跑出家门。吴孝典抱起已经痴傻的花子，吴花子认出来是他，狠狠地一口咬在他的胳膊上，然后哭。

吴孝典抱着花子从村里走过，无数个村民看着他们，没有人出声阻拦。吴孝典就这么把花子抱回了破庙。由于是村里极大的丑闻，这件事就这么被村里的老人们出面盖了下来。村里的人也睁一只眼闭一只眼，让两个人在大庙里活着。那闲汉跑了，怕吴孝典真的杀了他。

一直过去很多年，当村里人习惯了大庙里住的那两个人的时候。闲汉突然回来了，他摇身一变干了革委会。动乱开始了，他开始报仇。吴孝典是身份特殊的军官出身，吴花子是偷人的破鞋。

两个人被一群不明就里的小将们堵在庙中。吴花子再一次看到她的丈夫，她原本都已经遗忘的恶魔，她突然就犯了病，疯了。人的恶，从来没有极限。那闲汉找了几个人，趁吴孝典出去，在破庙里又把这个可怜的疯女人欺负了。

吴孝典听到消息的时候，已经晚了。他摸着长刀，见到戴红袖箍的就砍，一连砍了十几个，至于杀了几个，我奶奶并没有告诉我。满村的人都吓坏了，革委会也吓坏了。这还了得？这赤裸裸的反革命，国民党爪牙的反扑啊，县里派下来民兵，拿着枪把他抓了起来，把他吊在村口的一棵槐树上，把他的手砍了去。

吴考典，从今天开始也疯了。

吊了三天没死，省里突然下来了一个大官儿，看到了吊在树上的吴孝典，认出来他。临走之前大官儿留下一句"孝典打过鬼子，你们不要再为难他了。"就这样，留了他一条命。

从那天开始，我们村里就多了一个游荡的疯子。而吴花子被送进疯人院，后来疯人院关闭，无处收容，也把她遣返原籍。

因为后来生产队分开，一个大的生产队被分成了几个村，以前我们是一个叫龙凤阁的大村，现在被分成了×南，×北，×龙，龙×，凤×五个村子。

各村的人并不往来。吴花子的父亲被分到了另外一个村子，所以吴花子就疯疯癫癫地在隔壁村流浪。

十年过后，他们近在咫尺却无法相遇，世界上所有的人都知道他们在相互流浪地等待对方，不敢踏出村子一步。

可这世间恶毒成如此这般，没有一个人告诉他们只要踏出一步，就可以找到对方。后来，忽然有一天他们在麦地里相遇了。

所以那个初夏，麦地里烧起来一场大火，烧着了一整个天空。我活着就是为了找到你，所以我找到你了，我就不用活着了。

后记：文中闲汉李××活到2015年7月1日。也就是昨天，在家中安然去世，得了善终，家丁兴旺。而他终于死了，我心里还是有些高兴，我起码有二十几年每当春节看到他坐在椅子上看着村里晚辈给他拜年磕头，我都期盼他死去。不知他看到那场大火的时候，是否心里有一丝愧疚。

（这个故事是我2015年写的，今天不想写东西翻着文件夹发现了这篇。那时候我还是个很愤怒的人。）

*

19岁那年我坐了一夜的绿皮火车,从济南到烟台去找刘莎莎。出来烟台站就是大海,我站在大堤上愣了好一会儿,刘莎莎长高了不少,白裙子下面鼓鼓的,她写信的时候没跟我说。

她先是伸手想拥抱,我耳根子滚烫,稍微侧身躲了一下,她笑嘻嘻的,然后拍了拍我的胳膊。

两年没见她了,从中学毕业,各自上学就只剩下写信了。每个月一封,她给我描绘大海,我跟她写早上喝了羊汤,晚上吃了油旋儿,偶尔吹牛说说我打架的事。她回信说不要再惹事了,还有海市蜃楼真的出现了,并附了照片,照片上没有人,只有隐隐约约的一些烟囱,在海上的远处。

我们在海边走了走,想说的话不敢说,不想说的都写信说完了,所以我们都很沉默,后来她问我饿不饿,我说饿死了。

然后我们就走进了一个饭馆,门脸儿很小,但是临海,店里没什么客人,老板正在杀鱼,老板娘正在一张案板上擀饼。擀面杖很长,能把饼擀得很薄,看起来透亮,旁边已经摞了不少,她看着我俩进来招呼了一声。

我找了个临窗的小桌子坐下,刘莎莎看着菜单说,我请你吃饺子。老板娘冲着正在杀鱼的老板喊了几声,老板把手里杀好的一条大鲅鱼放到盆里，搓着围裙给我们来点菜。

饺子。刘莎莎指着菜单，还要炸蛎黄，炸鱿鱼圈，还要海鲜疙瘩汤。

饺子吃多少？

我说来一斤。老板说你吃不了，饺子大，按皮儿称的。

我说吃得了。他说行然后喊，一斤饺。

老板娘看了我一眼，然后拿起一张她擀好的饼就往里包馅儿。

我万万没想到那是饺子皮。

她似乎往里塞了半斤多馅儿，那馅儿盆里是鲅鱼，猪肉与韭菜，都打成了胶状，用木勺挑起来细腻的肉里掺着一些翠绿的韭菜，那鱼肉是老板用一把大刀一点一点从那大鲅鱼上刮下来的，刺都留在骨架上，馅儿里半根都没有。两个人忙起来的时候还在拌嘴，但是一整套配合行云流水，我想这样的人生一定也不错。

这边下饺子，那边在炸蛎黄，油锅一热，冲鼻的海鲜味儿就扑过来，小店二十平方米，厨房甚至都没有隔开。海蛎子肉裹了鸡蛋，面糊，热油里滚上几圈，捞出来再炸一次，趁热咬一口，烫嘴巴，"卟卟"地掉渣。焦脆抱着溏心儿，海蛎子这样才好吃。

紧接着鱿鱼上浆，下锅，一圈圈的鱿鱼炸得金黄，装盘，撒了一点椒盐。

刘莎莎说，我最喜欢吃这个，吃起来脆脆的，咱们老家只有炸鱼，炸肉，炸藕盒，炸茄盒，没有炸蛎黄。

我说济南有一个羊汤摊子，也很好喝。跟老家的全羊也不一样，白白的，喝着也很暖和，老板是个老人。

饺子端上来了。那绝对是我人生中长的一次大见识，用烙饼包的饺子，一个盘子只能挤着装两个，一个饺子煮开了之后鼓鼓的，跟刘莎莎的白裙子一样。

一斤饺子皮包了五盘儿。

那也是我第一次吃到鲅鱼饺子，馅儿软软的，汤汁很多，鱼肉味道很足，混合着门口吹进来的海风，咸咸的，与我想象的海洋的味道一样，又有一些惊喜，三肥七瘦的猪肉与韭菜浑然天成，世界上就是有这么多天作之合。

后来我知道，鲅鱼冷冻以后是不能包饺子的。我们久居内陆，哪儿来的鲜海鱼，这个地方，那边码头船一靠岸，这边老板就趿拉着拖鞋去了，自行车把上挂着三五条就回来了。鱼要大，要十斤往上才有吃头。

我不知道这种超乎寻常的大饺子是怎么流传开的，在我后面的人生里，只有在烟台才能吃到这样的大饺子。

我努力地吃着饺子，那年我十九岁，最能吃的时候。那饺子看着吓人，但吃起来水水的，并不太占肚子。

刘莎莎嘲笑我说你太能吃了。

我端着一碗海鲜疙瘩汤说，溜溜缝。

我完全沉浸在这场十九岁夏天的盛筵里。我跑了四百多公里，一路上鼓足了勇气，来见刘莎莎。

可是真见到了，吃了一大顿饺子。

海鲜疙瘩汤里有鱿鱼脚，有虾仁，有泡发的海茄子丁，还有面疙瘩与胡椒，喝得人浑身燥热。

刘莎莎托着腮看着窗外，叹了一口气。

我问她怎么了？她回头眼睛盯着我说，铁鱼，你以后不要再瞎混了。

我咬着一块鱿鱼胡乱答应着。

"你以后要做什么？"

我说，没想好，可能做梦吧。

她低着头拨弄着手指，我看向窗外，在餐厅的马路对面就是海的大堤，大堤边上站着一个高高瘦瘦的男孩子，穿着白衬衣，戴着眼镜，正看着我们，海风吹得他的头发挡住了眼睛。

我心里突然抽了一下，问是他吗？

刘莎莎说，我要提前回学校上课了，对不起。

然后她握着我的手，有些用力，然后轻轻松开。

然后她就走了。

我一直等到他们走得很远了，才开始流眼泪。

那老板拿着一瓶酒过来坐在我对面："儿郎，喝点？"

*

从前张店火车站路边，总有几个紫脸儿的高原人在摆摊儿。铺个毡子，胡乱摆着一些假虎骨，蜜蜡，不知啥的一些皮毛。

我常从那儿走，知道里面的道儿。偶尔看看，却没买过。那几个摊儿也没什么生意，不知道怎么过活。

有一阵子突然说天珠值钱了，据说好的上亿。坊间原本盘木头的纷纷开始玩天珠。而后我再从火车站走，就看到那几个外乡人突然富贵起来。之前脖子皴黑，这几日洗得能看见肉色了。

但地摊儿上还是摆的那几样儿，假骨头，蜜蜡，皮毛。只是他们脖子上都用粗绳挂上了个黑乎乎的天珠。

一人一个。

我之前见天珠，以为大概是些玛瑙、琉璃之类的东西，并不精巧，从没觉得值钱。突然来了一阵风，立刻成了宝物。

有天我要去青岛，到得早了。看他们懒洋洋地躺在阳光里聊天，依旧没什么生意。我忍不住问了一下，有没有天珠？

几个人见我问，停下闲谈，一起看向我。有个岁数稍微大一点的双掌合十，跟我说扎西德勒。

我看他一脸肃穆，觉得好笑。见过他很多次，他应也看我脸熟。

我问他有卖吗?

他一脸肃穆地说,朋友,天珠嘛,不能买卖。

我说那怎么?

他说天珠都是神圣的,你要请天珠的话,不虔诚,不尊敬是不行的。

我混江湖见惯了套路,我说那算了。然后转身要走。

他立刻说,朋友,你诚心请的话,我可以给你看看。

我知道他得拦我,我又往前走了几步。另外几个人立刻围了上来,也没说话。

我心想我一个地头蛇你们还想怎么着?我停下看着他们没说话。之前那个搭话的人过来说,朋友,先不要走嘛。聊一聊嘛。

我说你不是不卖吗?

他依然一脸肃穆说,天珠嘛,都是和佛赐下的,都是至纯至净,都带着法力呢。可以招财呢,保平安。

我听他絮叨得厉害,就转身继续要走。那几个人也不敢真拦我,只是跟了几步就散了。

时间还早,我就在车站旁边一个火烧铺里找了点吃的。正吃着,对面来了一个人。我抬头一看,还是刚才那个高原人。

我咬着火烧看着他,他有些不好意思,压低声音跟我说,朋友,你诚不诚心嘛?

我说得看看你的货,再说诚不诚心。

他伸手从脖子上摘下黑乎乎的一根绳子,绳子上挂着一个黑乎乎的天珠。然后一脸神秘地说，我这个是老的九眼天珠呢。是某某某佛爷的呢。

我看着黑乎乎的，原本有些嫌脏。但他一把就塞我手里了。我捏着那颗珠子，看起来粗糙不堪，并无什么佛性。

只有一股子头油味儿。

他见我看着，然后又开始给我讲故事，说这个珠子是哪一年哪一天，哪个佛爷在哪儿，看到了这个天珠，天珠是活的，只有佛爷才能点住它。那佛爷随手一点，这天珠就幻化成一颗宝石，跟随佛爷多少多少年，又是因为他小时候，这个天珠跟着佛爷转世了多少多少次，然后佛爷看他有缘，就赐给了他。

我说既然这么珍贵，我可要不起。

他立刻说，你也是有缘的，你头上有金光。也是佛爷转世。

我笑着问他多少钱。

他伸开五个手指。我说五十？

他说万。

我倒吸一口冷气，这伙儿真敢要。

我说买不起。

他说那你说嘛。

我说五百还差不多。

他说五百，我可以给你另外一颗。然后又从胸前掏出来一颗。看起来样子差不多，只是稍微干净点。

我说有啥区别？

邻桌有个女孩儿本来在吃馄饨，看着我俩在这儿说半天了。突然走过来跟我说，你不要上当。

我跟她笑笑说，没事，我就看看。

她一摆头，冲着那个人说，你不是藏族人。你不要骗人了。

那个人面色一冷，然后站起来看着她。我立刻站起来说你要干什么？

那人面色一缓跟我说，朋友，五百块钱，拿上嘛。

那姑娘一拉我胳膊，说，不要买。我说好，我不买。

那人还想说什么，谁知那姑娘叽里呱啦说了几句藏语。

然后问他，你说我说的什么？

那人不再说话，扭头走了。

我很好奇，问她你是藏族人？她点点头，说她是那曲人。

我看她穿着牛仔裤跟T恤，除了脸上有一点红，就像个普通的女大学生。

我说谢谢你。

她说，在火车站卖东西的都是骗子。你这么大人了也不长个心眼儿。

我说就是好奇。

她说以后长点心，然后背着包走了。我怕那几个男的报复她，就赶忙跟上了。

一直跟进候车厅，她看到了我说，你跟着我干什么？

我说你去哪儿？

她说她要去青岛看海。

我说我也要去青岛，正好一起。

她警惕地打量了我一下，见我可能不是坏人。说不用了。然后没再跟我说话。

我有些不好意思，就走到一边坐下。

一直等到上了车，我懒得找座位，就在餐车坐下。过了一会儿，我看到那个女孩儿背着包在通道里站着，赶忙招呼她一起坐。

她也没拒绝，走过来跟我一起坐。

我们聊了才知道，她叫拉姆，是一个藏族的大学生，她正在毕业旅行。等她旅行完了，她要去自治区的旅游部门工作。

然后说到她们那里的天珠还有一些其他的东西。

她说，天珠是有的，可也保佑不了人。你们这些内地的人，什么也不懂。

以前有什么好的？我现在可以读书，上大学，可以去看海。

不是因为别的，是因为现在跟过去不一样了。

你知道天珠，那你知道嘎巴拉吗？你知道阿姐鼓吗？

我只听说过一些传闻，知道是一些宗教的圣器。

她说，以前的人，很苦的。

我说是。

她说，你喜欢天珠是吗？

我说只是好奇。

她从手腕上摘下来一串珠子，花花绿绿的。我接过来看了看，那些珠子很漂亮，有一些木质的，有几颗小小的蜜蜡，还有一颗，很奇怪。

上面有一些红色与绿色，我看了看竟然是用电线编起来的。就那种普通的胶皮护套电线。1.5平方的。

我问她,这是什么?

她说:"这是天珠啊。"

我说天珠不这样啊,这不电线吗?

她说,这就是天珠。是电线天珠。

我越来越好奇。

她说,这是几十年前,西藏第一次通电的时候,剩下来的电线。被我们那里的人编成了天珠。

我听着她继续讲,她看着我说:"这就是天珠。"

"因为它带来了光。"

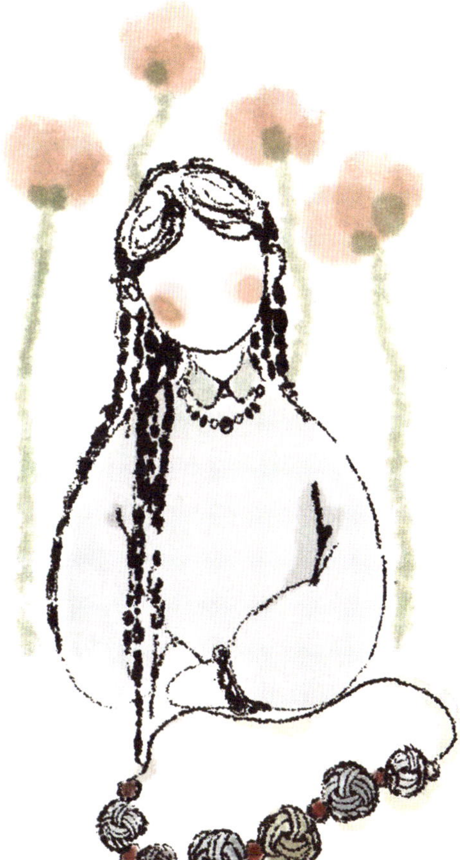

＊

我小时候有个外省的玩伴儿。她父母在山西工作,有一年暑假她跟着父母头一回来山东。她长得可爱,穿着个白裙子。只是口音一嘴老西儿味。

别的小孩儿都嘲笑她"寇老西儿寇老西儿",因为那会儿电视里播杨家将评书,她口音像寇准。

可是我觉得她很洋气。所以她就白天晚上地跟我一起玩,晚了也跟着我们家吃饭。

有一回我爸买了很多海螺回来。她说这是什么?我说这是海螺。

她说海螺是这样的啊?长得跟搓莜面鱼鱼一样。

我说搓莜面鱼鱼是什么?她说就是,哎呀说了你也不懂。等以后你去找我玩,我让我妈妈给你做。

我俩一起煮海螺,我教她用叉子把肉挑出来,我妈给我们切葱倒香油拌了一盘儿,剩下的一些给我们包了饺子。

她说这个海螺吃起来"个筋个筋"的。我觉得她说"个筋个筋"的样子好洋气。

其实我也很少能吃到海螺,我吵着吃海螺是因为我跟她说,海螺里存着大海的声音。我没办法带她去看大海,想让她听听声。

我攒着一堆海螺壳,一个一个地给她听,她说每一个大海的声音都不一样。

我跟她说,海螺里的大海有时候是晴天,有时候是刮风,有时候是下雨,有一个海螺里面还有闪电。

她说真是诶,这个海螺里轰隆隆地响。

有一天我看着她举着一个梨来找我,我说给我咬一口,她说不行。我说为啥?

她说:"梨是不能分着吃的,因为会分梨。"

我不信,结结实实地咬了一口。

她哭了大半天,怎么也没哄好。

第二天,她爸爸把她接走了。一直到现在,我都再也没见过她。

我只记得她的小名。还有外号。

后来我去了山西,我去了大同,太原,忻州,去了阳泉,我吃了莜面栲栳,拿糕,块垒,饸饹,锅贴子,下鱼子,焖鱼子,炒面,糊糊,饺饺,丸丸,囤囤,拨鱼,山药鱼,山药饼,磨擦擦,筋棍,黑老哇含柴。

忽然有一天在某个宴席上,过油肉,醋椒羊肉,醋鲤鱼,豆腐丸子,酸汤酥肉吃完,餐厅年轻的老板娘端上来一盆带着螺旋花纹的莜面鱼鱼。

我说,哎,这搓莜面鱼鱼,怎么这么像海螺呢?

*

我之前在山东日照的大沙洼开过一个海边酒吧，那个地方依山傍海，有一个非常大的林场，森林连接着大海，沙滩极其平缓，沙子细得面粉一样。我的酒吧就在沙滩旁边，每年只有三四个月的生意。其余的时间就是钓鱼，写作，熬着。

后来2019年我还带朋友回去过，尽管已经过去将近十年，那里还是有一些认识我的人。

当时有个从东北过去的人，在林场养马，姓耿。他来山东之前，在东北放山。也是林场，采山参，东北山里的故事远比山东林场的故事来的精彩得多。他从十几岁就跟着大人放山，说起采参，我也听过不少传说，最著名的传说莫过于如果你发现山参，你要先用红绳拴住它，不然成了精怪的山参会跑了。人参，必须让最厉害的放山人老把头挖，才能全须全尾地请出来，所以有时候发现了就得先拴上，再去喊人帮忙。

我问他，山参真的能成精，会跑吗？真有人参娃娃？

他抽了一口烟说，会。

我问他你遇到过吗？

他又抽了一口烟，眼神有点忧郁，说遇到过一次。

我一下子来了兴趣，让他讲讲怎么回事。

他说，有一年他新买了个摩托车，跟着人上山，本来是搭伙的，他岁数小不认路，就掉队了，大部队先进了林子，山里的路走到头摩托车就骑不动了，停在一棵大树下面，他刚停好车，就发现了那大树旁边儿有一株五品叶的大山参！

他摸了摸身上，发现没带红绳子，自己又不太敢起参，他就想进林子里找老把头帮忙。他兴奋地把摩托放在那里，去找人了。等找到人，回来的时候。发现那人参不见了，更气人的是摩托车也不见了。

他现在说起来还是捶胸顿足！

"他妈的，你看没栓，它把我摩托骑跑了。"

＊

偶尔吃到高粱米饭，竟非常好吃。粗粝又黏，带着些江米味儿，又粒粒分明。配烧肉吃，居然有些裹蒸的味儿。

此前在山东时，海哥总在端午前从肇庆给我寄几个大裹蒸。冬叶包的巨大一个粽子，金毛脑袋那么大。糯米里塞着一块巨大的肉，那肉把糯米润成枣红色，奇异又香糯。

我一直很奇怪，唯独到了粽子这里变成了南咸北甜。山东，东北，北京，传统都是枣儿粽子。也都用江米。南方却是塞各种肉进去，又咸又腻。跟豆腐脑完全反着。

北方也有别的黏糊粮食却不用，黏高粱，大黄米却都来酿酒喂鸟儿，最多做些糕。

反正我小时候看到地里有围着花生田种高粱，当篱笆用。却没吃过，似乎也不奇怪。

我长大时就已经必须吃精白面了，上一辈人刚从饥荒里走出来不久。他们似乎觉得粗粮是苦日子的代表，碰也不愿意碰。

现在又开始讲究低碳水，总要找点儿不好消化的玩意儿吃吃。从门头沟的咸菜厂拎回来的高粱，蒸成高粱饭。

吃着吃着竟然让我想起海哥来了。后来看到海哥写的《闻香榭》拍成了电视，又想起她给的那大粽子来了。

*

许多人不敢吃蚕蛹。我小时候也是当豆儿吃的,直到有一天我发现它长着眼睛,吓坏了我。

可没两天就又吃了。

周村产丝绸,当地的蚕蛹都是桑蚕,个头小花生米一般大。缫完丝后,盐水煮一下就拿去卖,大集,市场上都是用大盆装着。买回来再炒韭菜,炒辣椒,佐酒佳肴。

东北吃柞蚕,个头极大。活着油炸碳烤,卜卜脆,看着吓人,咬之胜羊。

还有等它孵化变态,变成蛾子,叫烤仙女。这个我暂时还下不了口。全因小时候有人说,蛾子身上的粉毛有毒,能致盲。

但蚕蛹说是营养极好,几乎是纯蛋白质,也很有口感,或脆,或软,柞蚕还能爆浆。说着有点残忍,可一旦接受它是食物,就有一些妙了。

有人说它有虾味儿,我比较起来,蚂蚱才更似虾。蚕蛹就是蚕蛹味儿,虫子的草味儿都无一点。

就是蛋白质氨基酸的香,还有点桑葚的甜。

*

有一年我们镇上来了一批三峡移民，各个村都分了一些。镇上负责盖房，分地。

开始的时候口音不通，他们很少与我们当地人交流。我们倒是很热情，心里也都有一些荣誉感。毕竟普通人能参与到国家大事里的机会不多。

所以我经常被大人们带着去移民家里玩，帮着干活。最主要的就是教他们种小麦，种玉米。毕竟南方与山东的作物习性完全不同。

山东是农历五月收小麦，种玉米。农历九月收玉米，种小麦。一年两季，小麦要过冬。他们在南边种水稻一年能有三季。说起来山东农民都很羡慕，但是嘴上却说："大米不顶饿。"

后来我被学校安排了定向跟移民孩子交朋友，就这样认识了曹兄。他比我大一些却比我矮一头，我们都把这归功于大米饭的劲儿不大，还是得馒头烙饼能顶个子。

有一次我早上去喊他上学，发现他跟他老汉儿加上他爷爷仨人围着一个锅子在喝酒，锅子里炖着一些肉，还有一些菜。他妈妈在锅里下米粉。他老汉儿看到我，就喊我："来来来，娃娃儿，豁（喝）一杯。"

我开始还有点不好意思，直到他妈妈给我盛了一大碗牛肉米粉，我就忍不住了。那米粉是扁粉，跟挂面模样类似，大块儿的牛肉炖得酥烂，盖着一层红红的辣椒油，香气扑鼻。我在此之前并没有吃过米粉，这东西没有嚼劲儿，但是很好吃。红烧牛肉与辣椒，是我完全没有吃过的味道。我听不太懂他们说啥，只知道他们拉着我吃。

我就不客气了，尽管在胡同口买了两个肉火烧，我吃了一个，剩下一个本来揣着想给曹兄吃。没想到他一大早的在喝酒。他老汉儿拿着个塑料鼓子，给我倒了半茶缸子白酒。说："娃娃，尝一下，正宗滴苞谷酒。"我说不喝不喝，一会儿还得上学。

我就埋头吃米粉，又辣又香。曹兄说："好吃吧？在我们老家，早上都这样吃滴，喝早酒，吃牛肉粉。"

我辣得说不出话来，随手抄起茶缸子就喝了一口。

都说山东人能喝，但是一个十岁的山东人还不太行。

不知谁喝过这种劣质的散白，装在塑料鼓子里，几块钱一斤。显然酿酒工艺并不过关，杂醇很多，所以口味刺激丰富，混合着辣椒牛肉米粉，感觉就像是吞了一把玻璃渣子。

我当时就想吐，但是看着爷仨一脸笑嘻嘻地看着我，我硬是想着要给镇上挣面子，咽下去了。

那阿姨过来就开始骂他老汉，大概还是些湖北脏话，

"二黄八吊的，你们搞嘛的儿，活葬德，他才几岁？你给他豁苞谷酒，醪糟儿木得？日股俩，日子过得三个坛子两个盖子的，你给娃儿搞坏了，你赔起？"

（我能记一些完全是因为，但凡学外语，脏话最容易入门。老曹教了我好多。）

然后赶快过来拍我胸口，我缓了好一阵。一挥手，绝对不能丢人。

那天我跟曹兄两个人晃晃荡荡地去上学，被老师罚了一上午站。在那个老教室的窗户根下，晒着太阳。

曹兄跟我说，你们这里没有长江，干燥得很。也没有山，只有麦子。唉！灰扑扑的。

整个上午他都在给我说他的故乡。

他说他有条小黑狗，来的时候不让带。

"然后我就放开了绳子，上车的时候，它还站在那里看我嘞，我让它跑，它也不跑。"

他说他来的时候的村子，在半山腰上，山永远都是绿油油的，好多树，还有橘子树。橘子吃不完都喂猪，喂鸡，喂鸭。

我觉得他吹牛，我从小到大吃橘子都拿钱买。

他说，不吹牛。唉，我们家的猪，特别爱吃橘子。

我问他，那猪呢？也放跑了吗？他想了想说那倒没有，都做成腊肉了。你早上还吃了。

我说，啊？我没吃到橘子味儿啊。

他看了我一眼，说，你得细品。

他说，那个大坝，我去看过，真是大，能跑汽车。把长江拦上了，发电，以后你们这里用的电都是我老家发的。以后都不要钱了！

我真的相信了。他一句一句地说着他的家乡。然后他跟我说，我老汉儿跟我说，我们没有家了，我们的屋子都被淹在长江下面了。我不相信，等我攒点钱，我得回去看看小黑。

我说那你一定要带上我。其实后来，我因为公事去了他说过的那个地方，那里只有汪洋一片。也吃到了一碗一模一样的粉。

我们俩一直在一起玩到了初中毕业。后来有一天，我看着他爷爷，他爸爸，还有他，在一片麦地里转。我跑过去跟他打招呼。

他神秘兮兮跟我说，嘘，我爷爷正在堪舆。我说什么是堪舆？

他说就是风水，就是寻找墓地。

我问他寻找墓地干吗？谁要死了？

他看着我没说话，摆摆手把我赶走了。

后来我知道，镇上把一切都安排好了，给他们盖房子，教他们种庄稼。却唯一忘记了他们的最终归途。他们只是来了，但是他们没有坟地。

他们的坟地都在千里之外的那个南方，被长江水藏在了深谷里。

他爷爷说，我落叶归不了根了。我看好了一块地方，埋在那里，以后就都在这里了。

这个地方，我看好了，利子孙。我死以后，孙子能发财。

后来他爷爷真的埋在那里了，那里本来是村里另一家人的责任田，麦地里起了一个不大的坟包。就那一个，孤零零的，也没有长江，也没有橘子树。只有冬天春天的麦子，夏天秋天的玉米。没完没了，一年一年。

后来他学习也不大好，早早混入社会，唯一没怎么变的就是他那嘴口音。有一次我回山东，他约我喝早酒，还是在那

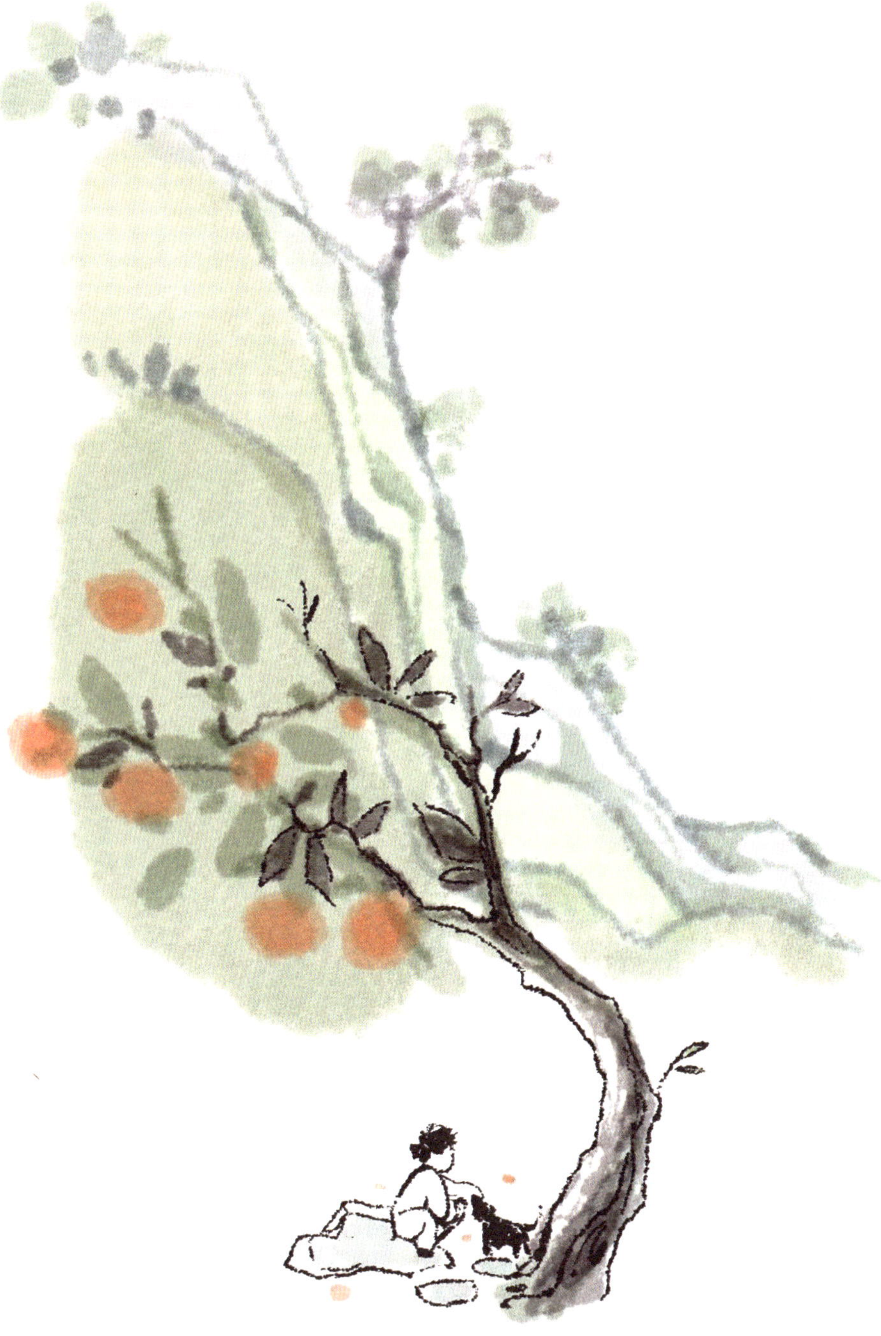

个小院子,他老婆给我们做了牛肉粉。我喝得有点多,一上头,就非得干点农活,然后我们就找了一片玉米地。

我硬是掰了小半亩,刺得身上全是血口子。掰到地头,我看到了地头外面起了一个工厂。我说,你爷爷的坟呢?以前是不是在那边?

他说对,我爷爷堪舆堪得准,说那里利子孙,我能发点财。

我说那你发财了吗?

他点点头,前年这个炼油厂扩建,正好征到了这边的地,我爷爷的坟在那儿。

迁坟,赔了我八千。

*

新疆也有好大米，有好大米就得嗦粉。

新疆米粉也是炒粉，干拌，汤粉。

炒粉是牛肉，芹菜，豆瓣，焉耆辣椒酱，宽油爆炒。红彤彤油汪汪一大碗，粉是圆的粗粉，一如当地的拉条子。口感却与拉条子截然不同，比南方米粉也有差异。你一吃便知这是新疆的东西。

就像是大盘儿鸡，馕坑烤肉，丁丁炒面，过油肉拌面，拉条子一样，西部气息十分浓郁。

新疆人吃米粉的事儿似乎来自建设兵团。问过疆办一位总厨，他跟我说，其实是八十年代在乌鲁木齐拖拉机厂，来自贵州的夫妻两人先做的。

这便合理了许多。

这些年南疆产的羊脂米，阿克苏有种月光米，都是好大米。做抓饭也是一流。我在喀什见过做抓饭的胜景。

乌压压一口大锅，几乎是一整只羊，黑红脸膛的大汉将其砍成大块儿，新疆独产的黄萝卜，洋葱，宽油炒透。再捞上几十斤米一起煮，那到最后黄澄澄一大锅，泛着金光。铺上一层葡萄干儿，那葡萄干儿，都有拇指肚儿大小。

再撒几粒巴旦木，挑几块肥羊肉，嚼着丰腴无比。抓饭是天作之合的好吃，而嚼着再数——米，肥羊肉，瘦羊肉，萝卜，果干儿，都还在嘴巴里争先恐后地冒头。

相得益彰却又各自不服。

这是世界上最隆重的盛宴之一。

一兵团大哥跟我介绍："这玩儿得扎着胰岛素，配着硝酸甘油与降脂灵吃。"

我说那就别吃了。

他说那怎么行？你不吃抓饭，你来新疆干个撒？

*

青岛人并不是只会吃海鲜。过日子跟别的山东人差不多，炒菜馒头，排骨米饭。

许是青岛的排骨米饭太平常了，外面很少提及。连野馄饨都被外地人知道了，排骨米饭却还是秘密。去年我还说啤酒厂的面包好吃，还有好多人去买那个带雪莉桶味儿的欧包，好评如潮。

啤酒屋里"海螺炒大头菜第一"，说是最新的流行。啤酒屋外面排骨米饭才是第一。

好多年没去吃了，小时候到青岛拿塑料袋儿打扎啤，拎着找路边排骨米饭。炖得烂乎的排骨，脊骨在大铁盆里小山一样垛着，米饭在大蒸笼里呼呼冒着热气。

青岛大嫂子戴着白帽子热情洋溢，米饭管够，排骨一小盆儿。若是能吃到带软骨的精排，那算中奖了。排骨肉丰腴如膏，骨头不用啃，能用舌尖舔下来，尖儿上的脆骨嘎嘣脆，热米饭里浇一勺排骨汤，排骨整块地吃，掉下来的碎肉再拌饭，什么感觉呢？

就是你在外面上学，一整学期都没回家，快放假了，你奶奶让你爸爸打电话问你啥时候回来，你刚上车的那一刻，奶奶就把排骨下锅了，等你一敲门，奶奶来不及抱你，先把排骨起锅，米饭盛好，喊你小名，快洗手吃饭。

就是好好吃饭。人活着就是得好好吃饭,这就是好好吃饭。

这是青岛的一个秘密,所有青岛人在外都秘而不宣,生怕外地人知道。

青岛小嫚媪有些不喝啤酒的,她要说随便,你就请她吃排骨米饭。

太香了咋办。

世界上的风景只有在路过时才是最美,因为不必在此生活,看到的都是好。只要是开始生活,就算是在天堂,也会全是生活的烂摊子。

青岛也一样,只是日子会容易一点。有大海,有啤酒,有排骨米饭。

*

我认识一个女孩子。我们是中学同学,后来还有媒人想把她介绍给我。她家里是做屠宰肉铺生意的,是我们小镇定点的一个屠宰厂,除了批发也自己经营零售,乡邻也常去她家买肉。

有一次,我去她家里买肉,正好看到她与她二叔在院子里追一头大猪,那猪可大,不得有四五百斤,不像是现在吃的小猪崽子。她挽着袖子,健步如飞,瞅准了时机,猛地扑过去,双手揪住了那大猪的耳朵,双膀一拧,哐当一下,把那大猪拽翻在地。她二叔麻利地拿麻绳捆了猪蹄,行云流水,绝不是第一次干。

我忍不住鼓起掌来,她一下子看到我,有些脸红,笑了笑,去准备刀子杀猪。阳光下,她的头发毛茸茸的,很好看。

她家里最著名的是酱货,一是酱猪头,二是酱猪蹄,三是四喜丸子。

她家的酱猪头酱猪蹄并没有什么祖传的手艺,就是炖得烂乎,用柴锅烧,木柴多是附近果园淘汰伐下的桃树,一口大柴锅是跟下乡的铁匠定做的,直径大得吓人,怕不是得有一米七八,我整个人躺进去都不用太蜷腿儿。

那一锅能炖下十几个猪头,几十个猪蹄子,其余猪肝肥肠也都一起酱着,我们这边跟北京不同,是不吃猪肺的。一锅老汤红亮清澈，从开业到现在没有绝过火。

那酱猪头热的时候能酥烂到什么程度呢？她家切猪头不用刀，直接用筷子，你看上哪块儿，耳朵或是猪脸拱嘴，拿一双大筷子直接劈下去，最后一挑，拿一张大油纸垫在台秤盘子上，称完拿麻线一扎，你得赶快拎着往家跑。一般我吵着吃猪头，我妈这时候就已经在家烙饼了。大铁鏊子烙单饼，后来看到《红高粱》里朱亚文吃抃饼，我看是一个东西。

到了家，饼刚从鏊子上揭下来，我妈拿擀饼的批子挑着，我卷上猪头就吃。单饼整体柔软，却又很神奇的有一点脆皮，混合着软糯咸香的猪头肉，糊嘴巴地香，吃到最后手被猪头中的胶质粘得张不开，头直晕。从小到大这套流程已成固定，近乎一种神圣仪式。

那还有猪耳朵，放凉了拌葱丝，嚼起来"嘎吱嘎吱"地响，能引起颅内共振，吃完耳朵都能大一圈儿。加上山东的葱甜也脆，一红一白，香油一拌，天作之合。我大爷骗我喝的第一杯白酒，就是拿葱拌猪耳朵送下去的，我现在这么爱酒，这道菜当负首责。

后来全国各地去得多了，发现了一件异事，无论是成都武汉还是北京上海，烧烤酱卤的猪蹄儿都只有一拃来长，擀面杖粗细，还都劈开来做，小手张着被码得整整齐齐，看起来可怜无比，那些可爱的小猪绝不会成年。无论谁说多么美味儿，我都下不去嘴，想着就可怜。

还得是她家的大猪，蹄子一个足足一斤半，皮厚筋多，吃起来无比费牙，绝无任何体面可言，要说有什么特别，也似乎没有，只是单纯地香。双手抓着，一边啃一边吐骨头。

人说山东响马多，都是被啃大猪蹄子的形象给毁了的。大碗喝酒，大块吃肉。一切都得大，如果你见识过胶东的大馒头，你就能体谅山东人的饭量，锅多大，那馒头就得蒸多大。

一般家里没有吃米饭的习惯，但凡吃米饭都是当菜吃的，也是因为四喜丸子。四喜丸子是大席菜，各地有各地的做法，但多是先炸后蒸，或者炖。孙家的丸子每天不多，都是卖肉剩下的好肉碎，肉边儿。每天攒个几斤，她爹便剁成肉丁儿，绝不能剁太细，马踏湖的脆藕也切丁，最重要的是要搓碎几个馒头掺进去，最后蛋清一和，捏出丸子来，下板油一炸，眼看着拳头大的肉丸子，在油锅里翻滚一会儿变成枣红色，然后滴溜溜地再冒出来，油锅里飘着一群小和尚。

有时候放学我跟她一起走，提前让她跟家里说好，给我留几个，回家上锅蒸几下就可以了。大丸子松松软软，肉丁虽然烂乎但也能吃出恰当的口感，最绝的是吃到藕丁，大概是南方荸荠的味道，不如那个脆但是比那个艮。

那大丸子拌上米饭，我就着能吃三四个馒头。

有一回我去买肉，她站在柜台后面吃脂渣，她递给我一块，我们俩"咔嚓咔嚓"地吃着，说起填报志愿，我那时一心想搞艺术，后来学画去了济南。她学习极好，去了北京读农大，再后来听说去当了兵。

后来还曾有好事儿的媒人介绍过，但我们都没回应。

都很好。

※

日照王家皂那儿刚发展旅游,改造的时候,村里成立了一个所谓市场管理部。当时一些村里没工作的年轻人被收纳进来。有个姓乔的年轻人,高中没毕业,原本跟他母亲在海边小市卖烤鱿鱼,这会儿戴上红箍儿,变成了管理员之一。

开始看车场,后来负责小市场的卫生。

一时大权在握。

虽然都是庄里乡亲,但他执法如山。海边野市,游客众多,有时商贩忙起来了,便来不及收拾,但凡被他看见,有一根儿烧烤的竹签掉在地上,他便严厉地罚以重金。

不得不说这办法有效得厉害,最开始各商贩还不在意他,但后来发现他六亲不认,便再忙也重视起卫生来。

可旅游季有时候实在太忙,市场里好像也没有安排专门的卫生员,他每天拿着根胶皮棍子巡查,左敲敲右打打,威风凛凛。开始有几个反抗的,他拎棍就打,不管是叔伯大爷还是远亲近邻。

乡亲们苦不堪言,因为靠海吃海,真正的靠捕捞吃饭的人少了,一村大半人的生计都得靠着这市场的买卖养家糊口。

北方的海边只有三四个月的旅游季节,一旦过去,一个人都不会有。

而承包市场的租金又贵。这样忙来忙去,生意也做得不方便，有时候这边做着烤鱿鱼，那边就得去做卫生，回来之后烧烤就糊了。

没多少日子，游客们就去隔壁村的乔家墩子去吃了。

乡亲们有一天闹到了村委会，找到书记说搞卫生要把我们搞死了。

书记叫来管理部的负责人问了一下情况，说怎么弄的，乡亲们意见这么大？

负责人也一头雾水，说搞卫生不是安排人了吗？

然后喊了小乔来，小乔一来，还跟书记叫苦，说老百姓都不服管。

书记大怒，一嘴巴抽过去，一边打一边大骂。

"斜实嫩娘！老百姓老百姓，嫩娘的，你不是老百姓？"

"让你去打扫卫生的，操嫩娘的吃人饭不拉人屎，让你去当官儿了？"

＊

　　以前无论北京还是别的城市，一到半夜十一二点，在桥下路边儿，野馄饨摊子都该支起来了，一般是两口子，一个包一个下。饥肠辘辘晚归的人们，喝多了吐空了肚子的人们，马扎子一搬，来碗紫菜虾皮儿汤的馄饨，馄饨皮大肉少，馅儿也就筷子头那么大。

　　香油一点，把人间难处都烫平了。

*

开海了，有朋友给我寄来两大箱梭子蟹。还不算大，四五两一只，蟹膏顶盖儿。惊喜其中夹杂着四五只软壳蟹。

旧衣半脱，新衣薄软，隐隐地透着丰满白膏，披着一点海水。使人心动。

渤海湾的海产野物，都有些香艳。此前在黄骅吃到刚出海的油带鱼，价极高。在北京的餐厅买到四五千块一条，确实美得惊人。舟山的雷达网打上来的，似乎是另一品种，也美味无双，但又比渤海湾的小了一点儿，有些秀气，比不得山东的粗豪。

那蟹肉肥得饱人，等开海等了几个月，正是渔民的好时候。青岛的码头都有专门的挑蟹人，给他几十块钱，他带着你去挑蟹，无一不肥。

挑来拣去，肥美的进京送我，瘦的去做了蟹酱，咸蟹。

二三十只煮得鲜红，摆在大白盘子里，我坐在桌旁，恍若一个选妃的昏君。

*

那天下雪，我骑着自行车去找元元姐姐。我在学校惹了祸，不敢回家。她刚刚毕业，在济南租了房子找工作。

已经擦黑了，她住在英雄山。我从文东路骑了一身汗，她给我开门的时候穿得很单，皱着眉头说，快去洗洗，一会儿吃饭。

我十七八岁，血气方刚，头上还呼呼冒着白气，用凉水胡乱洗了洗，光着脚出来。她看着我肩膀上有块伤，有些不高兴，说你怎么又打架。翻了些药水出来给我涂。

她只穿着个背心儿，赤着脚，头发散着。我不太敢看她，便把眼睛看向别处，想着小时候我在街上遇见她，她推着小车去给她的奶奶买煤，我遇到她便跟她一起去，后来车翻了，煤撒了一地，我偷着把我爸爸的拖拉机开出来。

那时候我刚能够着拖拉机油门，之前只在玉米地里顺着陇，开过直线，我爸挂好挡，我拧着方向盘，他在地里把掰下来的玉米一个个扔到车斗里。

可为了她，我就摇起拖拉机上路了。她也大胆，就坐在车斗里的煤堆上唱歌，穿着一件白羽绒服。

她给我抹着药，摸着我肩膀的手指冰冰。她看着窗外说："雪真大呀。"然后又忽然扭过头来说，"今天我们包饺子吧。"

我看着她的眼睛，一下子慌乱了。

元元姐姐看着我耳朵都红了，说你没包过是吗？

饺子是怎么包的？我有着无数纸上谈兵的经验，都来自各种道听途说与伟大的作品。

她看着我，伸手掀开一块布，里面盖着两块白生生的面团。她抓住我的手放在上面，轻轻按了一下，那白面团被我摸上了指印。

她在我耳边说，你没吃饭吗？

揉面是这样的，在此之前你想了一百八十种办法，用到多少水，多少面，如何旋转，如何用力，怎么拿捏，最后你真上手了，你便会知道，这只有一种揉法。

它似乎有呼吸，你无论怎么用力，如何的粗暴，而你的手得到的全是温柔的反馈，它贴着你的掌心，耗尽了你整个青春期的力气。

我揉面，她便调馅儿。

她把那块肉化开，轻轻搅着，肉立刻有了精神，上了劲儿，起了胶，她轻轻尝了一下，似乎很满意，看着我笑，说我总觉得你还是个小孩儿呢。

面好了，她把面团揪开，她教我怎么擀皮儿，再怎么把挤成肉丸儿的馅儿填进去。

再怎么烧着水，再怎么看着火。

再看着饺子下进锅里，白生生的在开水里翻滚，水越来越开，锅里忽地扑出来沸腾的白沫子。

她哎呀哎呀地喊着我的天啊。

让我快把火关小，她连忙蘸了一些凉水下去，可不一会儿，锅里又翻了起来。水来回地翻滚，饺子早就熟透。

她的脸被热气熏得通红,赤着的脚似乎要把夜晚踩出来一些窟窿。

元元姐姐,在一个这样的夜晚,她唱着歌,我手忙脚乱开着一台红色的十二匹马力拖拉机。从大雪中,冲出来。

我如此荣幸,得到如此的款待。我只带着一身伤痕,就走进了她的屋子。她送给我的一切,我都无从报答。

元元姐姐,你也很孤单吧?

我也是的,我来找你时就已无处可去。

我们包饺子吧。

姐姐,这时我们处在一个这样的伟大场景中,它在未来一定也会出现在一部伟大作品里。

姐姐,我们这样相爱,早晚得坏事儿。

饺子接连从锅里跳出,滚烫沸腾,饱含汁水,我这样饥饿,贪婪,狼吞虎咽,吃那些洁白的面皮与肉,所有的饺子我全都囫囵吞下,满头大汗。

元元姐姐那天说,我的天啊,这么贪嘴,你怎么跟个牲口一样。

*

草盛花疏间,
我抱云眠,
大梦无边。
十年酒钱不算,
好用桃花换。
只洗剑捉蝉,
你是狐仙,
与我尽欢。
放任风雨随便了,
无有心思管。

＊

如果说起地方美食侵略性强的，在羊肉泡馍与肉夹馍面前，也只有沙县小吃与兰州拉面可以与之匹敌一下，但是沙县与兰州拉面一个是集团化作战，一个是青海人越俎代庖，都算不上道门正统。

唯有散落在各大城市里的羊肉泡与肉夹馍，或者摊子或者小店，都在各自的辐射范围内名镇一方，存在感绝对超出其他的小吃铺。

跟其他的一些强地域性的吃食不同，譬如卤煮火烧，兹要是出了北京五环，就难得成事，同样的还有天津的嘎巴菜，潍坊的朝天锅，河南的胡辣汤等，少了当地人的呵护，在外都脆弱无比，战斗力薄弱。

西安人别的不说，在折腾面团与肉上力气用得大了去了，先把面整硬，再同汤泡软，肉更是要下功夫，无论牛肉羊肉还是腊汁肉，无一不是十斤肉炖成五斤，一气化三清，大道至简，就是碳水与肉。

纵观这么多年，兹是做这两样的，只要按照原教旨主义，泡馍要掰馍的，肉夹馍不加青椒的，无论南方北方，几乎都开成了老字号。

*

我妈有个拿手菜，菠菜咸食。不知道别处有没有这个做法，与北京的糊塌子类似。只是糊塌子多用西葫芦，而山东多用菠菜与红魔菜（我也不知道学名是啥，长得与红苋菜类似，味道不同，有很明显的特殊味道）。

要新鲜的菠菜，老嫩无忌，胡乱剁一下，撒面粉，盐，调成糊状。饼铛烧热刷油，菜糊舀上，用铲子推成薄饼，煎至一层脆壳，趁热吃下，是很纯粹的好吃。我南北走过很多地方，如果论起糊塌子或者饼类，与菠菜咸食都难以匹敌。吃过的山东人应该知道这是什么味道，没有吃过的，可以自己在家试试。

卖相一般，却实在是好吃。

不知道你妈妈有什么绝活传给你没有，这个我是很会做。

我从小到大喝的绿豆汤都是红色的，有次在青岛竟喝到了一锅绿色的。大概是各地水酸碱不同导致。

绿豆汤说是解暑，解毒。冰镇后更佳，我是深信不疑的。并且迷信它是救命良方。小米绿豆粥，也是我醒酒必备，有时候喝多了一点，早上酒未散，煮一碗，从头到胃，通泰无比。我给它起名，宿醉无。

我还是婴儿时，可能还没走得太利索，但是有记忆。某个夏日午后，我妈带我去棉花地打药。到了地头，她把我往地里一扔，自己去干活了。

我便在地里爬，我清晰地记着那是一个什么样的新世界。我在田埂上，棉花下面，棉花都变得无比高大，那叶子与花，仿佛一片森林，一个微观的世界。偶尔爬过各类甲虫，蚂蚱，四脚蛇，还有一些粪生的野瓜，诸如马泡之类。

我就爬啊爬，突然森林里起了一阵薄雾，仙气飘飘，棉田变成童话幻境。

不一会儿我就吐白沫了。

等我妈发现我被药翻了。她喷雾器一扔，抱着我蹬自行车就回家了。据说是煮了一大锅绿豆汤，给我灌回来了。

至今我妈说起来都说："你那是吃屎瓜中毒了，以后不要乱吃了。"

绝对不是她喷农药喷到我了。

*

我那年被美院开除,上街混了一阵子。街上有个梅姐,文着花臂,在山大路有一些生意。那时候流行皮裤,别人穿都不好看,就她穿好看。

她有一辆火红的杜卡迪摩托车,每天晚上八点,她都骑车炸街,然后到山大路某个餐厅吃饭,她手下的弟兄们有事都会去跟她汇报。在那一片儿,只手遮天。

那天我被带到她面前认识一下,她问我哪个学校的?

我说我学画画的。她抽着烟一歪头,看了看我。说,搞艺术好,好好上学,别跟着他们瞎混。

我说不念了。

她说怎么能不念书呢?跟他们一样?

我说我把老师打了,念不下去了。

她很好奇,说看你不像啊。

我说是因为一个女孩儿的事,就打了。

她把烟头一扔说,还他妈是个情种。

然后递给我一瓶啤酒,我咕嘟嘟喝了。她笑了笑没再说话,算是认识了。

我以为从那天起就算混了社会了,可一连好久都没人找我做事。打架都没喊过我。后来有个哥们儿找我说,梅姐帮你找了一个人,你可以去那里搞点游戏光盘,二手电脑什么的去给你同学卖，挣点钱。那边店里的货可以先赊着，梅姐都给你说好了。

我那时候早就没钱了，每天在街上浪荡，晚上窝在网吧。靠朋友接济度日。

我一想这也是条路。然后就开始了我人生中的第一次创业。没想到真挣到钱了，跑了俩月，我赚了钱。很感激梅姐，只是她没再找我。我去山大路，远远地看到一群人围着她，也不好意思过去感谢。

一直到有一天，我听到摩托车轰鸣，她骑着那辆火红色的杜卡迪停在我身边，我赶忙叫梅姐。

她说，上车。

我撅着屁股挤上那辆摩托车，她拧得油门轰轰响，我不敢摸她的腰，手不知道往哪放，她回头说，抱紧了。

我伸手抱住她，她看起来很瘦，腰背却都软软的。头发从头盔里飘出来，刺着我的脸，她带着我骑过大明湖。

大明湖的大杨树刚刚开始发芽，被风一吹，枝丫蓬勃又坚硬。

骑过泉城路，人们都在看着我俩。我抱得紧紧的，风一样走过整个济南。

我的青春期有很多奇遇，那些人贯穿我的整个人生，我此后的每一天都在回忆她们。

她载着我到了她家，推开门，她把头盔扔在沙发上。那个家很大，很温暖。

她说，小子，你刚才摸哪儿了？

我红着脸说没摸。

她伸手给了我脑袋一巴掌，说来这屋。

房间里摆了一块巨大的画板，一些新颜料，与笔刀。

她点了一支烟问我，你还会画画儿吗？

我点点头。

她说那开始吧。

我还在发愣，她却已经开始脱衣服。

她站在窗前，夕阳照着她，霞光先是从她指尖，飞出一些点点余烬，一些光芒洇洇，她碰到哪儿，哪儿便着了，一朵莲花慢慢在心间绽开，在山水之中，莲蕊将金光存住，通人间，通生死，通灵山。

普度归来，菩萨小憩，莲畔有虎。

全因我亲眼目睹，如何她度虎，虎是凶兽，她以身饲虎，唤虎来吃她，虎咬住她的脖颈儿，咬出了血，那血流到画儿上，变成颜色万千，一个法身坐下，众生畏虎，可虎也是众生，不可不度。

偈语如雷，着肉汗衫如脱了，方知棒喝诳愚痴。

脱了衣服去，脱了衣服去。

那画上她不着寸缕，似是累了，弓着腰，那虎变成猫儿，变成坐骑，尾巴软了，嘴边还有些红，她就那样伏在虎上，弓着腰，霞光遍布。

我并没有太多美术的天分，就如同写作一般，几乎都是些平庸之作，偶有佳作都是神赐。那是我未有过的杰作，她身上有山水，眉间有菩萨。

早上的时候，她赤身站在那儿，看那幅画，看了好久。

然后跟我说，真美。

我说，真的很美。

她从画板上起下来还未干透的画，卷起来，摸了一把刀子细细地切碎，然后点燃。

她点了一支烟："好了，如果你不想死，你就走吧。"

*

我也有无福消受的东西。老北京豆汁儿，云南的生皮，牛瘪火锅，羊尾巴。

只是听到就受不了。

老北京的豆汁儿，跟焦圈儿咸菜是一套。组合起来还能压一压，有一些复杂的复合味道。有一些猛人生灌，对我这样软弱之人来说，不用喝我也招了。

以前市场边上会有一些大棚，大棚里都是些炒菜摊儿。我以前也做过网络布线的工程，会跟工人们一起去吃。那棚子里炒菜吃饭都在一起，卫生状况就不说了。胜在便宜，味重，管饱，炒得快。炒个豆芽儿，炒个辣子肉，炒个肥肠儿。灶上的火冒出来半米，锅都歇不住。

每人三五瓶冰镇啤酒，炒几个小菜，炎热无比，吃得大汗淋漓。出了劳力之后的舒坦。

唯一就是泔水桶。大概都是苦哈哈就不讲究了，倒剩菜的泔水桶都放在路边儿。

进来出去你都能闻到它，乱哄哄，围着一群群恐怖的苍蝇。常年不刷，味道馊臭。捏着鼻子也挡不住，那味儿拱的你眼眶子疼，脑子里嗡嗡的。

豆汁儿就那味儿。

北京人能喝的人也少，大多数都用来恶作剧外地人了。

外地人还都不长记性，想着来都来了。一口就喷。

生皮这东西，实在过于恐怖，牛瘪还有些百草的讲究。生皮，令人难以理解。我也爱吃刺身，一些海产鱼虾蟹都好吃。唯独生肉不行，在扒房吃牛肉，我起码也要五成熟。再生一点，我就不吃。况且牛扒梅拉德反应，高温做出来的样子，配料配菜都能减弱很多生肉的恐怖。

生皮，实在不行。把猪毛燎了，剥开就吃。白乎乎的大油，颤乎乎的。以前家里养猪，过年的时候请屠夫来杀，杀猪也不要钱。只需管一顿饭，给他一些下水就行。

那杀猪的大爷，叼着刀，把猪宰了之后。劈开猪腔子，不知从哪儿割下一小块肉来，核桃大小。要给我吃，我捂紧嘴巴。

他说："这是精华，一头猪身上就这么点儿肉能生着吃。你尝尝。小孩子吃了当大官儿。"

我绝不信他，我也不想当大官儿。这是只有屠夫才会吃的东西。

他逗我不成，便扔到自己嘴巴里。闭着眼睛嚼，似乎真有些享受。

现在想起来，我还是犯膈应。

生皮，给我感觉类似。

牛瘪火锅，他们叫百草汤。刚吃饱了的牛，宰了，把牛胃翻出来一大盆半消化的草。胃酸还冒着热气，黏乎乎的。比牛粪还恐怖得多。

我想了半天，要吃百草汤，直接去割些牛草来煮，不也一样？

有人觉得好吃，我是连看也不行。没更多的体会，或者真有独到之处。

就算多好吃，我也过不了这一关。

肥羊的尾巴，我不是说那种带蝎子的椎骨。就是胖大的羊尾巴。

内蒙新疆都养一种阿勒泰羊。那羊大，跟小牛犊子一般，大的有百十斤。羊肉鲜美无比，我总觉得只有这种大羊才好吃。内蒙新疆的草场都好，说是草里的碱性要比外地的大，所以羊好吃。

可那个阿勒泰羊，一百斤的身子二十斤的尾巴。那羊群壮观，你去看羊群，看着那羊都长着庞大的性感屁股，颤微微地发着光。

牧人介绍羊好，一巴掌拍上去，甚至那羊叫得都有些香艳。

就这玩意儿，大概跟骆驼的驼峰功能一样。在严酷环境里存着脂肪，能熬很久。

但这一整只羊的膻气也都存进这里了。煮出来白乎乎一大盆，内蒙人用小刀片成小条，托在手掌上，用嘴巴吸溜着吃。

大概他们也不敢嚼。

怀疑这也是他们用来整外地人的工具。好在我脸比较臭，没人敢胁迫我。

这东西，大概要配着速效救心丸吃吧。

我又想了想，这些大概都是些苦日子的遗迹。

*

老曹开了一个机械租赁公司,在他爷爷以前的坟那里圈了一个院子。里面扎了几个铁皮房子,停了几辆钩机,吊车。

我春节前两天去找他玩,我看着他的钩机很是羡慕。爬上去玩了半天,在他院子里挖了个大坑又给填上。手冻得通红,依然很开心。

就我俩,在他的铁皮屋子办公室里支了个火锅。他提前买好了牛排骨,牛杂。做法还一如既往,已得他母亲真传。

咕嘟嘟的小钢盆儿炖在电磁炉上,他说我见人家都是用炭炉陶锅,小火炖肉,是不是更符合你这种酸人的气质?下次来我给你准备上。

我说你才酸。

边喝边聊,喝到刚好,院子里来了个三轮车,车上下来了一个中年人。推门进来,看到我们在喝酒,就打招呼说正喝着呢?

我并不认识他,老曹好像跟他也不熟悉。他也没自我介绍,我跟老曹招呼他坐下一起喝点,本来是客气,结果他真就坐下了。

云山雾罩地说了半天,先是说疫情,听说我从北京回来,又说了点有的没的。后来只言片语里,我终于知道了他是谁。

我大吃一惊。

他是我的一个同学张娜的哥哥，叫张斌（化名了，同音）。十几年前，本地著名的大哥之一。他同村还有一个人叫张某，两个人倒不是那种工地沙霸。只是混江湖，心狠手黑，无人敢惹的刀手。

他那时我只听说过，张某我倒是知道一点，当时张某还有正式工作，在我们那里一个著名药厂做医药代表。

这两个人比我们大很多，传说不少。后来出了一个震惊全国的大案，就是他们两个组织的。

详细的我已经记不清了。记得当年那个药厂拉了一车值钱的原材料运往南方某地，张某知道这车药值钱，司机跟车的也都是他熟悉的人，所以他知道这车的路线。

他跟张斌找了几个刀手，开了车一直在后面跟着药车，出了山东，趁黑把车拦停。把车上的人都杀了，把药抢走了。具体我已经忘记了几个人遇害。

毫无人性，都还是认识的人。

结果有一个人，大难不死，身中数刀，被抢救回来了。案子很快就告破。他们几个抢劫的人，都被抓了。

有人枪毙，有人死缓，有人判了几年。

轰动一时。由于我跟张娜是同学，那时她因为此事初中毕业就没再上学，去打工了。

又过了好多年，这件事我已经忘记了。可今天这个看起来有些沧桑的中年人，居然是他。

他看着我说，我听说过你。

我说我也听说过你。

他笑了一下，没再说话。我跟老曹有些尴尬，不知道该继续聊些什么。我也不知道他为什么会被放出来。当年听说是死缓。

只好跟他喝酒，吃肉。过了一会儿他又起了话头，说今年都不太好干，各行各业的都影响很大。

我说是，过完年可能就会好起来了。都得重新开始。

他说是啊，然后干了一杯，继续说，今年过年得好好地放点炮仗，驱驱邪。放得越多越好。

他停了一下继续说，你们知道吗，听说这硫黄硝烟能杀病毒，古时候过年放炮仗，也是为了避瘟疫，你说古时候年兽是不是就是瘟疫？

我想了想，逻辑还挺对。

然后他压低声音靠过来说，我拉了一车炮，你们买点吧？

*

再见，乌拉哥哥，我以悲伤庆祝你的自由。

乌拉哥哥据说在国外犯了事儿，被张建忠想办法弄了回来。藏在张钢后面的市场里。那里经常偷偷地有一些地下比赛，赌局很大。

他来的时候老了，两颊已有些白须，一身横肉，奇丑无比。脖颈，胸前，脸上疙疙瘩瘩，极其恐怖。

张建忠说乌拉技术好，传承于某个古老血脉谱系。可惜岁数有些大了，不然这身经百战的，还能打出点成绩来。

乌拉趴在那里，看到我过来，抬头看了我一眼，眼神让我想起大雷子哥哥。清澈得让我想给他递一支烟。

张建忠看着乌拉说，真他妈可惜。明天淮北的王伯通来。

我问他怎么了。

他说没事，周末有个比赛。王伯通带着他那个大嘴来。打杜智普厂里的那个宇宙。热身可能得让乌拉上。

然后他抽了一口烟，

"得琢磨给他留个种儿。"

我那年21岁，乌拉8岁。我还是一个黄毛青年，他却已是垂暮老犬。造物者并不公平。

张建忠端来一盆肉，乌拉吃了两口，张建忠示意我过去。乌拉来自远东，听不懂汉语。他嗓子里乌拉了一声，我壮起胆子握住他的手。我说，你好，乌拉。他点点头。

张建忠叼着烟说，他大名儿可长了，俄语的，叫什么夫。我记不住，他总是乌拉乌拉的，就叫他乌拉。

他捏着烟屁股凑过来继续说，据说他在远东杀过人。我弄进来费了劲了。这种伤人的，一般不可留，要不是他这一脉打法厉害……

他唏嘘了一声："真正吉普系。"

我问他什么是吉普系，他摆摆手，一时半会儿说不清楚。

一会儿有两个人抬了个架子过来，一个木马一样的架子，后面张建忠带来了年轻的罗丝，罗丝年轻又健壮。皮肤都闪着光。罗丝一声不吭地跟着，然后木然地爬上那个木马。

张建忠亲手把乌拉的头蒙上，带了过来。冲乌拉喊："上，乌拉。"然后跟我说，"见过吗？这叫强奸机。"

旁边的人哈哈大笑。我站在一旁手足无措。

他们在喊："上！上，上，乌拉！"

乌拉的脑袋蒙在黑布里，一动不动。他没有上，尽管罗丝年轻又迷人。就那样站着。

张建忠后来等得有些不耐烦了，索性把黑布摘掉，狠狠地骂。

乌拉回头看了我一眼。他依然平静又悲伤。

我说，为什么要这样？

张建忠说，明天他就要死了。这样死了太可惜。真正吉普系，很值钱。

我问为什么他要死了？

他说，对上王伯通的大嘴，还没有幸存的。

我说，乌拉多少钱？卖给我吧。

张建忠笑了，你买不起。

我说多少钱都行。

他说，你这孩子，如果不是乌拉，就会是罗丝。他们有什么不同吗？

如果不是罗丝，那就是其他的。

你快走吧，小孩儿。

我看着乌拉，乌拉没再看我。我相信他早已洞悉一切。

张建忠看乌拉一动不动，骂了两句。把烟头一扔，跟王正说："给丫撸出来。上人工。"

传说16世纪的时候，从欧洲开出来一条船。船上的人为了赌博，用斗牛犬杂交出来一种崭新的物种。这个物种，残暴无比，力大无穷。在漫长的航行中，船员让他们搏斗取乐，赌博。

乌拉任人摆布，王正一边笑一边骂。

我只能走了。

张建忠是一位动物医院的院长，一头花白长发。他跟我说他来自北京，他幽默风趣，见识广博。聪聪的斑点狗生了病，他也给了优良的治疗，医术高超，妙手回春。

在今天之前，我不知道他还在那个市场后面经营着一些灰色产业。

我视他为师友。

我晚上睡在聪聪的床上，她趴在我的胸口，压得我喘不过气来。她身体赤裸，健康迷人，就像是白日的罗丝。

我说，聪聪，我睡不着。

她拿着头发戳我说:"那你想干吗?"

我说,我想走。

她说,那你滚吧。

我穿上裤子,离开了这个世界上最美好的地方。

开上我的切诺基。

我要去找乌拉。

我把车停在远处,翻过那个市场的大门,长长的甬道旁边,两边的玻璃窗后面,密密麻麻全是鱼缸。他们亮着,白色,蓝色,红色的灯。

整个黑夜斑斓无比,彩色的鱼在空气里游动,他们的影子在墙上变得无比巨大。

乌拉在甬道尽头的仓库里,那里黑暗一片。隔着铁栏杆,我喊:"乌拉,乌拉。"

乌拉坐在黑暗里,我看不见他,但我知道他就在那里。

我说,乌拉,跟我走吧。

我听到锁链的声音,他从黑夜里走了出来。他的脖子上被锁上了一条巨大的锁链。

如果你不是亲眼所见,你无法想象世界上有那样粗的铁链。几乎有人的小腿粗细,一头系在他的脖子上,另一头锁在黑暗里。

我只在船上见过那样粗的铁链,那是用来拉锚的。

仓库的大门被一把自行车链锁插着,无法打开。

我想我要是有把管钳就好了。

我想了一大圈,也不知道在凌晨两点的时候去哪儿找一把管钳。

我最后把车开过来，把拖车绳挂在门上。另一头挂在我的拖车钩上。

把油门踩到底，黑夜里发出巨大的声响。

整个铁门被我拖下来，砸在地上。整个市场的灯都亮了起来。我趁还没有人来之前，要把乌拉带走。

乌拉坐在黑夜里，默默地看着我手忙脚乱，一声不吭。

我绝望地发现，他脖子上的锁链也上了锁。

王正在外面喊，抓贼。

我慌张地说乌拉，对不起。我带不走你。

我开上车，留下乌拉，在黑夜里逃跑了。

第二天下午，我还是来了。大铁门就躺在那里，张建忠跟王正正在那里抽烟。

张建忠看到我，笑了笑，说："铁鱼，昨晚你来了吧？"

我没有回答，他说："我知道你怎么想的，这次就算了。下次不要这么干了。"

然后他踢了一脚那个铁门，说："都他妈变形了。砸都砸不回来。"

然后他一把搂住我的肩膀，拉着我往仓库里走，说今天爷们儿给你上一课。

乌拉还在那里坐着，有两个人在给他清洗，把他身上的每一寸都用牛奶仔细擦拭。

这是为了防止作弊，是某种固定规定。避免他身上涂药。

张建忠说："你看他。他也不知道疼痛，他也没有感情，他不是你认识的任何一种东西。"

他是人造的，他的每一块肉，每一根骨头都是被人用最严格的办法制造的。

他天生是个歇斯底里症患者。他是血肉机器。他见到除了人以外的任何动物都会立刻变成疯子。

收起你那可怜的，可笑的同情心。他是天生伟大的战士，血统纯洁，传承有序。我甚至知道他的父亲，他的母亲。他的母亲是他父亲的孙女。

他的父亲也是一样的。

他们的降生都有严苛的标准，只有在严苛的血亲谱系之间，才能保留他刻在基因里的技巧记忆。

"就像那些欧洲皇帝。"

他指着那个巨大的笼子，他们唯一的归途就是死在那里。

因为，他们是比特。

一种人类有史以来创造的最伟大的生物。

他情绪有些激动。然后看着乌拉说，你知道吗？

他们刚诞生的时候会杀人，杀得又快又狠，但是他一咬人，就会被立刻处决。所以一直到了今天，他们基因被清洗过了，很干净。

现在的他们，除了人，什么都杀。四条腿的，长着毛的，他们无法控制自己，遇到同类更是不死不休。

除了乌拉。

然后他点了一根烟给我，说，中国玩这个的，有两个人最厉害。一个是把他们引进国内的河南杜智普，另一个就是培育出基因爆炸大嘴的淮北王伯通。

他们要在这里，他指着仓库里一个巨大的铁笼。

他们要在这里举行一场伟大的比赛。

赌注是一个我从未想过的数。

多少钱你知道吗?孩子。他眼睛开始有些发红颤抖地说:"世纪决战。"

我看着乌拉,他甚至都不是这场赌注的主角。他只是在这场世纪决战前的一个牺牲品。

在决战之前,他只是用来给那个伟大的大嘴做开口训练的。

后来王伯通来了,身后跟着五六个人。抬着一个无比豪华的笼子。

那个笼子的豪华程度,让我恍惚间觉得那是一顶八抬大轿。里面坐着的是一位家国尽丧的皇帝。

血统高贵,满身锁链。

张建忠热切地赶上去握手,他们在挑剔场地。

我看了看乌拉,他坐在那里看着我。我问他,你是像他说的那样吗?

乌拉像大雷子哥哥一样看着我。大雷子是个温柔的人,乌拉看起来跟他一样温柔。

我拥抱了他一下,他突然神色一变。我能摸到他脊背上的肌肉开始突突地跳。

他低吼了一声。

"乌拉。"

大嘴出来了。

他们说大嘴是一个基因爆炸的怪物，是淮北人用某两个著名血系混交出来的产物，据说这样的杂交极具风险。往往会丢失掉他们各自谱系里最优秀的基因，变得普通、胆怯又愚蠢。

而大嘴是个传奇，他优秀，勇猛，毫无缺陷。他的咬合力达到了比特的极致，传说每平方厘米可以有八十公斤的咬合力，打法灵活吊诡，耐力无穷。杀遍世界，给王伯通带来了无尽的荣耀与财富。从无败绩。

他从笼子出来就看到了乌拉。浑身的肌肉一丝一丝地跳动着，眼睛死死地盯着乌拉。

乌拉从紧张到放松只用了十秒钟。他看了一眼大嘴，突然松弛下来。

王伯通走过来看了看，有些不满意，说："他不起性啊，这不行啊。"

我近乎哀求，那要不就算了吧。他不行，就算了吧。

王伯通不知道我是谁，张建忠笑着跟他说，这一个老弟，还不熟。

王伯通没理我，掰了一下乌拉的嘴巴。说是个好吉普，可惜老了。性子也起不来了。打滑了。

张建忠说，杜先生的宇宙也是吉普，马力是宇宙的……

王伯通点点头，说那正好。试试吧，让大嘴开开口。

我无力改变，结局早就被人们写好。

张建忠拖着乌拉上场，乌拉上去之前看了我一眼。我见过这个眼神，在大雷子哥哥逃跑的那个晚上，他找我借钱，他说他要去找安娜了。

他笑着，眼睛里满是解脱。

当乌拉真的上场之后，立刻变了。眼神平静凌厉。后来我在雪夜遇到了村口守村的爷爷，他从自卫反击战的战场上下来，杀过人。眼神就是这样。

大嘴更年轻。

我并没有敢看完整场战斗。

我听见全世界都在怒喊，我听到有人开始愤怒，又听到有人开始绝望。又听到有人哭号。

当世界安静的时候，我睁开了眼睛。

张建忠正在拿着一块木头撬板插在乌拉的嘴巴里。

斗笼里，全是喷射的鲜血。空气腥气让我开始呕吐。

大嘴浑身浴血，肚子被掏开了一个巨大的口子，内脏流在那张红地毯上。

他还在喘气，嘴巴里全是血沫子。

乌拉还不知道已经结束了，他跪在地上。嘴巴依然没有松开。张建忠用撬板撬着他的嘴巴。

我冲上去抱住他。乌拉乌拉乌拉。

他看了我一眼，松开了嘴巴。

我抱着他跳出笼子，冲出人群。

张建忠没有阻止。他默默地看着我逃跑。

兽医站值班的医生一看，皱着眉头问我，斗犬？

我说我不知道，你快救他。

乌拉前面的两条腿全断了，脖子上被撕开了一条巨大的口子。

过了很久，医生跟我说，没事了。先打点儿能量，晚上在这儿观察一下。

然后他说，斗狗违法你知道吗？

我点点头。他说，你是从张建忠那儿来的？

我说是。

他没再说话，眼神看向我全是厌恶。

王正给我打电话，说铁鱼你他妈在哪呢？大嘴死了你知道吗？乌拉呢？给我弄回来，妈的吃狗肉。

我把电话关机。

躺在乌拉的旁边，看着他输液。他奄奄一息，全是惊慌。

我说乌拉，你八岁了是吗？按照你们的算法，你都四五十了。我才二十一，以后我叫你乌拉哥哥吧。

我说："乌拉哥哥，我们到底谁才是狗呢？"

天亮以后，我打开手机。短信提醒有一百八十个未接电话。一半是张建忠，一半是王正。还有一条是聪聪。

聪聪问我在哪？

我说，有人找你吗？

她问我在哪呢？我说中心路兽医站后面。

她说，张老师找了你好多趟，没说什么事。你怎么惹他了？

我说，没事，你别理他。

她问你跟谁在一起呢？

我说，乌拉。

她说乌拉是谁？是个女孩吗？

我说，是我哥哥。

她说你瞎掰,你哪来的乌拉哥哥。

我说我刚拜的大哥。

她说我过去找你。

我说给我买几个包子来。别跟他们说我在这儿。

聪聪骑着电瓶车给我送来了一大兜包子。我给她介绍乌拉,这就是乌拉哥哥。

她好奇地看着躺着的乌拉,然后伸手摸了摸。

"他受伤了?好严重。"

我说是,一两句话说不明白。

兽医站的大夫过来找我,说,你带着他走吧。张建忠打电话给我了,我大体知道了。我给你准备了些药。乌拉没啥事,都是外伤,按时换药就好了。

张建忠打来电话,我想了一下还是接了。

他很平静,他说:"大嘴死了,乌拉呢?"

我说:"张老师,你把乌拉卖给我吧。他回去,王先生会弄死他吧?"

他说,你想什么呢?乌拉能把大嘴干了,谁敢弄他?他现在不一样了。

你放心吧,乌拉现在一战成名。王伯通也不行,况且给他省了那些钱。这会儿正千恩万谢呢。

这他妈是个大宝贝啊。小子,你亲眼见到了一代传奇的诞生。你买?他现在值多少钱你知道吗?他妈的太疯狂了。

然后他问:"你在哪?我去接你们。"

我说我想想。

我终于理解了张建忠们的疯狂逻辑。那个传奇的大嘴并不是皇帝，他们用豪华的笼子把他抬着，精心侍奉。他们疯狂崇拜着他。

然后他死了。

然后乌拉成了一代传奇，尽管在此之前他是一个老迈、丑陋、一文不名的国际罪犯。

他变成了大嘴，我不知道他自己是否知道这事儿。是否跟我们一样感到激动与荣耀。

如果是我，这些荣耀我肯定一点儿也不想要。

乌拉，到底是谁疯了？

我没有再接张建忠的电话，他发了消息给我。

"你要想清楚后果。"

我跟聪聪说，我这几天可能要出去一趟。

她说，好。然后她骑上电瓶车，又跟我说，你可不要惹事。

等她走远了，我抱着乌拉开车走了。一路向东。

我有个朋友，在日照的大沙洼林场有几间屋子。是旅游季节开设的简陋旅馆。后来又过了几年，我再次回到这里开了一间酒吧。

我与乌拉哥哥在那里度过了一段美好时光。

他康复得很快，当他被制造出来时，就已经被刻意增强了恢复能力。

他一天一天地好起来，他依然丑陋不堪。脖子上与腿上又多出来一些巨大的粉红色伤疤。看起来尤其凶恶。

他看见了大海，眼睛亮晶晶的。他不断地看我，不断地看大海,满是惊奇。

这里没有人,只有大海与森林。

他来到这里后,身上再也没有铁链。

他在风里奔跑,在沙滩上翻滚。像一只小狗一样。

我知道他不是一个机器,他跟张建忠跟我说的完全不同。他会痛,踩到他,他会叫。

"乌拉乌拉。"

他喜欢吃西瓜,喜欢吃核桃。整颗的核桃,他放进嘴巴里"咔嚓咔嚓"就嚼碎了。

他面目可憎,温柔无比。

张建忠没有再找我。

聪聪有一天打电话,问我什么时候回去,乌拉好了没。

我说我都有点不想回去了。

她说,难道你就想一直这样吗?你要逃到什么时候?我们怎么办?

我说我还没想好。

我挂了电话看着乌拉,我问他,乌拉咱们怎么办?要逃到什么时候?

乌拉翻了一个身。

我说要不我把你卖了吧!听说你现在可值钱了。

林场里有一个养马的人,姓耿。他养了几匹马,供游客骑乘。我来了一阵子,偶尔能遇到他。慢慢就熟了起来。

我那天决定回去一趟,就把乌拉托付给了他。

当天夜里,我还在路上的时候,就接到了他的电话。

他说，你快回来吧。乌拉惹事儿了。他把马咬死了。

当我赶回去的时候，乌拉被一根马绳拴在一棵大树上。他满脸都是鲜血。

一匹马躺在地上，脖子上有一道巨大的伤口。

老耿说，八千。

我说好。

我跟乌拉说，对不起，我不该离开你。

老耿说，他是一个怪物。我开始跟他玩得不错，我想让他看看我的马。他刚看到马，立刻就不一样了。

我说对不起。

他说，我很喜欢那匹马。然后他呜呜地哭了。

我无比内疚。

我很想解释点什么。

老耿哭着说，都怪我自己。我忘了你跟我说的，他看起来那么温柔。都怪我自己，我只是想让他认识我的马。

他说不怪乌拉。

乌拉很可怜。他不是要故意这样的。

天亮的时候，聪聪来了。跟她一起来的还有张建忠。

张建忠看了看乌拉，说恢复得不错。

聪聪过来抱着我说对不起。我们回家吧。

我没有说话。张建忠说，兄弟，全世界都在等着他。

我知道你怎么想的，我保证不会让他再上场。

我问他罗丝是不是已经有了他的孩子？

他说，那肯定啊，正宗吉普系。他的种还有一大管儿呢。

走吧跟我一起回去吧。

我说，张老师，操你妈。这他妈的不正常。

他说，铁鱼，你才是不正常的那个。

我看向聪聪，她看着我似有一些怕。

我走到乌拉身边，掏出刀子割开那根马绳。

我跟他说，"跑！乌拉！快跑！"

"往大海跑！"

乌拉开始奔跑，他朝着大海一直跑，没有人能追得上他。

他跑过马棚，跑过森林，跑过开满野花的荒草，跑过沙滩，跑进大海，他在海浪上奔跑。

直至消失不见。

再见，乌拉哥哥，我以悲伤庆祝你的自由。

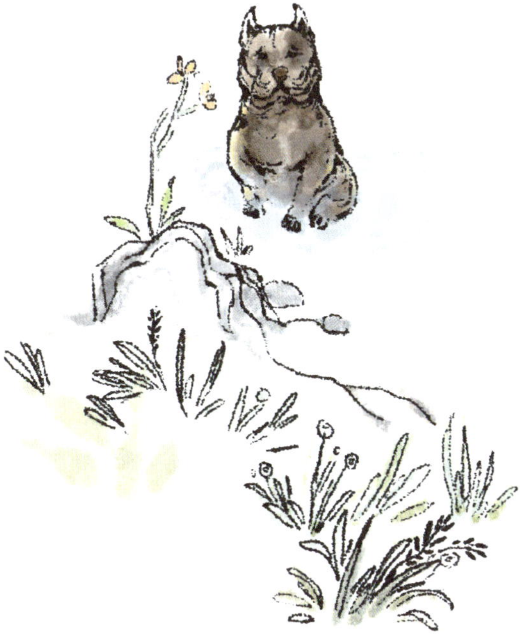

*

世界上的事有没有完美结局？我曾遇到过一件事，不知是否算得上完美。

2021年6月，我去霞云岭盘山，在山路上有个港湾，我停车拍照的时候，发现这儿有个老山民在卖山货，一些干蘑菇、核桃、地瓜干、咸菜干之类的。这里路险车少，生意不好，霞云岭盛产核桃与红梨。只是年轻人都走了，无人采摘。这时候红梨还没下来，核桃虽是去年的干货，却个大饱满。

我让他给我装一点，装核桃的时候，我看到老人脚边有个锈迹斑斑的铁笼，里面装着几只黑乎乎的小动物。

我问他是什么，他说是扫毛子。我蹲下看了看，觉得更像是松鼠。我说是一种松鼠吧？

他说是松鼠。

那几只松鼠看到我蹲下，便吱吱乱叫，在笼子里上蹿下跳。

我说这是卖的吗？他点点头，说是他抓的，拿来卖，这个能治骨伤。

我说，这野生动物随便抓不犯法吗？

他说这东西祸害庄稼，多得很，他从小抓到大，跟老鼠差不多。

我对抓这种松鼠是否合法并不了解，出钱买下，端着笼子去马路对面的山上放生了。并告诉他，抓这种野生松鼠很有可能会触犯法律，以后不要再抓了。他笑了笑，随便答应着。估计是见多了像我这样自认好心的人。

我总觉得自己算是做了一件好事，便开车离开了。回到城里的时候，我发了一条微博，把当时我放生松鼠的视频发了出来。

谁知道，很快便接到了霞云岭森林警察的来电，仔细询问了我购买松鼠放生的情况，说松鼠是"三有"保护动物，感谢我放生，并让我指出地点。

我当时并不想给这卖货的老人带来麻烦，便推脱说地点我记不清楚了。但森警礼貌地问了我的工作地址，说能不能来拜访我一下。我答应了。第二天，几位警察同志就来到我公司跟我了解具体情况。

我很担心地问他们，如果他们找到这个老人，会怎样处罚他？毕竟他看起来日子过得也很清苦。

森警告诉我，如果他违法了，一定会有相关法律来处理。但也不用太过担心，都有法可依。

我心里没太有底，便说如果是经济处罚，我愿意替他承担，也希望政府对野生动物的普法教育多做一些。

森警根据我视频里拍摄的环境，在地图上给我指出那个港湾，我知道是那里，便点头承认。

他们说谢谢配合，然后走了。有一个年轻警察加了我的微信。

过了两天，那位警察同志发了个照片给我，问我是不是。

我说是，然后我继续强调如果有经济处罚可以由我来承担。

警察并没有理我这茬,只是说谢谢配合。

在那几天里,我陷入了一种自我挣扎,一是我觉得我放生松鼠没错,二是觉得我发了个微博便出卖了一个老人,三是不知道警察会做出怎样的处罚。因此我查了相关资料,这种岩松鼠,扫毛子,在八九十年代,还是被叫作害兽。老人可能并不知道,他年轻时抓的害兽成了保护动物。

又过了两天,我主动联系了森警。那位小同志跟我说,他们找到了这位老人,对他进行了普法教育与处罚。但同时因为他是一个几十年党龄的老党员,是位孤寡老人,但没有吃五保,将近八十岁了依然靠自己劳作生活。

在作出相应行政处罚以后,森警的同志们联系了相关的政府部门,给老人申请了被野生动物破坏核桃林与果树的赔偿。

对我来讲,这几乎就算一个完美结局了。除了我自己在整件事里有那么一种"好人"的糟糕姿态。

*

说起长沙的人间烟火,一半属于米粉,另一半属于洗脚。这两样加起来必然是"道南正脉"。

2019年长沙书展,我被发行同事拉着去站台。谁承想一下飞机就被合作方拉了去洗脚,那天我被摆布着去了三四个足疗城,脚指甲都被抛了四五次,泛着蛤蜊光,俩脚丫子被搓得白里透着红,看起来珠光宝气的。

若不是怕拂了洗脚师傅们的面子,我早就跑了。

我向来不爱足疗搓澡,实在是因为我有一个不能让陌生人摸的毛病。可这次差点被这伙人给我治好了。最后还是在康复之前抽了个猛子,留下同事自己跑了。

终于可以好好看一眼长沙。

我顺着芙蓉中路溜达,见弯就拐,长沙对我这个外来者毫不遮掩。

如果这是一部电影,那么镜头应该从一个缠满杂乱电线的旧房子开始,房前有一棵大樟树,一个60岁的男人站在树下自在地笑着,旁边走过两个穿着裙子的女孩,头发汗津津地贴在脸上。她们走向一个无比光鲜的大厦,时光同时存在于同一个街角,一边是1990年,一边是2019年。一边破旧不堪,身后却是光怪陆离。

镜头继续往前,推进到中山路口,大河流淌,在江边镜头跃起，橘子洲上灯火通明，最后跟着一只江鸥盘旋几下，落在一个饥肠辘辘的外乡人身上。

他一整天地连喝茶带洗脚，肠子被普洱涮得无比干净，而他的面前有一个不起眼的米粉店，店里有一对中年夫妻正在忙碌，他们的女儿正趴在门口的凳子上写作业，绑着两个小辫子，眼神瞟着旁边的奶茶店。

妈妈突然叫了她一声，她立刻跳起来去帮忙，从热气腾腾的锅里小心翼翼地端出一碗一碗的码子，辣椒炒的猪肝，红烧牛肉，辣椒炒肉，酸辣鸡杂，他的爸爸劝着客人选择扁粉，因为只有扁粉才是正宗老长沙。

此时你有多么地心动，那边人们在君庭大排筵宴等候你的驾临，可你就在这米粉店前走不动了，非得嗦上一碗才行。

你站在那原本与这里格格不入，可当米粉端上来时，你正一口一口地变成一个长沙人。

一碗米粉绝不精致，可也绝不粗糙，扁粉滑溜又有一点咬劲儿，像是切细的潮汕粿条，可又不一样，也比面更温柔，可那些浇头码子，又镬气十足，猪肝带着焦香却鲜嫩无比。好在我一个山东人一碗米粉是吃不饱的。

非得这店家的每个品种都来一份。那么红烧牛肉必须要吧，那么辣椒炒肉绕不过去吧，鸡杂都炒好了你不得让小孩儿给端一碗？雪里蕻肉末呢？猪脚呢？

都有了怎么也要加个煎蛋吧？

怎么会有酸豆角？还是酸萝卜？

我早把自己劝好了，反正就这一顿也没关系。

一个小男孩顶着一个巨大的不锈钢盆进来，可能是店主孩子的同学，两个人悄悄说着话，老板娘也不多问，下了一大把的米粉，把各种码子调料都加好了，装了大半盆。

小男孩小心翼翼地端着盆回家了。临走前停了一下，屁股朝小女孩扭了扭，小女孩熟练地从他屁兜里掏出来一块糖，高兴地跟他一起出去了。

我那天吃了五碗粉，六七样码子，还有一肚子的人间烟火。

只是肠胃不好的人，这一肚子人间烟火，就变成了两头冒火。

*

我经常周末从北京开车去天津吃熬（孬）鱼。只要老陈给我打电话，说弄到了三四斤的大鳎目，我就立刻启程。

北京有些餐厅也做，但是价格奇贵无比，一条两斤多的鳎目，卖价两三千块，做法又太精致。远不如跑天津吃一顿，还能饶一顿煎饼。这几年海捕的鳎目越来越小，渤海湾几乎被扫荡一空。但凡稍微上点斤两，玩小船儿的渔民，搞个几条就能保住辛苦本儿。

老陈今年七十多了，比我爸还大十几岁，我都喊他大爷，他都喊我兄弟。开饭馆儿一辈子，也没发财。我跟他建议过扩张规模，以他的手艺，执掌个二三十桌的买卖应该问题不大，可他小店永远三五张桌子，人多了还得到马路边支马扎。

他孬鱼一绝，无论是鳎目还是平鱼，先煎后熬。用长鱼盘儿一盛上桌，卖相绝佳，薄薄一层红亮酱色，透着油下面的白肉，一筷子挑开，仿佛雕玉。

要看孬鱼的手艺，盘子不能有多汪的油，鱼身下隐隐一层汤。最绝是炸成虎皮的蒜子儿，同鳎目熬炖一番，极有滋味儿。

白米饭上一铺，一勺鱼汤，如果说"朋友"二字有具体的味道，那就一定是孬鱼与大米饭。

不必推心置腹，但总是可以相谈甚欢，一切都能聊一块儿，天南海北，世间万物，好不快活。

我去了他就陪我喝一杯，他高兴了茅台也能喝，直沽高粱也给我灌。喝多了他天津话连成串儿地骂，我跟着学了不少。

什么"蹦锅儿"，什么"嗦了蜜"。

还有乱七八糟一些俏皮话，什么"地球按把儿，大梨""汽车压罗锅，死了也值了""小刀刺屁股，开眼""太监开大会，无稽之谈"，一筐一筐的。

他父亲九十四，身体硬朗，每天下午四点准时巡店，拄着一根铁拐棍儿，我偷偷拎过，很压手。见了他就骂"你介倒霉孩子"，看他百般地不顺眼。

他被骂急眼了也赌气，摔摔打打地。但是依然给他爹夯鱼烫酒。只是都给小鱼，小杂鱼几条，都是事先烧好了，老爷子一边骂一边吃，吃完了就自己拄着铁拐棍儿回家。也不用扶。

我就取笑他："爷爷脾气可够大的，这骂人的劲头。"

"我七十三了。"他咬着烟头，"还能有人骂我两句倒霉孩子。"后面的话他没说，我也懂的。

"他以前街面儿上也有一号，年轻的时候在海河上跑船，你看他那根铁拐棍儿，里头藏着剑。"

"这一辈子就爱吃夯鱼儿，好嘛，我小时候他做夯鱼儿，那大鳡目，十了斤。现在可没有了，有也吃不起。"他比画着说，"我没嘛本事，这辈子也就跟他学了个夯鱼儿，他的本事我也不爱学，也学不会。他也看不上我，我呢也这把年纪了，除了开个饭馆儿嘛也不会。"

他有一句没一句地抱怨着，可脸上笑嘻嘻的。

后来他饭馆歇了一阵子，我才知道是他父亲得糊涂病了。后来卧床了很久，他索性把饭馆关了，去照顾。2019年春节我给他打电话拜年，他很惊喜，说："兄弟，你哪天来，趁过年，咱来家，我给你孬鱼儿。"

我问起老爷子情况，他说："嗨，人都有这一天，伺候着呗。"

我说过几天我从山东路过天津，去您那儿拐个弯儿。

他说好嘞兄弟，我等着你哈。

可一直到了夏天，我才因公去了一次天津。顺便路过他的小店，一看竟然开着门。

他头发白了很多，正在店里收拾着一条四五斤的大鳎目，我喊了声大爷。

他猛地转过身来，看着我，憋了好半天才说："兄弟，你来了？"

我说来办点事儿，顺道来看看您。

他说，好，还想着我这个老哥哥。

我不想您也得想着您的孬鱼啊。我看着那条大鱼直流口水："我这还赶上了。"

他摇摇头："兄弟，今儿这鱼你吃不上了。"

我说怎么的？被人订了？

他摇摇头，指了指里屋。

那九十多岁的老爷子，一身长袍马褂，戴着礼帽，手持铁拐杖，端正在屋里一张桌子后面坐着。桌子上摆着一桌子菜。

俨然一个民国大亨的派头。他看到我来，只点点头。

我吃惊地问陈大爷，这这这……老爷子好了？

陈大爷摇摇头，说他早上突然从床上起来，要吃孬鱼。自己换了衣裳，点了菜。一路走过来。

我心里蹦出四个字回光返照，但是我们都没说出口。

他说，儿孙们都在外地，也都通知到了。不知道赶得上赶不上。

"倒霉孩子！孬鱼呢？"老爷子在屋里骂了一句，我跟老陈赶紧进去。

老爷子看着老陈，招招手让他过去，老陈把孬鳎目鱼摆在桌上，弯腰蹲在他跟前，他吃了一筷子鱼，伸手摸了摸老陈大爷的头，叹了一口气，

"宝贝儿，你是个好孩子。"

我眼看着七十五岁的老陈眼泪不要钱似的流。

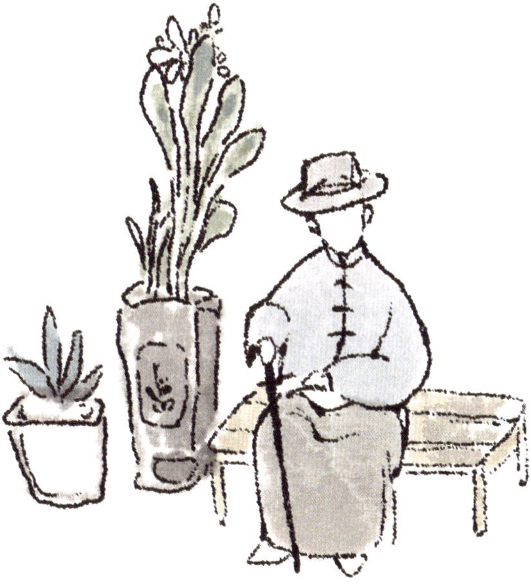

*

父亲的碗里装着一只麻雀,

它张开翅膀,

一动不动。

父亲把整个天空放到碗里,

连同整个村庄的麦子。

此时,

飞上月亮变成了一件无比简单的事。

就像父亲,

羽毛凌乱,

站在月亮上,

沉默不语。

*

我有两棵苹果树,一棵是国光,一棵是金帅。我琢磨着哪天再去种一棵嘎拉,再种一棵花牛。

在几十亩傻甜傻甜的红富士里,所有的富士都归老张跟她,这几棵归我。我也没花钱,每年摘下的果子,他们往北京给我寄一筐。

替我浇水施肥授粉剪枝,我也不给钱。

这两棵苹果树很老,很大,是七八十年代的一个老果园留下来的,由于品种老化,结出的果子很小,又丑,锈迹斑斑,坑坑洼洼的,产量也低,卖不出钱来。所以老张十几年前承包这个果园的时候,就把老果树都砍掉,换了又甜又漂亮的红富士。

说起来我还在日照海边弄酒吧,那年说是从北边跑过来一个人,老张那会儿在边防派出所干辅警,我这个地方龙蛇混杂,他每天都来,跟我混得很熟。

北边跑来的那个人据说穷途末路,已经穷凶极恶了。老张挨家挨户地下通知,到酒吧的时候,已经很晚了。我给他倒了杯茶,他一脸疲惫,说干不动了,想退休去种苹果。

我跟他闲聊了几句,他叮嘱我小心生人,有说北边外国话的就打110。我说行,然后他就走了。

第二天我听说,那人抓到了,是老张在一个果园里抓到的。那人饿了好几天，在偷苹果，老张抓他的时候，被捅了一刀。幸好没在要害，只是伤了胳膊。

住院的时候我去看他了，他闺女在卫生院照顾他，看到我来，给我递了个苹果。

是一个金色的苹果，吃起来有一种类似热带水果的香味儿，那是金帅特有的香味儿。只是看起来不大，也不很漂亮。我也吃过金帅，但是这个金帅尤其好吃。我问她，这个苹果咋这么好吃。她说，还好多呢，一会儿我给你装一点。都是那个果园里刚摘的。

真好吃，我不是那么爱吃苹果，但是这个金色的苹果真好吃。我吃完了，她又给了我一个更小更丑的国光。丑成啥样呢？比核桃大不了多少，果皮上一层浮锈，一口下去，不是很脆，口感更像某种蜜瓜，略微有点儿酸酸的，可特别的香。我咬着苹果，看着她，她眼睛亮晶晶的，脸上也有一点点海风吹出来的薄锈，红红的。

老张每次在我酒吧喝起来没完，都是她去找。有一次她问起我为什么来这里。我想给她讲我的故事，可是没讲。我请她喝啤酒，她把鞋脱了跷着脚坐在吧台旁边，也没再问。

她知道我总是要走的。

过了几天，老张伤好了，跟我说，他不干辅警了，想跟闺女一起承包那片果园。

我说那苹果很好吃，一定能挣钱。

他说，嗐，不行，那果园二三十年了，结的果子没人要，他承包了要全砍了换富士。

我说砍了多可惜。

他说，富士又甜又大，又好卖。然后又歪着头问我，要不要跟我合伙？

我说考虑考虑。

然后他点点头，有些失望地走了。

有一天我路过那片果园，我看到她正开着一铲车挖树坑，我走过去跟她说话。她看到我来，笑着从车上下来。

我说你居然会开这个，她说看都看会了。

我问她，全砍了？

她点点头，还有几棵一会儿就干完了。

我说，给我留下两棵好不好？算我合伙。

她看着我笑了笑，行，我跟老张说。

后来，我挑了两棵树，一棵金帅，一棵国光。

我离开那里的时候，它们刚刚开始发芽。

再后来每到秋天，我都能收到一个小筐，里面有几十个丑丑的苹果，有一半是金色的，有一些长着一些海锈。

那时候我在不断地离开每一个地方，我现在每一分钟都想回去那些人身边。

＊

我有一次在早晨路过潜江，从武汉过去不是很远，本来说好了与元元姐姐去看三峡。刚出来不久就饿了，她怪我们从武汉走的时候太早。

看见潜江，就下来吃饭。这里出小龙虾，在武汉吃到的蒸虾与五香虾都来自这儿，甚至路上还看到了一个小龙虾学院。

我不太想吃虾，她捧着手机查了半天说，走我请你吃火锅。

湖北人喝早酒，早上有火锅也没什么稀奇的。

小店不大，门口煮着几口不锈钢大锅，案板上堆着切面。两口子在忙碌，店里坐满了人。

我俩与这里格格不入。这里的锅灶桌凳早与这里的人融为一体，成了风水。外来的一眼就会被认出。

元元姐姐是个美人儿，自然夺目。我站在她身边冒着傻气。他们看着我们，眼里冒着热情的光。

老板问我们哪儿来的，我说北京。他说北京好远哪，进来坐。

桌子老旧却干净，木头都擦得包了浆。本地人都一人一个碗，大瓷碗呼呼冒着火。这是我从未有过的见闻。

潜江的小火锅不如叫火碗，大碗下面垫个盘子，盘子里点着酒精。火一直烧过碗口，牛杂与辣椒就在碗里咕嘟着，用长筷子捞着吃，内容丰富，除了肠肚，还有牛胰脏，又烫又香又辣。

本地人早酒就这一套，一碗火锅，一碗面。我跟元元姐姐说，我小时候有一个朋友，他妈妈做的牛杂似乎就是这个味道。

他们一家是三峡移民，吃到这个味儿，离这儿估计不是很远了。

也有过来搭话的，问东问西，方言难懂。我答非所问，大家哄堂大笑。

他们问我好不好吃？

我说很好吃。

他们问我喝不喝酒？我说不了不了，还得赶路，要开车去看三峡。

他们说，喝嘛，明天再走。

元元姐姐是个酒鬼，她笑着接过来他们倒的酒，一口干掉。

然后跟我说，喝啊，等啥呢？

我说不走啦？

她说，这里这么快活，不走啦。

我说好，我俩开始一杯一杯地喝。

旅途就是这样，目的地到得越晚越好。到达就是结束了，结束了就是下一个好久不见。

整个小店因为元元姐姐陷入一场狂欢，我相信是这儿从未有过的。有人甚至开始唱歌，人们羞涩又热情。

我与他们将在余生中永远记住这一天。

过去很多年,他们还在说,那天这里来了一个美人。一个从未有过的美人,路过这里,酒量很大。

那个早上,把他们全喝翻了。

*

晚上在护城河边儿溜达了几步，突然嗅到秋收的味儿，心里一颤，以为自己回到了田野里，一时有些迷惘。回过神来才发现，是河边的草断了一些，那些草茎的断茬，流着一些绿色的血，往往只有玉米掰下来时，才会有这味道。

直到发觉我依然身在北京，稍微有些感叹，突然又想起来灶灰里烧的那些玉米跟地瓜来。

这时候山东的玉米应该熟了，地瓜也长大了。该掰的掰，该抓的抓了。玉米还有几个长得慢的，生的还能烧着吃，剩下的都变成粮食了。

若是还有地，这会儿我应该往田里送饭。蒸肉包子，猪肉白菜，猪肉芹菜，猪肉大葱，肉不剁馅儿，都切成指肚般大的肉丁，用老肥面引子发白面，包成碗口大。吃起来过瘾，解馋又扛饿。

我们那里正好是一块难得的大平原，这个地方太好了，好到什么地步呢？连桓台县志上都没记过灾。粮食都长得好，麦子也香。那大包子，无论我包得多么丑，肉汁隐隐渗出来，皮都透着油光。

蒸包子那会儿还有烧柴的锅头，灶膛里的灰烬带着火星落到灶坑里，扔两块地瓜进去，有打不了粮食的嫩玉米也一起扔进去。

包子熟了，它们也熟了，多数时候烧得太透，地瓜能糊进去厚厚一层，一敲笃笃地响，其实也剩不下什么东西，趁着烫嘴咬上一口。有时候烧成这样也会有硬芯儿，在灰烬里受热并不均匀，可就是好吃。

熟了的一半糯甜，稍微生一点的粉干。哆哆嗦嗦地吃一嘴灰，现在想来真是没出息。唯独这时候不会做梦，就宁愿守着这块地。

在北京，在上海，在三亚，在济南，我后来南北东西地走过很多地方，街边都有卖烤地瓜的，那种大铁桶在街头支着，受热均匀，地瓜烤得流蜜，甜得发齁，也好吃，只是吃不了一嘴灰，总觉得不算正宗。

在北京那个SKP下面的超市里也有卖的，干干净净的，装在纸袋里两小块，我咬了一口，那售货员才问我要价七十元。

我默默地想，这是一百斤地瓜的价钱。

*

大海有无数馈赠，麦收的时候出飞蟹，破冰的时候出梭鱼，我在清明的时候总能钓到一米多长的鲈鱼，中秋前后有西施舌，这名字香艳，看着贝壳有些质朴，生食嫩滑无比，能吃出情欲来。

每年春节以后几天，还不出正月，海带苗刚刚二指宽，海虹就肥了。

养马的老耿跟我在2019年重逢，那天我也是回大沙洼看看，在我酒吧旧楼的露台上看见了他，当时他坐在那儿抽烟，看着大海。

今天他问了我的地址，从日照给我发了两箱海虹来。箱子里用塑料袋装了张纸条。

"海上有故人，白发一半无。"

那年海边，因着还没到旅游季，我每天躲在太公庙的老道宿舍里写小说。那天他打完草，端着一脸盆海虹来找我。

我说书里给你一个角色吧。也叫老耿，写一个在海上漂泊的人。有一天他最爱的人乘船而去，杳无音讯。他在爱人走后，开着他的帆船一直寻找她。一直在海上漂着，找着，一直到头发白了。

他说那我的马怎么办？

我说书里没写马的事儿。

他说听着有点寂寞啊。

我说多深情，海上有故人，白发一半无。相思时明月，照我相思骨。

他说你别把你自己的事儿往我身上安，你不知道这两天海虹可太肥了，我刚才看着他们拉了两车，我去给你端了一脸盆。

那盆里黑乎乎地纠缠着的满满一大坨，看着不太漂亮。这东西好吃至极，便宜至极，收拾起来麻烦至极。

我说咱俩谁弄？

他说，一会儿有人弄。

我正发愁呢，有人推门进来。我见到那人，立刻明白了。老耿哪是来看我，是把人约到我这里了。

来的是林场卖票的白姐，三十几岁，我二十多。老耿可能冒四十了，只是他永远说自己三十多。

大姐进来问我，你找我？

我指着老耿说他找你。

老耿脸红到脖子根儿，白姐看着他扑哧一笑，说你不是说铁鱼找我吗？

老耿涎着脸说，弄了点海虹。

白姐说你俩都不会做是吧？

老耿说会会会，我来收拾，你俩等着吃就行。然后端着盆就出去了。

剩下我跟白姐在屋里，我一时搞不清楚情况。白姐穿着公园的制服，蓝布褂子她穿着有些紧。

她把我当小孩儿，屋里生着个小炉子，是我借道士的，这儿的道士都是来包庙的，这会儿海边没什么旅游的，他们也都还没来上班儿。这小屋是我拿酒换的情分。

屋里有些闷，她把蓝褂子脱下来，里面只穿着个白秋衣。她一边挂衣服一边问我，你多久没回家了？

我说有一阵子了。

她笑着说，你可真怪，年纪轻轻的住在老道庙里，你也不害怕。

我说这么多大罗金仙，我住在神仙窝子里还害怕啥？

她说俺看着那些神像啥的都荒得长了草，就很害怕。

然后她又问我，你养的大白狗呢？

我说出去玩了吧，一会儿就回来了。

她说你那狗可真大，看起来不像个狗。像个大白熊。

我说那狗就是大白熊。

这时候老耿抱着盆回来了，我的狗跟在他屁股后面。他俩早就熟悉，关系甚好。

海虹这东西做法极简，洗干净了，放到锅里。也不用水，也不用盐，葱姜酒都不要。只需要把锅放到火上。一两分钟，它便熟了。黑色的贝壳微微张开，缝儿里露出些红膏白肉来。

白嘴吃极甜。

这东西在海里是祸害，种海带的人最怕它。它们长得快，挂在海带筏上一下生一片，吃海带吃得特别快。每到这时，养海带的渔民一船一船地往回拉，吃不过来，以前都打碎了养鸡，后来发展旅游了，才开始变成一道菜。

老耿说，前几天闹了个笑话。就在任家台，说有几个河南人来这儿玩儿，看到饭店里有海虹。河南人没见过啊，问那老板，这是啥？那老板也贼，说这叫深海黑鲍。

怎么卖啊？

八十块钱一个。

河南人每人点了一个，吃得还挺美。结果下午到码头，看着他们拉了一大船，就兴奋了，指着那一大船海虹说，你们看！深海黑鲍！

开船的人说，什么深海黑鲍？这叫海虹。

河南人问，这个多钱一个？

开船的人看他们没见识，就想坑他们点钱，咬着牙说，你要是要，最便宜一块钱五斤。

说完他哈哈地笑，白姐瞪了他一眼，没说话。

我说老耿这笑话也不好笑，这么坑人下次就没人来了。这事儿要是传出去，你的马算是白养了。

他喝了一口酒想了想说还真是。

白姐说她爱吃海虹，海虹肉包饺子，包包子，炒韭菜。很鲜。以前她母亲还会把海虹晒成干儿，等到秋天做汤。

我说这东西在南方叫淡菜，在外国叫青口，只有咱们北方叫海虹。在南方，这个东西可以长得好大，只是没有日照的好吃。我以前在上海，他们把青口用奶酪烤了，吃起来还是寡淡。

白姐说我弟弟也在上海，我夏天的时候准备去看他。

老耿说，我跟你一块去。

她盯着老耿，一歪头，叹了一口气说，唉，耿哥。

老耿问她怎么了。

她摇摇头说没事儿。然后过了一会儿说，这么大一片林场，这么大的一片海。却只有我们三个人。

"太寂寞了。"然后她说，"如果发生了什么，请不要当真。"

寂寞可以催生出无数东西，它跟孤独不同。寂寞是杨花柳絮，铺天盖地，又轻飘飘的，落在哪儿哪儿就痒痒。是燎原的引子，可烧了就是烧了，连灰烬都留不下。

若有若无，全不算数。

关于那晚大殿里的事，我记不清了。那里连神像身上都布满荒草，白姐毫不介意被我看见，她在夜晚对神明所做出的祈祷。养马的老耿，骑着一匹洁白的马，奔跑在神殿里。身上落满灰尘。

他们触犯天条，人间情欲是弥天大罪。

那晚我带着狗走出神庙。那晚月亮升起，天门大开，光芒万丈，千军万马汹涌而至，化成涛声。

我站在这大海上替养马的老耿拦下，这神兵天降。

这是海虹季节发生的事。

后来我走了，来到了北京。2019年在那个露台上，养马的老耿头发也终于白了一些，我问他白姐呢？

他说，她坐船走了。

我说去哪儿了？

他摇摇头没回答。

他知道我想起了那个夜晚的事。他说："如果曾发生了什么，请不要当真。"

*

335国道最后五公里，在靠近赤城县城的地方，有一片山谷。山谷里有一片草原，草原沁在一湾水里。水草茂盛，有两只野鹤在那儿。

我不知道季节是否对，只能远远地看着，它们盘旋。展开的翅子上有一丛黑边儿。我曾在东北见过野鹤，不过是在雪天。

我起初只是看到这里风景好，停留了一下。谁知看到鹤，如果不是，我也就当是了。等我给未来的孩子吹牛时，一定一遍一遍地说起。

中午在赤城饭店吃饭时，还问店里的人，这里是不是有鹤，她们都说没见过。

我特意绕路来的，本来想去看看那块巨大的石头，石头下面的小观。可又想吃山药烩莜面鱼鱼。

其实过了饭点儿，餐厅的工作人员说因为最近宴席太多，厨房并没有做这个了。让我很遗憾，外面的餐厅也早就开始午休。

吃了几个能做的菜，也都太潦草。并没有什么本地菜，原来是我来错了地方。

餐厅的姑娘说："我们本地人来这儿吃什么本地菜啊？"

这话也对。特色吃得多了也就不是特色了，这里又不靠外地人过活，人们在家吃够了的东西，自然饭馆儿就要做些新鲜的。

赤城饭店后门通着一个市场，似乎叫大东关。我从后门溜达出去，可能时间不对。市场里不是很热闹，太阳又毒。有一些买卖人都晒得有些打蔫儿。

这里盛产榛子，那大榛子，一麻袋一麻袋地敞着口，摆在那里。老板叼着烟卷儿在打苍蝇。我只往那儿一站，他就抓了一把给我。壳很薄，一捏就碎，新鲜的榛子生熟都好吃。

我嗑着榛子走了，他继续打苍蝇。我俩谁也没说话。

他也并不失望，我们两个都是闲人罢了。

像所有的小城农贸市场一样，脏乱却有秩序。这里是小城最纯粹的根本。这供养着整个县城。上周我在港城，也去了农贸市场，那里卖鱼的多，最后我却买了很多玫瑰香回来。

市场里多的是卖茶饼的，也有几样儿，跟崇礼的又有些区别。但也都是胡麻油做的，我叫不出更具体的名字。那红豆馅儿的胡麻油饼里，真是一粒粒儿的红豆，也并不太甜。

胡麻油和面似乎有一种神奇的功效，那饼烤出来，又软又酥，跟别处的烤饼都不太相同。我太爱吃火烧类的东西，有香酥的，有焦脆的，有外酥里嫩的。可胡麻油的饼，是那种彻底的酥软，入口即化，能吃出饼的每一根儿面丝，碰到嘴唇就齐生生地碎掉，真的嚼了，却也不用，除了有些干，能把脖子噎直了，几乎是完美的了。

我挑了几个饼，正好赶上老板端出来一大盘子，看起来像是超大号的钙奶饼干。山东人一定知道我说的这种饼干，小时候要泡牛奶吃的。一泡就化掉了，半湿半干最好吃。

我也挑着买了几块儿，便宜的吓人。这个似乎比钙奶饼干更软，却也不甜。

我啃着饼干又溜达到榛子摊儿，那老板还在打苍蝇，打完的苍蝇，他用拍子码成一小排，整整齐齐。看起来有些恶心。

他实在太闲。

看着我又回来了，他就问我好吃不？

我说好吃啊。他说，好吃你自己抓着吃吧。

我说有些不好意思的，要不还是买一点吧。

他说还有山鸡蛋你要吗？刚腌的，不咸。

我说也要吧。

我拎着一大桶鸡蛋问他，你们这里挺好的，那边有个河湾你去过没？

他说去过，那里有两只鹤，闲人野鹤。

*

若是不见柳芽白,
不知季节来。
角楼白路,
鸭脚儿泥苔。
曾那几年相知,
谁归来,
又有谁去。
说起飘零,
痴愚傻呆。

*

以前果里镇的加油站在205国道的东边，镇上最有名的桃源歌舞厅就在旁边，它们后面是一片玉米地，玉米地里有一个废品收购站。那里是我十二岁的天堂。

镇上所有的酒瓶儿最后都会被送到这里，还有所有的旧书与报纸。还有桃源歌舞厅宿舍外面的栏杆上晾晒着的五颜六色的胸罩与裤衩儿。

我来这儿得干活，码完啤酒瓶儿，把旧书报扎起来，放进那个小屋，然后我就往里一躺。

随便捡一本看，大多数是些司机杂志，内容耸动，多是些情色异闻，偶有一些名著。夏天的风吹得到处噼里啪啦地响，一部分来自风吹过玉米叶儿，最大的声音来自那些花花绿绿的衣物。

每到周末，桃源夜总会里会出来一个女人，浓妆艳抹，拖着一个麻袋，里面装满了啤酒瓶。三姨夫抽着烟让我数瓶子。她抽着烟跟我三姨夫笑，希望一个瓶子多卖五分钱。

她画的妆很厚，穿着高跟鞋，牙齿却很白。我总是偷瞄她，她的牙齿可真白啊。

三姨夫厌气她，总是快快地打发她走。说话也不好听，我就会多数出几个瓶子来给她。

一整个暑假我都在那里待着，直到最后几天。一天我父亲偶然上心问作业，我谎称放在破烂点了。已是深夜，他一脚踢来，让我去拿。

我骑着自行车去破烂点，钻进那个小屋。作业我根本没有写过。

我打定主意在这里过夜，避避风头。小屋里漆黑一片，摸到灯绳，灯亮起来的时候，屋里突然一响，一个人影躺在纸堆里。

我害怕极了。

扭头就想跑，跑到门口又停下，一看竟是她。那个每周末来卖酒瓶的女人。

她看到我，然后在那些旧报纸里坐了起来。她愣愣地看着我，头发上沾满碎纸屑。穿着一个短短的裙子。

我也不敢说话，她看着我说，小孩儿，你别怕。

我看着她的牙齿，洁白干净。

她说，能让我在这儿睡一晚吗？天亮我就走。

旁边桃源夜总会依然灯火通明，与这里是两个世界。

我说好。

她说，你能保密吗？

我说好。

她站起来把灯关上，抱了我一下。我是第一次被一个陌生人拥抱，她身上的香水味儿一直到今天还没散尽。

我后来无数次地回忆起这个拥抱。

是两块世界上最无人在意的垃圾，在一个废品回收站的相遇，明天一早我们将会被装上一辆农用三轮，拉进镇上的造纸厂，被机器打成纸浆。

我们将会在那里重新变成一张洁白无瑕的纸,白得像牙齿。

我很想问她怎么了,却没有问出口。我太年少,也很害羞。

我知道她是干什么的,那栏杆上的衣服一定有她的。

我知道她很害怕,她在哭。

黑暗里我听到外面来了人,穿过玉米地,一直走近。她开始有些紧张。

我小声说,你别怕,然后走了出去。从玉米地里钻出来两个男人,拿着手电筒。

我朝他们大喊,你们是小偷吗?!

那两个人拿着手电筒照了我一下,说咦?有个小孩儿。

我随手抄起一根旧钢管儿。

那俩人说,小孩儿你家大人在吗?

我说就我一个人,你们要偷东西,我就揍你们。

那俩人笑着说,这破烂有啥好偷的?小孩儿我问你,屋里有人吗?

我说就我自己,但是我爸爸快来找我了。

他们说,好好好,你别害怕,我们不偷东西。你要是看见有个女的,你就跟我说。我给你钱。

我说,你们快走,我不要钱,我爸爸快来了。我爸爸是张光永,我小叔是张光远。

他们说哦哦,原来是你。别害怕,我跟你小叔认识。我们这就走了。

他们四下看了看，相信了我，然后就从玉米地里走了。

我拿着那根钢管站到快天亮，他们再没有回来。

我偷偷地推开小屋的门，她蜷在废纸堆里睡着了。

我躺到她身边，她一下子醒了。她脸上红一块黑一块的，看着我突然笑了。我说你看你脸上脏的，她说，小孩儿你还挺厉害的。

我说我三姨快来了，你快回家吧。

她说，我家不在这里，很远很远。

我说那你可以坐车走。

她摇摇头说你什么也不懂。然后她站起来看了看外面的天，说我该走了。

我说你去哪儿？

她说，我不告诉你。然后她就走进了玉米地。

天亮的时候，我听我三姨夫说，昨晚桃源夜总会里出了人命。一个医生因为跟人抢舞女，拿着枪把人打死了。

那个舞女跑了。

那个杀人的人，我也认识，是我一个同学的爸爸。是很有名的正骨医生，平时温文尔雅。我胳膊脱臼了，都是找他装上去的。

所有人都不知道，我见过那个逃跑的舞女。我看着玉米地，我知道她还在这里，只是没有人能够找到她。

我回了家，我爸妈早就出车走了，他们每天早出晚归地拉石头，从一座山上拉到城市里，整个世界在蓬勃发展，崭新的高楼在一座座地竖起，而我胡乱地塞了两口馒头。然后炒了八个鸡蛋，小心翼翼地装进一个大碗，再用塑料袋牢牢捆住。

到了晚上,我带着馒头与八个炒鸡蛋又回到了那个小屋。

一直等到很晚,她来了。她看到我很意外,然后朝我笑。

我把炒鸡蛋与馒头拿出来,说你快吃吧。

她就那么吃。

我说,他们说你是舞女。

她咽下去馒头看着我说,你知道舞女是干什么的吗?

我说我知道。

她说是干什么的?

我羞于启齿。

她笑着说,没什么不好意思的,我就是个舞女。你害怕了吗?

我摇摇头。

我说他们说那里杀人了。

她忽然愣住,闭上了眼睛。我知道她亲眼目睹。

我三姨夫说,一枪打到头上,脑浆子流了一地,那血擦了一上午都擦不干净。

我说你别怕,又不是你杀了人。

她使劲吃着炒鸡蛋,一口一口地塞。

她说,我不想让人知道。

我知道她的意思。

我说,那你要去哪儿?

她说还没想好,可能去南方吧。

我问南方在哪儿?

她用手指了指外面的黑夜,深夜无星无月,黑茫茫一片。

我不知道南方在哪儿，我只知道火车站在哪儿。那时候这个城市还不大，火车站在这个镇子的南边儿，要坐半个多小时的 51 路，才能到那里，然后再坐火车。那时候我还没坐过火车。我只是听说，整个世界都在南方。

我们在世界的北边儿，无论去哪儿都要往南走，无论去哪儿都是去南方。

人真的很苦啊，她说比书里写得还苦。你看看这里这么多书，书里那么些故事，哪一个都跟我的故事不一样。你说如果人是一本书，可不可以有一些不写进去？她又想了想，大概不能。等死了的时候，阎王爷翻生死簿翻得明白。

可是我不想下地狱。

她看了看四周的垃圾，又看了看我，说这里真像一个天堂。

*

看到有人说白菜。我认为的白菜怎么才好吃呢，必须是过年垫炸菜筐的白菜，炸菜吃完，它刚刚脱了一点水，混着剩下的炸菜末儿，炸豆腐，炸肉炖一大锅，好吃得不得了。

在北京没人炸菜，就没什么机会吃这个烩白菜。一直到在豆腐店发现了一种叫素虾的玩意儿，好奇买了一点，发现是炸脆了的豆腐，一根根炸得酥脆通透，就像是小孩子吃的零食虾条。

白嘴吃就很消磨时光，烩白菜立刻就有了年味儿。

再就是白菜炒大虾。得益于现在的水产养殖技术，让大虾变得便宜又新鲜，冷鲜运输让再内陆的地方也能吃到鲜活乱蹦的海白虾。

再上去几年，能吃到虎口长的大虾不太容易，更别说活的了。现在还常常买到一只半斤多一斤多，将近盈尺的大对虾，我小时候就是听着这种大对虾的传说长大的。以前据说是"都出口给外国人吃了"。

现在却都是外国人出口给我们吃了。

同样还有大闸蟹，小时候总能听到说"大闸蟹，有碗口那么大的，都出口给外国人吃了"。

现在知道了，有些外国人不懂吃这样的蟹。

所以头些年，大虾炒白菜都是冻了的大虾。谁知道冻了的大虾更适合炒白菜。无论是明虾，对虾，车虾，一旦死了白灼就不太合适了，再一冷藏，虾肉就失去弹性，虾头里也会慢慢渗出油来。活虾的头里也有油，但没有经过某种酶的分解，总是没有冻货虾油的味道那么烈。

譬如虾酱，发酵后味道总是有鲜虾达不到的那种厚重。

所以白菜炒虾必须是冻了的虾，先把虾用热油炒出油来，把虾头炒空空，油都混进锅里，拣出来，再用干辣椒，葱花爆锅，炒白菜必须火大，必须炒得有一点糊边儿镬气，再下炒好的大虾，锅边醋一烹。

不讲究技术，谁都能炒得好。

忘了还有老厨白菜，山东菜馆都有的菜。五花肉片炒得干香，干辣椒炸脆，白菜切大块爆炒，发好的地瓜宽粉，醋多多，蒜多多。

炝锅煳香爆冲，地瓜粉酸溜溜地滑，白菜叶子炒得有一点干香，镬气十足，不输干炒牛河。配饭不知饱。

东北的酸菜猪肉炖粉条，杀猪菜，也都是白菜绝妙的吃法，东北冬天积酸菜，那酸菜缸大得吓人，一般人家两三口缸能积四五百斤。都是陈年老酸菜缸，乳酸菌在里面厚厚的，那味儿能伤人，我小时候离家出走，跑去苇河林场，在大姨家藏猫猫，我钻一个空酸菜缸里，在里面眼睛鼻子都熏得通红，流了好几天眼泪。后来输了两天液才好。

大姨夫为了堵我的嘴，怕我回家说。他给我杀了一头猪，那猪大得吓人，带着獠牙，说是跟山上野猪杂交出来的。灌了血肠，用大骨头棒子满满地炖了一大锅酸菜。

山东也吃猪血，但都是炒老了吃。东北人那么硬，血肠却整得滑溜溜的，一进嘴，就自动滑进食管儿里。大骨头棒子，熬出来的骨髓，润着酸菜，啃着贴骨肉，用筷子挑煮化了的骨髓吃。吃这么一顿，啥病也好了，疗效要比桃儿罐头还厉害。

那一顿，让我为他们严守这个秘密至今。

*

原本是件小事。

我小时有个孙姨，开始她家在山上卖石头，后来石头不让卖了，她就在山上开了个饭店。

小店在山腰，开石头正好开出一块空地来。就着原来卖石头的屋子，又种了些树。旁边石头坑里常年积水，也养了些鱼。

厨师服务员都是她两口子，偶尔她女儿放学了也帮忙。都是些家常菜，偶尔有一点蘑菇，蚂蚱之类的野味儿。再就是煎包，她做煎包一绝，荤素两样儿。

荤的是猪肉木耳海米，素的是韭菜粉条豆腐，远近闻名。与上海生煎馒头不同，她的煎包拳头大小，吃得过瘾。每一只出锅，都带着一层脆底儿，支棱着翅子，金黄透明。

糖葫芦的糖稀，就那样儿。

面发得好，皮儿擀得薄，馅儿塞得足。咬一口流汤，烫嘴。素的更好吃一些。

后来村里一些干部接待，也都来这儿。越发远近闻名。很是红火了一阵。她那个小店，迎来送走的乡长县长好几茬儿。

一些升迁了的也偶尔会回来，进门就说："想大嫂的煎包，别处吃不到这口啊！"

她见人多了，做事也越发场面。慢慢有了个绰号叫阿庆嫂。

但我还是叫她孙姨，孙姨在店后面的野地里搭了个猪圈，养了两头猪。两头猪每天吃得好，长得肥大无比。孙姨说等过年的时候杀了，给我们吃。

做炖肉，做丸子，做猪头焖子。

我就每天盼过年。

谁知那年闹五号病，外乡里说是有一些猪羊都得了病，传得很邪乎。本乡倒还没有，再加上在山上，孙姨就没当回事儿。

有一天村里有招待，一群人来店里吃饭。其中一位看到那俩猪，说这俩猪真好。然后吃完饭就走了。

第二天村里就来人通知，说要把猪处理掉。孙姨点烟倒酒，说了一通好话。村干部偷偷说，处理了吧，担不起责任。

她赔着笑脸说，就俩猪，自家吃的，山上又传不上来，就算是传染了，也传染不了别的。

村干部说领导都看见了，不让养猪，我也做不了这个主。都是乡亲，给你两天，处理了吧。

孙姨觉得熟头熟脸的，也就是走个过场，就没在意。谁知过了两天，村里乡里都来了人。一群人围着那两头猪开了个会。总之意见就是限期处理。

她那天做了两三锅包子，也没换来把两头猪的命留到过年。

她有些生气了，想着自己怎么也迎来送往，本地管事的大大小小都喝过酒。他们怎么就非跟这两头猪过不去。

她开始找人，先是去了乡里。乡里领导一听是为了猪，一脸的难，说别的事儿可以办，猪的事儿太大了。做不了主，得问问领导。

她又去了县里，县里的领导一听，是猪的事儿，说猪的事儿太大了，这个责任谁也背不起。

她为了这俩猪跑断了腿，怎么也想不通，这事儿谁能管得了。就两头山上的猪。

后来通知说，明天来拉走。她逼急了眼，找人连夜把猪宰了，就挂在店门口，猪圈里撒了白石灰。

第二天来拉猪的人，问猪呢？她指着那挂着的两头大猪，说宰了。

村干部说这猪宰了正好，拉走。

她一听还要拉走，就急了，说这不都宰了吗？

他们说这事儿太大，这猪肉不能吃。

她说我开始想不通啊，后来想通了，五号病是厉害，所以我就把猪杀了，可现在我又想不通了，这杀也杀了，处理也处理了，这猪也是好猪，也没得病，肉怎么也不能吃？

来拉猪的干部苦笑着说，阿庆嫂别让我为难，谁也负不了这个责任，也是为了国泰民安。

阿庆嫂跳上那小货车。跟着拉肉车到了乡里，一通大闹。乡里干部们处理不了她，县里的干部也来了，最后闹得越来越大，来了电视台。

她指着电视台的摄影机。

"你看这满堂的大老爷，一个能担猪事儿的也没有。"

＊

我跟刘莎莎准备去搞点钱。后来老曹知道了，就想加入。他说他有个来钱的道儿。

我们仨来到村口的铁路上，他指着地上几根铁轨说："我早就看上它们了。"

前两年淄东铁路换轨，剩下几根铁轨就放在这儿，不知什么原因没被运走。

我觉得这可能犯法，它看起来并不像是普通的废铁。铁轨被太阳晒得烫手，就像是一些不义之财。

我看了看刘莎莎，她说这个得用拖拉机吧？

老曹说，不用，咱们先用钢锯锯成一小段儿一小段儿。然后用自行车就能带走。

我看着他俩认真地商讨，也提出了一些疑问。一这个能卖多少钱，二得锯多长时间，三被人发现了怎么办，四我们这算不算偷东西。

老曹说，确实在这里锯很容易被人发现，得琢磨一下。

刘莎莎说，咱们把它弄到下面的玉米地里去。

老曹看了看铁路边上的玉米地，说是个办法。咱们怎么弄呢？

刘莎莎说，刚学了杠杆原理，你没听课吗？

我在一边听着他俩研究，总觉得风险很大。他们完全没有考虑我提出的一二四条。

那天是端午节的前一天，我们决定在端午节那天去县医院看望孟娟。她生病很久了，一直没回来上学。大人们都三缄其口，避而不谈。

刘莎莎说她可能是得了白血病。不太好治，要用很多钱。

"咱们应该给她凑一凑。"她说这话的时候，阳光正好从教室的窗户里照进来，她耳边的碎发微微发着光。

可我们仨掏干了全部口袋都凑不齐十块钱，这些钱只够买十个粽子。

老曹去找了三根结实的长棍，我们仨利用刚学的杠杆原理，一点点把铁轨翘起来，一根铁轨十二米长，应该有一千多斤。

我们就那样用了一下午的时间，把它翻进了玉米地里。

我回家拿了钢锯，还有一盒锯条。我们三个分头开始锯。

端午节前后，玉米苗才起来两拃多高，根本藏不住我们三个十来岁的人。

最后手都磨起了血泡，也没切开一点点。刘莎莎把我们所有的钱攒到一块，让老曹骑自行车去买劳保手套。

老曹拿着钱走了。

就剩下了我跟刘莎莎，快傍晚了，我俩并排着坐在玉米地里。有一些风吹过来，她看着远方，说这里真像一片大海。

老曹骑着他的破二八自行车摇摇晃晃地回来了。车把上挂着一兜粽子，我问他劳保手套呢？

他说没买着，看见卖粽子的了。

我说钱呢？他说都花了。刘莎莎就哈哈地笑。

老曹说，咱先吃饱了再说。磨几个泡算啥的。他来了才没几年，口音已经几乎山东化了。

那粽子用粽叶儿包着，里面是糯米与大枣儿。有两个是豆沙。老曹说，哎，你们这儿粽子没有我们那儿清水粽子好吃。

我说粽子还有别的样儿吗？

他说我们那儿，是屈原故里嘛。我们那儿有清水粽子。你们吃的粽子都是从我们那儿学的。

他说不过你们这儿的枣子好吃，你奶泡的醉枣儿，那天给我爸吃得撒酒疯了。

刘莎莎吃着粽子，突然说，快跑！

我跟老曹还没回过神来，铁路上远远地跑过来两个人。穿着铁路坎肩儿。

我说坏了！

然后我们三个就骑着自行车分头跑了。最后在老曹家后墙集合，老曹痛心疾首地说，煮熟的鸭子飞了。

我说钱怎么办？

刘莎莎有些失望，说再想办法。

老曹大手一挥，我来想办法吧。明早咱们在学校门口集合。

我战战兢兢地睡了一夜，生怕有人来敲门把我带走。毕竟偷铁轨可能不是小罪。

好在一夜无事。

早上我们仨集合的时候，我问老曹你想到办法了吗？

他得意扬扬地从书包里掏出来十几张崭新的人民币，递给刘莎莎,说行不?

刘莎莎说,你哪儿弄的?

他说我把那铁轨卖了。

我说你咋弄的?他说你别管了。

我们骑着自行车路过昨天铁路的时候,那玉米地里的铁轨还在。

我说你说实话,钱哪儿来的?那铁轨还在。

老曹说你问那么多干什么?我说你可别犯法!

他说,随你怎么想。

我们去看了孟娟,孟娟变得很瘦,我们在病房外面透过玻璃看了看。没进去。刘莎莎说,咱们把钱给她存成住院费吧。

晚上的时候,我去找老曹想问清楚。结果刚走到大门口就听见里面杀猪一样地叫。

他爸正在揍他,

"狗日的!麦子呢?两千斤麦子你给我搞哪里去了?"

十月三十一号，我收到了小巴从云南寄来的东西。原本是她说自己创业的公司业务不好，一群人出主意，最后我说咱俩搞一个云南美食优选吧。她在云南找好吃的，我来投资做个优选厂牌，反正我们也总是吃。

一拍即合。

她说大理有很多小厂做的东西都很好吃，但外面的人不知道。如果能打开销路，也是个多赢的局面。

随后我们就讨论选一些什么东西，米线，菌子，乳扇，油鸡枞，牛干巴，等一系列东西。我收到的时候，满满一小箱。

里面有干巴菌韭菜花，小雀椒，红油的霉腐乳，洋芋条跟炸猪皮。

霉腐乳有点漏了，味道顶了我一个跟头。混合着韭菜花的味道，情绪与空气都很复杂。

炸猪皮与洋芋条装在两个口袋里，灰扑扑的。

我先测试了干巴菌韭菜花，味道比较难以形容，干巴菌切成小丁儿，口感脆又有些泡泡的，很辣，加上韭菜花的味儿。空口吃有些咸，抹馒头吃却有些寡。我没找到正确的吃法。猪皮与洋芋条脆香，大概也是薯片一样的零食。霉腐乳与安徽与某些西南地区的味道差不多。

我找小巴说，你给我寄了些破产神器啊。咱们要卖这些，没几天就该举债了。

她说，哎？你不觉得很好吃吗？

我觉得是很好吃，但这些东西太本地了。口味与产品风格太强烈，是属于那种传统意义上的家乡味儿。

而我们要做的产品，亲和力应该更强一点，譬如说过桥米线卖遍了全国。干巴菌韭菜花却几十年没走出大理。我相信在我们之前，一定也有人尝试过。

她说米线的厂家都阳了，本来是要寄小锅米线的。我说小锅米线就没问题啦，很难做难吃，只要货真价实。

她说，你不知道小锅米线配干巴菌韭菜花可好吃了，干巴菌韭菜花还可以炒土豆丝儿。

我突然意识到，原来她这是给我寄了一箱子调料。

有一些食物，在外地总不能吃到所谓正宗。很多人怪罪于改良。有些人为了把家乡味儿带出来，甚至把锅灶都搬出来。做出来的却依然差些意思，后来就有人空运水，空运辣椒，尝试一切都复原，有一些成功了，有一些却怎么都不行。譬如有一年我在北京想做酥锅，办法步骤材料都对，我蹲在厨房看了七个小时的火。可出锅依然味道差点意思。

后来问一个厨子，他说你用玉兔酱油了没？我恍然大悟。原来如此，有时候家乡味儿，是一切情绪与物产的总和，万事到最后，不过是差一瓶儿酱油。

我拿着干巴菌韭菜花，去西四的蝴蝶泉宾馆，吃了一份小锅米线。肉臊，辣椒，韭菜，米线。卖相诱人，香辣滚烫，单吃已是美味。

我放了一勺干巴菌韭菜花进去，整锅米线突然变化，炼丹炉里就等着这最后一味药，有它才金丹大成。

原来如此，是这般的妙啊。

*

陈城岭是我的小学语文老师。跟大多数 20 世纪 90 年代的农村民办教师一样，他的文化水平，也就是刚刚好认识常用的汉字。

他认为普通话就是普通人说的话，所以他教我读《八角楼上》都是"巴撅楼上"，"ABCD"念做"诶逼希低"。并固执认为自己发音标准，我曾试图用电视里学的普通话读课文，他会非常严厉地纠正我，让我不要闹洋相。

其对我唯一的一次夸奖，是一次学校除草之后，他对我带来的农具赞不绝口："纵观全校，你家的锄头最讲究。"

他的儿子陈德山比我大五岁，是个傻子。身高比我高出一大截，他没有办法正常学习，我读到三年级的时候，他已经在三年级读了三年，原因就是陈老师一直在教三年级。

他没有朋友，除了他是个傻子，孤立他最重要的原因是因为老陈。没有人喜欢陈老师。老陈经常搞体罚，我的手经常被打得肿到握不住拳。跟现在不一样，我妈把我送学校的时候都说好了："他要是不听话，你就往死里打。"

所以陈德山就要遭受报复，时常被揍得鼻青脸肿，却也不还手，也不告状。仗着人高马大，皮糙肉厚，也不会躲，就是硬挨，不管砖头还是棍子。

老陈都知道。可他不管，有一次山子被打破了头，他一声不吭地骑着自行车带着山子去卫生所包扎，回来的时候山子手里举着一根麻花，吃得眉飞色舞。

我也不喜欢山子，因为他实在是太傻。上课的时候，坐得笔挺，眼睛瞪着黑板，嘴角却流着口水，你以为他在听讲，其实呼噜都快打起来了。他也不爱洗澡，一身破袄脏得发着蛤蜊光，太阳一晒，都升起一层白雾。

那天放了学，我看见几个小孩儿拿着个空汽水瓶子，往里灌了尿。在路上拦住山子，说给他喝汽水。

山子傻呵呵地接过来就要喝。我冲去把汽水瓶子抢来。那几个小孩儿要揍我，我捏着那瓶子甩了他们一身。尽管是他们自己的尿，他们也急眼了。

一块砖头扔过来，我就冒血了。陈德山竟然生气了，他在地上转了三圈儿，摸了一块砖，这时候老陈骑着他的破自行车冲出来，大喊一声："别还手！"

山子一看他爸来了，他立刻把砖头扔掉，把手藏到背后。老陈把我们俩送卫生室上药，我生气地告状，他们这么欺负人，为什么不能还手？

老陈看着我说，你不懂，你能还手，但是小山子不能。你快回家写作业吧，把课文好好背一下，明天检查。

第二天一早，下大雨。

我爹妈早早就冒着雨出车了，我换好水鞋，准备上学，一开门却看到门洞里站着一个人，我一看是山子。我说你怎么在这儿？他傻呵呵地说等着跟我一起上学。

我不愿意跟他一起上学，尽管昨天一起打架了，但我也不愿意跟傻子玩，可撵他走这话也说不出来，只好让他跟着。

去学校有条小土路，路上泥泞，我一脚踩到泥里，水鞋太大，我拔了几下没拔出来。山子伸手就把我抱了出来，然后蹲下说我背着你走。

傻子劲儿大，还没等我拒绝，他背起我就跑。

很长一段时间，他每天早上都等着我一起上学，我深受其扰。我在学校只好躲着他，他也不恼，就每天远远地看着我们玩。时间长了，这让我有些愧疚。

一直到我上了初中，老陈因为是民办教师，被提前清退了。我的那个小学也跟别的学校合并了。山子没有继续再上学，老陈退了之后，带着他在夜市上炸麻花，卖麻花。

也真的就奇怪了，陈德山傻成这样，麻花却炸得特别好。香脆可口，个又大，可我却从来没去过他的摊子上，我当时有些虚荣心，并不想跟傻子做朋友，尽管麻花很好吃，也都是靠我妈去买。

那天我在学校门口看到了山子，他骑着他爸的破自行车，后架上带着两个筐，筐里面装着麻花。他一条腿支在地上，眼睛里往放学的人群里看。

知道他是要找我，我也看见了，就躲在门口的柱子后面，期望他快走。

可以前小学的一些孩子看到他，都认识他，有几个家伙又跑过去逗他，他支着自行车一脸无助。我眼睁睁地看着那些小孩，把他推倒，麻花滚落了一地，人们哈哈大笑。也有可怜他的，想去扶他。他愣愣地站起来，在人群里找我。

那些孩子继续挑衅，把地上的麻花一根一根地踩碎。他找了一圈没看到我，然后就一歪头，直勾勾地看着那几个孩子。我心想，快还手，你这么大个子，怎么就这么受欺负。

这时候我听到有人喊："小山子！小山子！别还手！"

老陈呼呼跑出来，坏小子一哄而散。他们爷俩把地上的麻花捡起来，两个人推着车子默默地走了。

那是我最后一次见他。

我再听到他们消息的时候是在济南，有一次跟我爸打电话要钱，我爸说，你陈老师得了肝癌死了。

我大吃一惊，赶忙问他山子呢！我爸说，不是很清楚，还在夜市上卖麻花。

又过了半年，我爸跟我说，陈德山杀人了。

说老陈去世之前，给山子养了一只鸟儿，那只鸟儿只会说一句话，老陈教的，"山子山子，别还手。"

后来老陈没了以后，有个人去偷他的油条，被山子拦住要油条钱，他恼羞成怒把山子的鸟捏死，扔油锅里了。

山子就把他杀了。

*

世界上只有两种驴火，一种是长的，一种是圆的。长的是河间派，热饼凉肉，蛤蟆吐蜜。圆的是保定派，热饼热肉，皮酥肉烂。

两样儿各有特色，只是河间派走得更远一些，各地都不缺驴肉火烧店，兹要是进去，炉子里掏出来的大多是河间长火烧，那火烧面里掺了驴油，热饼铛上稍微烙定型，再填进特制的炉子里，一直到烤脆，掏出来趁热开膛，煮好的驴肉要冷藏一下，切碎的红肉片儿上挂着半透明的肉冻，会吃的还得掺上焖子。有的还切点儿青椒进去，多点清爽的口感。

饼皮儿烫嘴，驴肉炸牙，焖子肉冻沾唇即化，吃着脆，嚼着香，是一等一的好美食。

似乎保定派就走不出河北去，只在保定周边出名。虽然叫一个名字，却与间大不同，保定，涿州的人视河间派为异教。只有圆火烧才是驴火正脉。

不过确实，圆驴火更油香一些，面也和的硬，肉要下很重的酱，比河间的红肉口更重一些。炖得极烂，要说它是驴火，我总觉得它跟西安的腊汁肉夹馍血缘似乎更近一些。与西安人一样，肉里若是敢剁青椒，那可能要枪崩猴儿，若是你再举个长火烧，得痛心疾首地骂一百个撩操的。

保定驴火是真解馋，现在是劳作少了，若是放一天大劲，来上一顿火烧，配上个驴杂汤。别的比喻都差些，只剩下舒坦两个字在肠肚中不断地翻，从上到下都是一个通透。

不过这两派也有和好，譬如配的凉菜，如小葱豆腐，姜汁皮蛋，再有皮辣丝儿，驴肉焖子，拼驴杂冷盘儿，热菜就尖椒驴板肠，驴紫盖，大概差别不大。

之前小文从美国回来，我带她到鼓楼吃了顿驴火，也不是最好的店。她说自己不吃内脏，但一大盘儿切驴肝儿她吃得停不下。我说这是驴肝儿，她说唔，知道了。

走时还打包了一斤带回广州。过了几天又要，托我买了给她寄去，好在驴肝儿不怕冷吃。

驴紫盖大概是肋肉，半肥半瘦，大多数时候店家会给你配几个白皮火烧让你自己夹，只是太横了，缺了师傅那大刀的铁味儿，咽不下去几口就顶住。

驴杂汤必须去生意好的店，一口大锅里永远滚着半副驴架子，永远也不绝火，驴肉驴杂也都在这一锅里煮。这汤越煮越清，越煮越亮，舀出来隐隐带着琥珀色，珠光宝气的，撒上葱末芫荽。趁热，有大锅的老店都无限续汤，喝饱了为止。

现在想想，这驴一进了河北算是倒了霉了，现在养驴的都在内蒙古，这驴从张家口进关，到了河北，皮肉分离，皮再往南去东阿，肉就永远留在了保定与河间。

阿胶养不养人我不确定，驴火是真养人，堪称完美食物了。这些年讲究的碳水，蛋白质的配比，一个驴肉火烧就全了。

若是说世界上有完美食物的话，驴肉火烧算一个，韭菜猪肉虾仁鱿鱼饺子算一个。

*

曾经家里最老的一张照片，是一个女孩站在一片灰色的田里，脸色黑黢黢的，穿着一件灰色的袄。奶奶说那是她。

民国二十四年，一个路过的外国人给她拍的，后来让人送来。照片上的女孩儿小脚，神情拘谨。

跟我认识的她没有一丝相似。她一直把它藏在她的木头箱子里。一直到她去世，我想找这张照片，却没再找到。甚是遗憾。

后来恢复忙碌的生活后，此事就一直忘了。我曾拜托父亲，小叔，姑姑帮忙寻找。却一直没有回音，他们都说从未见过这张照片。

我小时分明见过，他们却异口同声否认。这让我也怀疑起来。

最近李虹女士去世，虽然不认识，也平添了很多遗憾。世界上总有些温柔的人，默默修补这世界的伤。

之前就偶然点开过她的微博。里面有无数的老照片。我一直看了两个小时，跨越百年，心情复杂，总觉得真实，又不真实。

她的微博分享似乎可以将空间展开，越觉得自己渺小。似乎在那些照片里看出我的前世来。是街边的小贩，一个木然的大兵，或是黄土里的尸体。

人总能在看见过去时，编造出许多记忆来，凭空架在自己身上，仿佛沐浴烈火。

幸好也不属于自己，不知从何而来，只做短暂停留。

总算这是上网的好处之一，有人输出热闹，也有人分享温柔。

人间万类，雪泥鸿爪，来去之间留下痕迹。

她有一张老照片，是两个扎着花的小女孩，有一个站着，有一个在弹琴。尽管也是灰色，但藏不住的华丽与富足。立刻又想起来奶奶那张照片了。

那使我记忆混乱，似乎是田野里放了一架钢琴，是一个瘦小的，穿着灰褂子的女孩儿在弹。

之前又打电话去问，父亲依然没有找到，过去三年了，旧木箱子都放进了仓房。

少了她的家中，再无它们的位置。

想来想去还是遗憾，留下的相册里只是她老了的照片，最早也不过是九十年代的。她活了一百岁，平白她最年轻的五十年不见了。

这五十年她都在这个村庄里，外面天地换了又换。她悄悄地养育了一个大家族出来。

上次回去父亲让我载他去给他舅舅过寿。我才突然想起来她有个弟弟尚在。我这舅姥爷也近百岁了。

我小时候倒是常去，他家的表叔开了一个冬青饭店。前些年做烧炖泥鳅，做辣椒酱极其著名。

来回走动，他家人总是带辣椒酱来。应当是那村的本地土产，虽然是素酱，但极为好吃。

以山东的整棵大葱，青红两样儿鲜辣椒，扔在灶灰的余烬里烧，连煳带烂，几个大嫂子再用巨大的石臼捣成稀烂。

再用好花生油熬出来。

似乎只有这几样儿，或许有别的酱或者花生。我分辨不出来。他家的秘方也不外传。

夹馍夹饼拌面，凉菜佐粥炖鱼。

烧葱辣椒极香，他家独一份儿。可以做地方名产的级别。

只是别人下不了这功夫，也学不来。只好让他自己赚钱。二十年前就很发达了。

那表叔也很得意，每逢喝多必说："这都是老辈子的做法，俺做这辣椒酱，都卖外国去，外国人一车一车地买。"

山东确实是喜欢吃葱味儿，葱烧海参，葱烧蹄筋儿，海参蹄筋儿本来无味，烧出来就以葱为主了。按照烧海参的法子，烧鞋垫儿都好吃。更甭说辣椒酱了。

舅老爷坐在沙发里，似乎变得小了。红脸膛，眉毛雪白。我在小象那书里写他，活了一百岁的人会变成婴儿。

他早就不认得我了。我成年后浪迹天涯，相貌都已改变许多。他问我是谁，我说我的小名儿。

他犹豫地看了我半天，突然认出我来。

"你是庆。"

我说我是。

他说你怎么这么大了？然后又问，你奶奶还好吗？我今年还没去看她。

我看了表叔一眼，表叔悄悄跟我说，他有些糊涂了。我老姑走的时候，他就在身边。他这两年糊涂得又厉害了，老

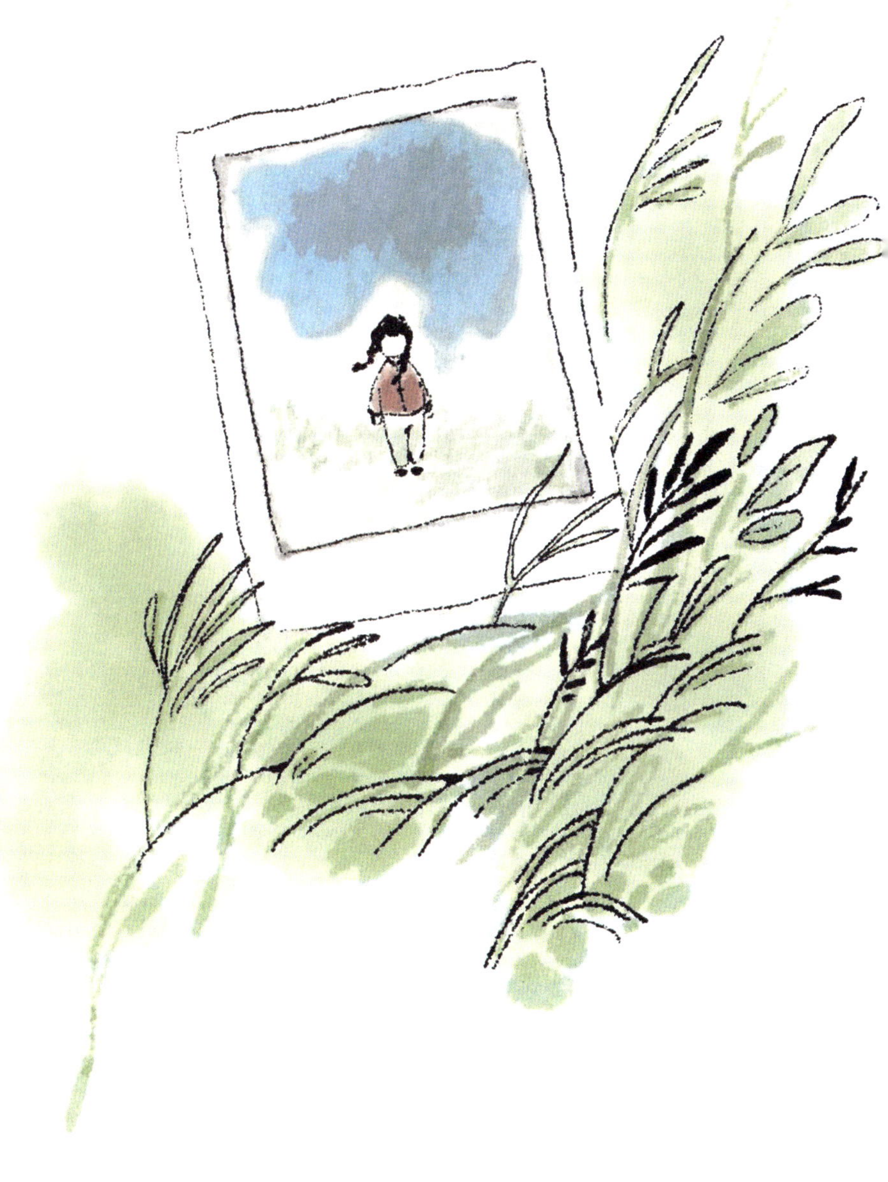

是要找他姐姐。

我想了想那天，我是半夜才到，没有遇到他。

我说，奶奶很好。

他点点头，说你要孝顺。

我说好。

我坐在他身边跟他说了一会儿话。低头看到茶几的玻璃下面压着一张黑白照片儿。

一个女孩站在一片灰色的田野里，脸色黑黢黢的，穿着一件灰色的袄。

原来这张照片在这里，我趴在桌上看。我问表叔，这张照片他也有一张吗？表叔说，是那天你奶奶走的时候，他回来手里就拿着这照片，是你奶奶给他的。

他突然指着那张照片跟我说："我姐姐。"

他是这个世界上，唯一认识照片上女孩儿的人。或许拍照当时他就在场。她的人生并没有消失，他看着那照片又说，我姐姐这个红褂子真好看啊。

我突然发现那黑灰的照片里，她穿的确实是件红袄，脸色白净，她站立的荒野无穷碧绿，天空清净如海。

原来如此，

那些黑白色的照片，它的世界竟都是有颜色的啊。

*

不该戒酒,
三十年浮沉缚手,
装痴愚傻呆魔头。
待她走后,
纸火一沟,海棠一沟。
人间余我,
西风一沟,满月一沟。

*

比起北京，天津菜的个性更加明显，平民小吃格局也更大一些，自古以来越是天子脚下，平民百姓的见识便越是狭窄。比如前清的百姓，眼里的见识只有达官显贵，八旗子弟，宫闱辛秘，虽然那不是自己的享受，只是说起来便觉得自己比别处的人高出不少来。

而对世上的山河，风土，大都一概不知，觉得那些都比不过在天子脚下，拉完胶皮车吃碗卤煮来得高贵。

辛苦是辛苦了些，住在胡同里总比外省的乡野村夫强，哪怕是外面来的封疆大吏他也觉得不如自己，因为自己离着紫禁城只有抬脚就到的距离。

我不是说现在，只是说的前清。因为不必吃下脚料，所以天津的包子，煎饼，爆三样儿，奓鱼儿，成盆的河螃蟹，海鲜，远远比卤煮，炒肝儿，爆肚儿来得适口。所以以前一些爱生活的北京人也老爱往天津跑，甚至在天津买下宅院。

这也是历史问题，怪不得百姓。好在现在方便了，大家的见识都差不多，眼里不再只有那些宫闱辛秘，虽然还是经常说，但再不是天子脚下的特权。

这也是现代社会的福利之一，甚至有时候灯下黑，很多辛秘都是从外省外国传回来的。依然还是很津津乐道。

新世界到来的这几十年，北京城被省外的各大菜系轮番洗礼，先是粤菜的生猛海鲜，再是川菜的红油豆瓣，轮到现在新派的鲁菜取代了京派鲁菜，湘菜也开始大行其道，更甭说这几年风头正劲的台州菜，还有各个稀奇古怪的西餐厅了。

而在天津，外省的菜也有，可也只是尝鲜的买卖。天津人除了不吃狗不理之外，天津菜的餐厅永远是第一去处。吃个孬鳂目鱼，来个老爆三，八珍豆腐，虾仁独面筋，再来个黄焖两样儿。你去天津做客桌上必然有这几道。

家家做得都很好，这是天津厨子的本事。如果不是老陈年纪大了不干了，我也许这会儿还是每月想招去天津吃一顿孬鱼。

天津的吃食都带着天津人的哏儿跟硬。

除了一个事儿，

天津菜都特别甜，可天津人都不承认。

*

昨晚我跟一个朋友吃饭，喝着喝着就说起来人一辈子要受多少委屈。

他说受了委屈千万不要忍着，一定要说出来，不然会引发一些更坏的反应，有时候委屈多了，整个人精神都会出问题，稍微有理智的，就会报复欺负你的人，失去理智的就会报复社会。

我说是啊，这些年报复社会的新闻可不少，人不能把自己受到的伤害转嫁给无辜的人。

他喝了一杯酒，说，我就报复过社会。

我大吃一惊，以为他做了什么混蛋事。

他说，有两年干啥啥不行，觉得每个人都针对我，觉得整个社会都病了，我仇恨这个世界。

我仔细地听着。

他继续说，我决定报复社会。

我说你你你干吗了？

他说，我去超市，买了把菜刀。

我说你可不能干傻事，买菜刀都用身份证的。

他说，然后我看了看监控死角，就拎着菜刀，去捏碎了两袋方便面。

我问他然后呢？

他说，我捏完之后感觉做坏事很爽，就把捏碎了的方便面藏到了货架最里面。

然后我就拎着菜刀回家了。

我默默地看着他，他继续说，我回去之后，一宿都没睡着。第二天一早我等着超市一开门就把那两包方便面买回来了，我买回来一看，还是干脆面，正好，我就撒上调料吃了。

我说，你买菜刀干吗了？

他说我妈让我买的。

＊

那天在某处吃湘菜，就我一人，三个菜，半碗饭。菜有一血鸭，一辣椒炒肉，还有白辣椒炒蛋。

结账时，一盘辣椒炒肉竟是要了七百五十块。我有些好奇，只点了些下饭菜，以为鸭子要比辣椒炒肉贵一些。谁知鸭子才一百多。

服务员见我好奇，便跟我解释，这是樟树港辣椒炒两头乌。

我拍了一下大腿，仔细回想，这盘辣椒炒肉有什么不同之处。还有剩一些，我抓紧又夹了两筷子。只是菜凉了，虽然好吃，也以为是厨师的火候功劳，谁知辣椒与猪都是稀罕东西。

想来这东西稀罕，是因为原生的缘故。再上去几十年，大概辣椒炒土猪肉也都是这般味道。没有良种，只是一方水土的出产，就像章丘的葱，鲁西的牛，沂蒙的山羊猴子。

香是香，只是农民再辛苦也赚不着钱，所以有了些良种的牲畜与蔬菜。产量大了，能吃上肉的人也多了。都能吃上的肉，大概就很难去分辨一等或者三等的分别。

来来回回，世界此时又产生了奇怪的分化，又追求起"笨"来。笨猪，笨鸡，笨鸡蛋。一个笨字又加到了原本寻常的头上。

笨的东西，比聪明的东西好吃。这是聪明人们重新给出的评判。

最近大概笨东西不够用了，就有一些聪明的东西混进来，叫喊着自己笨。只是味道总是不对，因为太过花俏，找不到朴实的感觉。

我觉得大概他们是混淆了笨与傻的区别。聪明东西装笨，那应当叫作傻。

傻猪，傻鸡，傻鸡蛋。

*

山东中部从博山往西,到河南,一直到徐州。有种传统食物叫卷煎。

这个东西吃起来口有些淡,算是酒席的冷盘搭子。存在感不强,但总第一个光盘。制作方法与博山春卷类似,都是鸡蛋摊出薄皮,春卷是卷韭菜木耳笋丁,卷煎更结实一点,卷的是肉馅儿,卷完了大火蒸熟,放凉了切冷盘儿。

大约水管子粗细。也就只有盐与胡椒调味儿。

曾经我姥爷跟博山人一起去黄河出夫,在窝棚里听他讲做法,回来便学会了做,他没吃过真正的卷煎,靠博山人的讲述加他自己的想象做出来,无比巨大,跟肉龙一般粗细,他第一个都是得先用筷子插一个给我姥姥,剩下的给我与表哥表弟抱着啃。

他还在时,常做,后来做不了了,我姥姥还吵着吃。我出去买了给她,她还发脾气,说这算什么卷煎,让你姥爷给我做。

她那时已有些迟钝,总说我姥爷跟博山人出夫,学了一道博山菜。

我跟她说,我买的这才是正宗的,去博山买来的,我姥爷做得那么粗,肉那么多,鸡蛋那么厚,跟肉龙似的。

姥爷就躺在她身后的床上,她仿佛不知道的一直说他。

她岁数比姥爷只大一礼拜，每年都是先给她过完生日，紧接着再给姥爷过。

有一年她躺在姥爷身边没起来，我姥爷握着她的手喊我小舅，平静地说你娘没了。然后他也起不来床，只是看着大家哭着给她穿衣服，然后抬出去。

一周以后，他也走了。

他俩寿数相同，九十六岁。

*

元元姐姐有一次从欧洲回来，背了一个橡木桶。不是很大，大约五六升的容量。她说原本里面有一桶威士忌，但是她在路上一边走一边喝，等到回来上飞机的时候，还剩一点，索性就喝光了。又在上面写了很多字，就不想扔了。索性拖着回来了。

有一次她找我喝酒，她又抱着那桶来了。我说这不是个空的吗？她递回来，我拿着晃了晃，里面"咣叽咣叽"地响。

问她又装啥了？她说啥都有，格兰花格，麦卡伦18，山崎，响，乱七八糟的。都是剩下的瓶底子，攒的。

我说你可真是酒鬼啊，你这算单一麦芽还算调和？

她说，这叫无限桶。世界上只有这一桶是这个味道。你喝不喝？

我俩就那么干喝，雪莉桶里混合着她刚刚度过的一段时光。我完全能分辨出那些味道，有一些是她快乐的剩酒，就少一点点，有一些是自己喝的闷酒，有一些她被爱，她别离，她孤独，她旅行，她想起来九岁的我，我偷开着拖拉机跟她一起在雪地里奔跑。

喝着喝着我们都没说话。

到后来，她说不喝了，我搬着桶晃了晃，还剩下一些。而我们明显还没有醉得失去理智。

她说，这个桶你搬回去，等你用剩酒把它装满，你再给我拿来。

我有很长时间，看到好威士忌就会想起来元元姐姐的橡木桶。我买了各种不同的威士忌，各种年份。我不是很懂威士忌，可我依然买。

从几百几千，到几万的酒。我即使不喝，我也会打开它往里倒一点点。

唉，好久没看它，今天晃了晃。满了。

*

山风烧肉,
青瓜青豆。
烂火荒林,
块垒消疏骤。
百般故去换将来,
好坏做拼凑。
喝酒也不消愁,
不喝酒也不消愁。

*

九十年代，小镇街头总有那种大的玻璃烤箱，里头打着灯，油汪汪地烤着十来只大肥鸡，里面的铁架子一直翻滚，离着老远就能闻到味儿，冲人。

那些烤鸡看着就皮脆肉嫩，皮薄的地方略微有点焦，肚子里塞着蘑菇与芝麻，被烤得透透的，鸡油时不时地炸开，崩到玻璃上，"噼里啪啦"像放摔炮一样。

老板实属奸恶狡诈，把烤炉做成透明的，这么做生意都不用吆喝，兹要是路过的人，都得咽着唾沫走。

我妈只给我买过两回，一次是我站在那儿半天，任凭她怎么打，我也不走了，只好给我买了一只。另一回是我发烧四十度，黄桃罐头已经不起作用了。

"属黄鼠狼子的他。"她逢人便说我馋，毕竟二三十块钱也不便宜。

可对我来说，这东西多钱都值。在那个灰色枯燥的小镇上，那个放着光的烤箱几乎是唯一的色彩。

烤鸡一到手，千万别怕烫，垫着油纸，坐在自行车后座，先劈一个大鸡腿下来，也别听她说灌一肚子风。

能吃烤鸡，灌一肚子风又怎么了。凉了可怎么办？山东人太爱烫的食物了，但凡东西一烫嘴，什么都是翻番的香，一落凉，就差很多意思了。

她不懂我为什么这么贪吃，她总是听信谣言，这些烤鸡都来路不明，怕是瘟鸡，又怕添加了"透骨香"，不然怎么家里就做不出来？

可孩子嘛，什么脏东西都能消化了，根本不怕。

烤鸡，老孙家的猪头，丸子，在院子里抓大猪的女孩儿，就是我那会儿所有感兴趣的事。

有这个比着，我尤其看不上这几年各个餐厅烤出来的鸡崽子。跟鞋底子一般大，肉都水汪汪的，不敢硬烤，什么奥尔良什么柠檬草腌得甜吧啦叽的，也压不住肉的腥气。

跟广东人吃嫩鸡，一样，讲究鸡有鸡味儿。北方一定要用肥鸡。以前家里养的大公鸡，小腿上都生出来两三个钢钩，冷森森的，一二十斤，一般的狗打不过它。

到家也就十来分钟，两条大腿就进了肚，剩下个肉筒子给我爸吃。他先把烤鸡肚子里的香菇掏出来给我放小碗儿，然后撕着鸡胸脯喝啤酒。

"托你的福。"他跟我干杯。

那天在丽都开完会，发现那酒店里也有一个这样的透明大烤箱，里面挂着几只大肥鸡，油汪汪的。

虽然是西式餐厅，但从那玻璃后面冒出来的味儿，跟那天我的小镇黄昏是一样的。

只是店员都穿得干净利落，温和有礼。我让他给我来一只，他要用锡纸给我包裹，我说装盘子吧。

我端着一整只鸡，找了个位子坐下，劈了个鸡腿吃，皮脆肉嫩，鸡味儿十足，令人惊喜。

也并没有勾起乡愁，也没有什么回忆的情绪，就觉得烤鸡应该如此。

只是没掏出香菇来。

＊

我这一代人都有些炸带鱼情结。

我十几岁的时候是美术生，为了应对中考，我们美术班的同学去济南参加了个班。

老亮是复读生，比我们大一点，所以临来前就被嘱咐了要照顾我们，他获得这种使命，便一身责任感。谁生病了他就买药跑腿，谁跟谁闹了矛盾他得负责谈心调停。谁忘了吃饭他还会帮忙打饭，忙得不亦乐乎。

我们那会儿都租住在甸柳的一个房子里，几个小孩挤在一起。有天晚上有个小孩儿吃着吃着饭哭起来了，老亮问他怎么。他说他想家了，想吃妈妈做的饭。

他这一哭，迅速传染，八九个小崽子一起哭得撕心裂肺。我也跟着哭了半天。

老亮没哭，他一个一个地安慰着，最后下楼去买了一箱啤酒。搬上来每人分了一瓶，小手一挥说："何以解忧，唯有杜康。"

最终还是安慰住了，他也喝得差不多了。大家喝了点酒都忘了想家，气氛活跃了许多。

突然老亮抽了抽鼻子，然后哇地一声哭了。一群小孩立刻懵了，问他怎么了。

他哭着说："妈的这谁家炸带鱼了。"

"呜呜。"

*

老丁曾经在 2005 年前后的时候，获得过一个荣誉。潍坊市"黑社会"二十五周岁以下十大杰出青年 Number One。

之所以能在江湖上混出这一个名头，有很大一部分原因是因为他人长得漂亮，浓眉大眼，身型与面貌都极似任达华。对于一伙看着《古惑仔》长大的坏孩子们来说，他就是山东朝天锅版本的蒋天生。除了打架劈友是一把好手，一手吉他更是弹得出神入化。

我见过一个这样的画面，在一场群架之后，荷尔蒙爆棚的一群社会闲散人员在夜晚白浪河边的烧烤摊子上喝酒，老丁拖出吉他，坐在人群之外弹了一首《加州旅馆》，叼着烟卷，眼神迷离。

他是我同学的大哥，也见过他几次，被同学从济南拉去给他站过场子，我们坐着长途客车，奔赴过一场没打起来的砸点。

我那会儿很好奇，喝酒的时候我就问他，为什么从全省拉来人站场子，人都来了怎么不打了？

他抽着烟说，可以，但是没必要。

后来听说他入狱了，此后很多很多年都没他的消息。

这两天我回了趟山东，馋虫被撩拨得上头，在老家住了一晚，一早就去潍坊。

提前找了我那哥们儿，我说来吃朝天锅。他说正好，我带你去一家。

一家不大的小店，尽管是做下水生意，却收拾得极为干净亮堂，绝无油腻。跟北京的某些老字号卤煮店的气质完全不同。

好吃的店都有一种独特的气质。店员精神状态饱满，窗明儿净，这样的店生意又好，食材轮转得快，全都极为新鲜。这边杀完的猪，盖好蓝戳，肉还热乎着就送来。

我见过那大猪刚杀完，肌肉横截面那种纤维的跳动，在阳光下一闪一闪的，就像是正在被弹奏的琴键。

这店里也有一口无比巨大的锅，里面热气腾腾地煮着肉。整个大锅都墩在一个灶上，围着灶台当作桌子。如果你知道那种日式餐厅，譬如深夜食堂，厨师在这边做，你就坐在他身前吃，他做完了直接端给你。而朝天锅，比起日料来没那么多的矫情，吃这个的都是放力气的人，以前在大集上，在劳务码头之类的地方，大锅支起来，肉切好了，拿马宋饼一卷。喝着热汤，撒上胡椒，舒坦得胳膊上肉突突地跳。

那锅后面站着一个人，留着很讲究的胡子。穿着白大褂，手里拿着一个铁钩子在翻锅里的肉，头发剪得也很讲究，耳朵里塞着 AirPods。我依稀看着有些面熟，这大哥长得极像任达华。

我吃惊地看了看我哥们，他笑着点点头。然后他过去打招呼，指了指我。老丁看到我，有一些迟疑，看起来已经是不认得了。

我坐在他身前，也没有太多的寒暄。他听说我从北京来被朝天锅馋得不行，哈哈一笑，从锅里捞出一副软烂的肠头，也不切，那边有阿姨现烙的带花的马宋饼递过来，加上一截白葱。又舀了一碗清汤给我，撒了一点葱花，一大勺的胡椒。

亲爱的朋友，如果你在长途奔波之后，疲惫不堪，恰好有老朋友在身边，他递给你一个饼卷肉。那你必须去车里拿茅台。

我去拿了两瓶茅台，吃得我眼窝子酸。太香了，那卤的肠头，拾掇得极为干净，连半点儿油腻也没有，那种卤煮的脏器味儿一丝也不见，只有肉香。这边我大口地吃完，酒倒大碗里喝，一口下去。

老丁哈哈大笑着跟我碰杯，他也想起来往事，但是我们都没提。

他喝了一碗，然后又给我卷了个全猪的，心肝猪头，耳朵一股脑地切好卷起。咬一大口，肉皮的糯，肝的嫩香，耳丝的脆，熟悉的声音从颅中响起。

我没有时间回忆青春，只是生怕手里的肉从饼里漏出一点。

两瓶下肚，老丁也喝得有点多，他把耳机摘下。我拿过来听了一下，里面吉他动人。

他笑了笑跟我说："2016年西班牙格拉纳达音乐节，卡尼萨雷斯弗拉门戈吉他音乐会。"

＊

中午约了宫海滨吃漳州菜,见面匆匆打个招呼,一起往厕所冲。我俩隔着两个尿池,一起打着冷战说:"新年快乐。"

此处很是有几道好吃的菜,东山小管儿,紫菜海蛎煲,芋头烧肉,姜母鸭,炒粉,鱼肚,土笋冻,海蛎煎。厨子食材都是当地外派过来的,做得像模像样。

又与福建大厦的出品有些细微不同。譬如海蛎煎,福建大厦的更干一点儿,都整齐切开,淀粉都煎得透,能成型,有些糊塌子的气质。可这里略不同,似乎火更旺,鸡蛋淀粉煎得焦边儿,海蛎与鸡蛋却还水汪汪的,脆与嫩两种口感。

东山小管儿其实在山东海边叫作海兔或者笔管鱼,一些小乌贼罢了。上两个月还有一肚子的籽儿,这几天要不想吃冻品,那便只能吃一肚子墨水。白灼油焖都还算不错,只是比不上现捞现吃的。

记得十年前,我还在海边上开酒吧,借了渔民的船去捕鱿鱼,那天正好是元元姐姐去看我,我就带她上了船。那小船都是极亮的氙气灯,大小的鱿鱼密密麻麻地在海里,一网能捞好几斤。那小鱼崽子捞上来还扑棱扑棱地跳,拍它一下,粉红的小鱼崽子立刻变得洁白透明。饿了的人就扔嘴巴里生吃了。我囫囵嚼过,吃得满嘴都是,肉脆甜又爆浆,也没有什么芥末酱油就伴着点海水的咸滋味儿。

抓八带要用到另一种工具，当地人叫蛸壶，是一种小陶罐儿，里面放上点儿食饵，在绳子上拴一串儿，扔到海里。小罐儿里没有钩子，长蛸，短蛸钻进去就不出来了，一次能收获许多。

也可以生着吃，是有些残忍吧？可在那大灯下面烤着，加上满船的收获，人的精神极度亢奋。这时候总能干些不敢干的。反正船上只有她，我脱得赤条条地站在船头，她仰头看着我笑，也不晕船。

一条很大的鱿鱼突然跳出来。那鱼扑棱着身上黏滑，她一时抓不住，便生气张嘴咬住，就那样咬着，那鱿鱼生气，喷了她一身墨汁，她就那样哈哈地笑。

宫海滨问我想啥呢？我说以前我还去抓过这个东西。他还不信，我想找些照片出来佐证，手机里却空空如也。似乎以往都不存在了。

他说这芋头好吃啊，这鸭子好吃啊，这紫菜绝了。紫菜汤确实绝了，头水的紫菜与海蛎一起煮，胡椒汤底有些香油。确实鲜掉眉毛，我也不知道为什么人们说起鲜，就要掉眉毛。

我又想起元元姐姐，在厦门，她光着脚穿着拖鞋走在海边潮湿的市场里，到处都是晒着的紫菜，她白生生地走在前头，裙子很长，头发也很长，她似乎晒不黑，整个后背都敞开着。风在她身上吹来吹去。

有捞鱿鱼的船刚上岸，她看着成筐的鱿鱼回头问我，我们那次抓的是不是这个？

我说是。

*

都说北京的秋天最好，其实春天的花季也不错。哪儿好玩呢？四九城里，北海公园西岸，过去小西天，路旁开满了樱花，很繁茂。植物园不说了，什么都有。玉渊潭也是樱花，可惜花开的时候人比花多，都是爬树的。

故宫里有一丛蜡梅，似乎也要开了。不过深宫幽寒这种事，被人群一挤，体会到的都是劳动人民的热情了。

京郊的山上三月底就开始开花了，真的是一山一山地开。几乎都是野桃儿，妙峰山的盘山路上，还有去白瀑寺的路上，山都是粉色的，极为壮观。还有一条安静的路线，就是从白瀑寺去珠窝水库，人跟车都很少。太行之末，可以看到地球的断裂面，山都是直愣愣地从大地里翻出来，石头都是一层一层的，顺着河去珠窝水库，岸边有奇景，恍惚三峡。

往南就从108国道去霞云岭，可能还需要再晚一点，那边春天到得晚一些。从霞云岭去白草畔的路上，全是梨花如雪，此处出红梨，山里人家，房前屋后山头河涧，无穷无尽，梨花比桃花更浪漫，有风来，仙境。

路过红井路，那里有北京最厉害的挂壁公路，路旁有一辆咖啡车，偶尔去那里，老板是个男青年。信号不好，可以下山付账。从红井路下去，可以到十渡，顺着拒马河，从一渡，跑到十五渡，山清水秀，再往前就是野三坡。除了十渡乱糟糟的，其余几渡都很不错，野花甚多。

去十三陵，从那里去黄花城水长城，能走一段儿昌赤路，每逢春天，风景奇绝，万里山花。只是太出名，人车拥挤，最好拐上怀柔，先去水长城，水长城里其实也没什么太好看，只是出来有个餐厅，我觉得你一定会喜欢。一座白房子，做西餐与咖啡，咖啡厅的落地窗外是一条山谷，山谷的另一边是一座野山，野山上残垣断壁，是长满荒草花树的野长城，前几年我喜欢去发呆，这两年，没有位子了。

其实从西直门坐小火车去八达岭，两岸桃树无穷，北京不知哪来那么多野桃，火车在花海里慢吞吞地走，屡见报端，带上爱人，应该走一趟，爬不爬八达岭不重要，来回坐坐火车，就很好。从延庆再往外走能到白河水库，山路很美，再往前那里有百里画廊，正景区倒是一般，有几个村后有河，清幽无比。

怀柔还有很多好地方，另外一条线从雁栖湖往山里走，一直开到最高的地方，我记不住路名儿，但是那里有一座凉亭。带点儿茶水，躺在云端花海，可暂别忧虑。

平谷的桃园也都快开了吧，那儿都是肥桃儿，花也开得艳。本来就是出名，有个小山上有个小院，叫也行，小院里有柿子石榴，还有两条肥狗，院子不大，咖啡不错。

密云我去得少，水库都靠不到岸边，山色模糊，我只记得那年山里遇庙，佛祖闭门不见。相求之事，出山便忘了。

再远一点，去涿州，有百年老梨园，曾在那树下喝了很多酒，梨花落了一身，在春风里睡着了。

＊

下午在西海边溜达，看到有个老太太带着个小女孩儿在那儿卖毛线小玩具。用毛线织了红红绿绿的花，还有一些兔子之类的小动物。旁边有个小桶，桶里放着几支真的花。

我过去的时候，有几个人在那儿围着看。沿着岸边走到后海，转了一大圈回来。天刚擦黑，那个小摊儿还在。只剩下了那个小女孩儿在那儿坐着，双手托着腮，虎头虎脑的。奶奶应该是去洗手间了。

我看还剩下几个小玩意儿，想给猫买一个玩儿。挑来挑去，挑了一个小兔子。刚想走，看到那小桶里还剩下一枝花，一串一串的紫色。

我问小孩儿，这是什么花啊？

小孩儿说，这是风。

我说哇，是风啊？是春风吗？

她顺着我说，是呀。是春风啊。

我说你把春风卖多钱？

她说，买两个玩具可以送一支给你。

我说好吧，又买了两个玩具，她很高兴地把那支花送给我。她没有把花名记全，风信子她只记住了一个风。

我捧着这支春风，往家溜达。路上看到有卖羊角蜜的，我挑了几个瓜。回到家的路上，突然发现我把春风丢了，或许是在河边，或许是在瓜摊儿。

有些懊恼。

天刚擦黑，又走了几步。看见河边儿一棵桃花，花开满了。停下看了看，忽然整树花晃了几下，枝头呼呼作响。

是我刚买的春风。

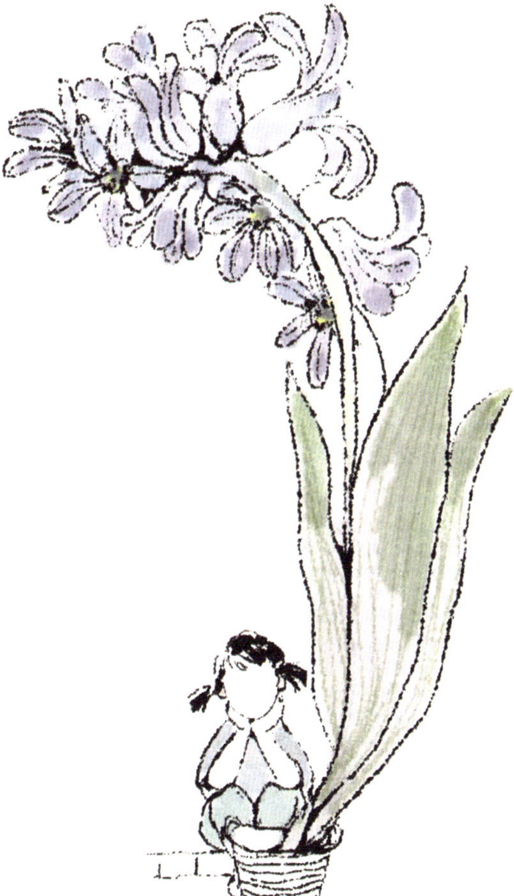

*

今天在一个餐厅吃到了刀鱼馄饨，一份儿两颗，个头极大，比一般的饺子还要大。

刀鱼与猪肉调馅儿，口感太扎实。可总觉得这不算馄饨。

好吃的鱼馅儿讲究水馅儿，半汤儿，咬一口爆汁儿。譬如鲅鱼饺子，若是肉太多了，或是鱼冷冻过，就差了十万里。

要么馄饨就要费点儿功夫，同样的馅儿多包几个，倒是没必要学广式的做法。记得我在江阴吃刀鱼馄饨，小拇指肚大的馅儿包成小元宝的样儿。一碗能盛十五六个。

彼时长江刀鱼还贵，一碗馄饨很奢侈。这两年刀鱼突然多了起来，平时也能见到，大概也不是长江里产的。上次去芜湖，长江还禁捕。

不过，刀鱼品种多，但凡连着海的大江大河都有。

黄河口也产出一种刀鱼，跟长江刀鱼大概差不多。价格却只是长江刀鱼的百分之一，一斤大概几十元。

产量很大，所以山东人吃它就不那么金贵，多是油炸，干煎，小一点的还可以炸脆了卷煎饼。沿着黄河口一直往上，岸边的城市都能吃到。东营，滨州最多。

油脂丰富，由于多是煎炸，都不必吐刺儿，吃起来很香，肉质大概与带鱼类似，山东人也管带鱼叫刀鱼。

吃过的长江刀鱼，略大一些，多用来清蒸，还有做馄饨。

价钱极高，只能有大名号的厨师舍得做，要说多香，也还可以，只是价钱在那儿，怎么也得多嚼两口，然后就能说出很多华丽的词汇来做夸奖。只是怎么也不能敞开吃，让我觉得不过瘾，只好多夸赞名厨的手艺，不然露怯。

后来，有个厨子喝多了跟我说："你吃过凤尾鱼嘛？那种罐头。"

"一样的东西。"

广式的点心铺开遍全国,虾饺,烧卖,凤爪一盅三件儿在北京也有地道的。一些大酒楼在北方做得风生水起。所以到广州吃粤菜吃点心,尽管做得更好,但也不会让人觉得稀罕。

广东真正出色的,别处没法儿比的,其实是几样牛奶。双皮奶,姜撞奶,炒鲜奶,金榜牛乳饼,牛奶炖蛋。

真就奇怪了,明明北方牛多,也有大草场,内蒙古,新疆产奶无数,可这几年的牛奶越来越清淡如水。能买到的奶,要么寡淡,要么成分复杂,就算跑到内蒙古怼着牛肚子喝,也喝不出广东奶的厚味儿来。

原来北方是没有水牛,养的都是巨大的荷斯坦,那几乎是一台活机器了。听说一头奶牛厉害的时候一天能挤出七八十斤奶,如果挤得不及时,还会生病。我不知这奶味儿跟这巨大的产量是否有关系,我这号个色的总会有些腹诽。

若不是水牛过了淮河就养不活,我高低在村里给它养上几头,挖个水塘精心照料。馋了就挤牛奶,闲了就骑着吹笛子。

都不必到顺德去,广州街头就有很好的奶店。隔着八丈就能闻到奶香。兹要是路过,都能被勾进去。

双皮奶怎么地就那么香滑,姜撞奶怎么地就那么醇厚,炒鲜奶怎么地就那么温柔，牛奶炖蛋怎么地就那么馥郁。

一勺一勺的奶冻，无论什么样的铁石心肠，都能被泡成心花绽放。

吃牛奶的时候你都在想什么？

都是些春风得意。

*

我曾经在下大雪的时候来过威海，海边有个村子，村子里有一些海草房子，古朴又可爱，落上雪就更加地胖了。

一群胖孩子站在雪地里，乱蓬蓬的头上盖着厚厚的雪帽子，走在这里要小心些，怕它们站起来就跑了。

头顶上还呼呼冒着热气。它们都是石头跟贝壳垒的，敦实可靠。不远处海滩都结了冰，它们就这么守着一群天鹅在这里过冬。

这曾是我做过最好的梦。

元元姐姐裹着个军大衣在村口等我，抄着手，领口鼓鼓的，大衣下面光着腿，她见到我就说，哎呀冻死了。

我说车有点不太好走。她说，我要的酒，你给我带着了吗？

我说带了。她抄着手在雪地里走，领口动了几下，钻出一个猫脑袋来，冲着我嗷嗷叫了两声。

我问她，它还是不会喵喵叫是吗？

她嗯了一声，用下巴把猫塞回去，趿拉着棉鞋在雪地里走，样子有些懒散，走得有些像个渔妇了。

后来我总在下雪的时候想起她。

那些可爱的房子有一座是她的，她后来做律师，赚一点钱。就在这里买了一座小院子,每年冬天下雪的时候就在这儿猫几天。

她打电话让我来看看冬天的海,顺便带一些威士忌。她带来的酒都喝完了。

她说我来的总要比快递快,我说是,无论天南海北。

她说,当心色字头上一把刀。

元元姐姐,你不知道,我可不怕这个。

我的背包里全都是酒,没有其他。长途跋涉,只为送酒,没打算停留太久。

元元姐姐很怕冷,小时候冻坏了。所以她长大了,无论在哪儿,首先要暖和。这个屋子被她精心收拾过,简单的摆设都来历不凡,全是杰作。

北屋里有一个巨大的炉子,炉子有一面是玻璃。透过玻璃,可以看见正在燃烧的火焰。

炉子旁边有一张巨大而又柔软的沙发,她邀请我坐下来。一边脱下军大衣,那只猫从她胸口跳下来,趴到炉子旁边。

我一瓶一瓶地把酒拿出来,摆在桌子上。她拿了两个杯子,跟我说干杯。

她说着这里的天鹅,我看着她的脸,胡乱扎着的头发垂在眼角,被火烧得发红,猫儿走过来,一头扎进她的怀里。

我坐在那儿听着她说那猫儿叫肥虎,只会"嗷呜嗷呜"地叫,我被她说得有些疲倦,躺着躺着就迷糊住了。

醒了的时候,她正在开一只粉色的贝壳。

那是一颗漂亮的蛤,被酒淋过,微微开启,漏出一些洁白又粉红的肉,散着一些白兰地的味儿。

这里海中有名产,出名的就是鸟贝,出了名的脆弹香艳,生食甜得不得了,还有人拿它吃火锅,我觉得是暴殄天物。如果不吃生肉的人,用滚水稍微一烫就可以了,或者煮粥,粥熟了,临出锅前再把贝尖儿下进去,一滚就出来,撒一点盐花儿与葱末,盛在白碗里,颜色漂亮,威海人说"太娇了"。

那美丽的贝壳肉之间,有一颗小肉舌儿,她用指头捏住那小珠儿,指尖沾满了化开的雪。

空气这样湿润,让玻璃窗上起了雾,雾凝成水珠,一道道地流下来。她靠着窗边,披着件毛衣,却又光着腿,玻璃上的水珠儿掉下来就落在白腿上。

她腿上有两道长线浅痕,她小时候跟我说,她是一条美人鱼,这是她从海里来到人间时,尾巴分开的伤。

我问她来人间做什么?

她说不知道,就是来逛逛,来撒撒野。

我小时候经常在大雪里见到她,却从未见过她的父亲,我对此深信不疑。

她有一些淡淡的盐味儿,跟那贝壳一样属于大海。

贝壳粉红湿润,一览无遗。用白兰地渍着,香艳极了。挑它的舌尖儿,肥且多汁。她让我去铲一桶雪,回来把酒插进雪桶里,把贝铺在雪上,酒与这贝都是在雪天最好,在火旁,能勾出很多放肆的话来。

我跟她说,我最近有些坏名声,让我苦恼。

她说，那你坏给我看看？我说我现在还不够坏吗？

元元姐姐说，那天我读过你的一首诗，

"破庙三千法，无一是长生。"她说我把它送给你，其实我更喜欢另一句，"大风需酒解，狂醉算无穷。"你写得很放肆，却又真放肆不起来。你有什么名声呢？你总是把自己看得太重要，世界上根本没有名声这回事，我做什么，跟别人有什么关系呢？越是声名狼藉，人生越是尽兴。你要再坏一些，再放肆一些，你怕什么呢？

笨蛋才会给自己绑上名声这东西，来来来，你越坏我才越高兴，人们不必相爱，但一定要尽兴。

她抱住我说："请收集人间，所有表达羞耻的词，来赞美我。"

我走的时候雪依然在下，她说，你别怕了，红尘滚滚，每个人都落了一身雪，你凭什么要一身干净呢？

*

我家棉花田地头有棵老梨树，每年都开花，一树四月雪。香气越近越淡，越远越烈，离着半里，香气杀人。

顺着树丫爬上去，就能爬进一朵云里。梦就落在头上，每一朵花上都写着远走他乡。

我大爷还在的时候，他扛着锄头站在那儿，看着梨花说："我想写首诗。"

可惜这树结出的梨又酸又小，没人摘，最后都喂了鸟。后来盖工厂，棉花地都圈起来了，不知道这个老梨树为什么没有砍，墙砌到它边儿上，拐了一个弯儿。花开得越来越少，鸟也越来越少。

后来我离开家乡很久，偶尔回去，晚上老院子里忽然闻到一些香气，心里咯噔一下。

该不是它又开了吧？

世界早变了，那工厂的墙都旧了。沿着那墙修了宽阔的公路，停了几公里长的大车。

那棵树就开在路边，树下面还围着一些司机在那里打牌，还有几张桌子，一个小吃摊儿。

有一对男女在那里忙碌，年纪很轻，干干净净。

那梨树开得像是二十年前，走进一朵云下，抬头看去，那梦里的每一朵花上都写着未竟之志。

老板娘系着围裙，扎着个短辫子。过来问我要吃点啥？

我才回过神来，问她有啥？

她说，就这些，饺子，还有榨菜肉丝面。还有一些凉菜。

她说，我们这里做榨菜肉丝面特别好吃。然后她指着在忙碌的年轻人，说他可会做了。

我问她不是本地人吧？

她说不是，是南方人。我还有些奇怪，南方人怎么在这里摆摊儿？

她说，咳，我俩在这厂里上班儿。他搞技术，我做财务。

晚上没事，出来摆个摊儿挣点外快。正好下夜班儿的跟这些司机师傅也有个吃饭的地方。

我说给我一碗榨菜肉丝面，给我一盘盐水花生。还能做点啥？

她不好意思地笑着说，我俩啊不太会炒菜，就是会下面，下饺子。你要是想吃，我给你炒几个鸡蛋吧？

我说算了算了，就来碗面条。

榨菜肉丝面，就是普通的榨菜，普通的瘦肉丝儿，普通的挂面。

这会儿其实还有些冷，有些司机冬衣都还没完全脱去。晚上在这里等着装货，有些难熬。

有一些不着急的还敢喝一点酒，大多数人就是端着碗，在树下打牌消磨时光。

面条热气腾腾的，汤很清，白面条窝在碗里，似乎是花的影子。

吃在嘴里，总有些似曾相识的味儿。

小老板给我端过来花生,我看着有些眼熟。他张嘴喊我庆哥哥。

我认了半天也叫不出他的名字,他说你不认识我啦?以前你跟我姐还很要好,你们后来还写信。

吓得我站了起来,一个女孩儿的样子突然从我心里冲出来。她身后跟着一个拖着鼻涕的小男孩儿。

我给她写的信都冒着火焰,别人都看不得,看一眼都得引火烧身。

都得杀人灭口。

我说是你!

他嘿嘿地笑。

我说你姐怎么样?

他说在上海,去年结婚了。

我说好好好。

他说昨天她还来了,还说起你,说你很喜欢这棵梨花。结果她今天就回上海了,这么不凑巧,你俩前后脚,就差一天。

我慌忙说是真不凑巧。

然后我指着那女孩儿问他,这是你媳妇儿?

他说嘿嘿,是。

我说你怎么还带人摆上摊儿了?

他说,嗯,想快点儿买个房子,还差一点儿。

她又不让我找家里拿钱,我俩就趁着休息挣点钱。

我说你俩可真行,胆子真大,只会下面条,就敢摆摊儿。

他嘿嘿笑,说我是我姐的亲传弟子,她的胆子你还不知道吗?

我说别提了别提了。

吃了几口面,心里还是有点不放心,想问他看过我的信没,话到嘴边又咽回去。他拿了瓶啤酒跟我喝了几口。

年轻的女人站在那棵树下,抬头看着那朵落在头上的云,一脸微笑,不知道在做着什么梦,不知道她看见那花上写着什么。

树下还有些跟她一样远走他乡的人,他们也一定想写一首诗。

我说,这树花可真好。

他看着爱人有些痴地说:"不是花好,是她好。"

原来这世上还有人相爱。

*

常熟有种泡泡馄饨,从锅里捞到碗中时,一个个馄饨都鼓着气儿,圆滚滚的,生气了的小河豚一样可爱。

皮儿太好了,半透明的高粱饴外面的米纸一样。透着粉粉的肉馅儿,汤也好。

高汤,蛋丝,葱花,一股子江南气。江苏就是有这样的气质,藏书羊肉,蕈油面,都是一看就知道,是这儿的东西。

我太喜欢吃馄饨,北方什么东西都大。唯独馄饨抠门儿,就是一筷子头的馅儿,半个巴掌大的皮儿。馄饨这东西从山东往南,每走一步就大一圈儿,走到广东去,变成云吞,那结结实实一个虾肉丸儿,跟个饺子一样了。

最适中的就是这地儿,江苏这一片。绉纱馄饨,虾籽馄饨,皮儿好,馅儿好,汤好。一切恰到好处,可疗愈心胸窄处。

泡泡馄饨里也灌着一点汤,应该是灌汤包子里的皮冻一样。鲜咸甜香四味中和,加葱花香油蛋丝。让人不舍得走。

大馆子吃得越多越无趣,吃到最后都是任务了,越来越脱敏。

只有江南街头,白墙水边,小摊儿一个,人来人往中,一碗胖馄饨才自在。

*

每年一次,学校会在清明节组织一次长途跋涉。从侯庄中学徒步去黑铁山,去给抗日烈士扫墓。是我最喜欢的集体活动。

刘莎莎书包里塞满香肠与罐头,老曹带了一只烧鸡,我书包里塞了一瓶兰陵大曲。穿着校服,排着长队。领头的同学是千挑万选出来的班干部国栋。他扛着一面红旗,刚开始还得意扬扬,走了三四里地,就跟我说能不能让我帮他扛一会儿。

我说这么光荣的任务你要负责到底。

他说光荣的任务都很艰巨,我早上没吃饱。

我说革命先烈们抛头颅洒热血,可从来不叫苦叫累。

他说一会儿我请客吃脆皮。

我说把光荣又艰巨的任务给我吧。

我扛了一会儿,又给老曹扛了一会儿,刘莎莎也扛了一会儿。

那面旗子很大,上面空无一物,只有一片红色。风吹起来猎猎作响,我举着一团大火在春风里奔跑。

黑铁山上人很多,各地的学校都赶在这一天来扫墓。卖零食雪糕的村民从山脚下一直排到英雄纪念碑下面。

敬献花圈这样的活儿轮不到我们。事实上,离着还有半里路的时候,国栋就要回去了红旗。

我跟刘莎莎老曹并不在意，带我们出来的老师组织管理能力不行，走到半路上就放了羊。好在都是野孩子，都有一定的野外生存经验。到了地方等了一阵子，慢慢地也就全了。

老师一头汗地讲着话，我们仨吃着脆皮雪糕正在寻找合适的野餐地。老师最后点到坏孩子的代表，第一个就是我的名字。

说："你跟你的小团伙，今天在这么神圣庄严的地方要注意自己的形象素质。千万不要给我惹出什么祸来。"

最后她拿着喇叭说："一定要注意安全！"

我们仨从人群里挤出来，看着堆满花朵的烈士纪念碑。热闹非凡。

到处是欢声笑语，刘莎莎舔着雪糕说："怎么这么乱，一点也不庄重。"

我问她，你书包呢？

她说："我操，我书包呢？"

她书包里装着罐头与香肠，这是比烧鸡还重要的野餐战略物资。

我说是不是丢路上了？她想了想，是不是刚才在山脚下买冰棍的时候丢那儿了？

我说那我们去找，她说老师不让乱跑啊。

老曹说，人这么多，发现不了。咱们从后山绕下去，反正也不远。

我们三个避开人群去找她的书包，找到书包看到东西还在。我们又从后山原路返回。

黑铁山并不高大，我们每年都来，每一个草窠子都知道在哪儿。

我们随便找了个大石头，开始野餐。我掏出兰陵大曲，咬开瓶盖儿，说："敬我们英雄无比的革命先烈！"

然后我们三个朝着纪念碑的方向鞠三个躬。把酒往地下撒了一点，然后我们一人喝了一口酒。

这时候山下面爬上来几个人，穿着皮夹克，有一个留着长头发，绑着一根红带子。身上背着个大盒子，很瘦。

其余几个人也都奇形怪状的。

也很年轻，比我们大不了太多。

我常常在录音机磁带的盒子上看到这样装扮的人，他们是摇滚青年。

他们看到我们，比出一个手势给我们打招呼，说："Rock！"

老曹站在石头上也跟他们喊："Rock！"

我说你知道这是什么意思吗？老曹说，是摇滚！黑豹你知道吗？Beyond 你知道吗！唐朝你知道吗？

Rock！

然后我们一起喊："Rock！"

那个扛着盒子的瘦子过来说："小孩儿你们喝的啥？"

我说兰陵大曲。

他说，够 Rock！给我来一口。

我把酒瓶子给他，他咕嘟嘟喝了一大口。然后说，小孩儿，你们想看演出吗？

我说什么演出？

他说，摇滚啊！我们要去山上唱摇滚！挺进黑铁山！

刘莎莎说，我还没看过摇滚演出呢。

我说那走吧！

他们背的东西很多，很沉，我们仨又被当了一回劳力。

山上的人群依然很多，老师，学生，商贩，水泄不通。纪念碑前挤满了拍照的人。

那几个人的出现，引起了老师们的警觉与孩子的好奇。他们穿的实在是太 Rock。

他们旁若无人地在人群里打开一个个盒子，从里面拿出来吉他，音箱，贝斯，还有一个鼓。

刺耳的电吉他声骤然响起，山上突然变得安静。他们就开始那样唱歌。

世界在那一刻，就只剩下了那一个声音。

他们唱的是义勇军进行曲。

"起来……"

嘈杂，高亢，声嘶力竭，有一些枪炮声响起。子弹呼啸地穿过石头和松林，击中一群茫然无知的少年。

然后我就开始跟着唱，刘莎莎也开始跟着唱，后来所有的人都开始跟着唱。

后来警察来了，管理处的人也来了好多。他们一边唱歌一边逃跑，那个长头发路过我的时候给我比出手指："Rock！"

我说 Rock！

然后有个干部拿着喇叭在那儿喊话，说的什么我都听不清。

刘莎莎跟我说，那座碑里的人，他们一定很喜欢今天的演出。

*

有一次小洛的父亲来北京,给她做了藕汤。她中午用保温桶带来单位。我午饭时看到她喜滋滋地抱着,我问她是啥。

她说藕汤。

我问她好吃吗。她说天下第一。

我说那你带上藕汤,我请你吃饭。她说,我只想吃藕汤,但是可以分你一点。

小洛父亲从武汉带来的藕,季节正是时候。粉面无比,炖的时候又足。用筷子夹的时候还成块儿,放到嘴里就碎了。

排骨肉也软烂,骨头都有些酥了。温润适口,汤清澈又微微发红,有一些荷花色,似乎是落霞下面湖里荷花开败了,落霞与荷花颜色都掉进了藕里。

汤头还带一点儿甜,确实是只有家宴才能做出来的味道。

我老家也产藕,马踏湖的小藕,但出名的是脆,荷花还开着,就从泥里摘出来,手指一碰就裂了。用荷叶包着,撒上白糖吃。没有渣子,虽然好吃,但总觉得藕生吃到最后还是会有一点涩。

湖北的藕是真好。比北方的藕粉得多,近似炖烂了的栗子,或者豆沙。

藕汤又简单好做,撒盐就是了。我点了一桌子菜,却只吃藕汤。我每吃一口,小洛都皱一下眉头,我想了想,这样吃同事的东西是不是不太好?

她说,下午开会你把我的封面要过了啊。

我嗦着骨头说,那封面啊,字体啊什么啊还得再琢磨一下。然后啰啰唆唆说了一大堆。

她说,我要坚持现在的设计不行吗?都拖了很久了。

我突然有些忐忑,问她,那要是不过,我还能吃吗?这藕汤?

她一脸不耐烦地说,吃吧吃吧吃吧!

*

山东日照的大沙洼林场，有一段七八公里的海岸线，在四月中旬的时候出产一种小虾。一般都用来晒虾皮，奇鲜无比。售价高昂。不知是什么品种。

2010年的时候，我在那里开过一个酒吧，靠着海，就在沙滩上。如果有在这一年夏天去林场的人，一定记得我。就是那个光着脚每天唱歌的人。

春天一个下午，酒吧修整完了，等待着旅游季的到来。我坐在大堤上，给养马的老耿吹牛。有个大爷扛着副高跷过来，他是附近村里的老渔民，去捞虾。捞这种小虾，非得等到涨潮，人踩着高跷下去，用极细密的网子过滤海水，那大网子张开有三四米的大小，绑着两条长竹竿。专等这几天小虾来了，才用得上。

老耿在林场养马多年，早就认识他，打了招呼，说等他上来给我留下一两斤。大爷笑着说不一定能打那么多，然后就下海了。

我继续给老耿吹牛，他随便敷衍着我。过了大半个小时，他忽然问我，大爷刚才上来了吗？

潮水涨上来了，海里没有人，衣服还在沙滩上。

我跟老耿到海里喊了半天也没找到人，老耿说还是报警吧。

边防派出所，林场管理处。附近村里的渔民都来了。并排着船拉着大网捞。

一直到天黑都没有找见。潮水已退去很远，如果被退潮带走了，那就更难找，曾经这里有这样的例子，有个学生在任家台溺了水，最后是在岚山头捞起来的，两处隔着好几十公里。

沙滩上有个水坑，在水坝下面，河满了的时候，会开闸，水就冲了个坑出来，涨潮会蓄水进去。

我路过的时候，用手电照了照，果然就看见了他。他的脸仰着，隔着一层水看着我。

我以为他还活着，先是喊了他几声，见他不动，就知道完了。

老耿听到我叫，就带着人呼呼跑来。我看老耿来了，就不那么害怕了，就跳了下去。这水坑我之前也下去过，里面经常藏着鱼，有些还不小。

那天捞上来的人有两个。

有一个人死死抱着老头的腿，已经泡成巨人观，极其恐怖。

后来才听说，那人是附近酒店的厨师，已经失踪了两天了。家里人以为他在上班，酒店还以为他回了家。谁知道，是在海里。家人很是来林场闹了一阵子。

老爷子也不知道为啥就被他抱住了，一时各种恐怖故事开始流传，无非都是些枉死的人要找替身之类的话，不然也不好解释。后来林场怕这个故事影响生意，万一游客听说了，就都不敢来了怎么办？慢慢地就不让提了。

北方的海边，旅游季极短，就两三个月的买卖。谁承想那年林场的游客比往年多很多，那故事竟然都流传到河南去了。很多人专程而来。

我的小酒吧有两层，一层是楼上露天，另一层还有一些茶座。附近开海以后，很多渔民也都喜欢来喝酒，只是不爱给钱。但是海鲜我却从来没缺过，想吃了就拿个盆到码头等着，他们看到我就给我铲一铁锹，鱼虾啥的都有，多的是那种黄姑鱼，用油煎了，非常好吃。

偶尔还有刚上岸的鲅鱼，虾爬，黑头，光鱼。我不知道谁有幸吃到过刚刚出水的鲅鱼，四五斤沉，半米多长。鱼肉细腻洁白，清蒸红烧，炖豆腐，醋烹，油煎都是一等一。

有一阵子早上，酒吧门口的地上总会扔着两三条大鱼，我以为大概就是一些酒钱。渔民们跟着潮汐出海，有时候是凌晨，有时候是清早，大概是路过的时候，觉得喝了我的酒不好意思，随手扔下几条鱼当作人情。

每天拿到鱼，我就亲手去做。把鲅鱼油煎几块，稍稍煎得发黄，然后热水熬汤，等汤白了，我扔一把挂面下去。撒点细盐。我抱着小盆，在海边吃掉。

中午我也吃鱼，有时候是光鱼，或者鲅鱼，鲻鱼，我会做红烧，酒吧里都是勤工俭学的大学生，饭量也大，我狠狠地炖上一大锅，吃锅饼。

鱼汤下面条，扔几个蛤蜊，小虾，掐一绺韭菜，非常好吃。

有一天打烊晚，几个游客熬到三四点钟，他们好不容易走了，我抱着酒瓶子扶着栏杆喝了点酒。

一会儿从沙滩上走过来两个人，我以为是游客，开始还想提醒他们林子里有蛇。他们走到近前，前面的那个人抬头看了我一眼，似有些面熟，是个老头。

我又认了认，哎呀，想起来那天隔着水看我的一张脸。头皮一下子麻到脚后跟儿，手脚立刻就不听使唤了。心里都还来不及怕，身体就先给出了反应。

后面那人一直没有抬头，他们也没有停留，就那样一直走进林子，消失不见。

我坐在楼上不敢动，一直等到天亮。太阳出来了，才把我身上的麻劲儿晒掉一些，手脚缓缓能动了。我挪着腿下去找人的时候，看见地上放着三条大鱼。

那是最后一次。

这可能是一个梦，也许是我喝多了，或者来自我的幻想变成的记忆。我后来目睹过很多的离去，无论如何，这是唯一看见的回来。

我跟老耿说起昨晚的奇遇，他倒是没有不信，他想了半天然后说，这么说，人死了其实是一个新开始是不是？我说或许是，谁知道呢？

他说，如果真是那样，我心里就舒服多了。

后来我在 2019 年带 Lilian 回去，那个小楼还在，变成了一个时间胶囊，我扔在亭子角落里的吃面小盆儿还在，只是，小楼门前停着拉船的拖拉机，房里已经成了渔民的宿舍。

养马的老耿还在那里养马，要是有人花钱骑他的马，他就给人赠送这个故事。

*

鲁菜里有一个派系，淄博的博山菜。有些人说是鲁菜起源，有几个传说，但也不是严谨的考证。但博山菜绝对算是鲁菜原教旨主义。有几个菜的正宗的确是有史可考，譬如爆腰花，如果说爆腰花，我从南吃到北，从济南饭店吃到丰泽园，都不如随便一个山旮旯里博山老店做得更好。博山菜里的爆腰花，炒出来每一片儿腰子，都得跟麦穗儿一样，笋片儿蒜片儿要均匀，装盘儿不能汪油，漂亮极了。之前在聚乐村吃过最标准的，师傅传承得好，基本上鲁菜厨子都拿这个菜练基本功，打麦穗花刀，锅要烧得冒烟，腰花儿的边儿上要有点焦糊，吃着要有火味儿。

这世界上的美食，大概吃的都是火的味道。西餐里的牛扒，烤肉，粤菜里的干炒牛河，博山菜的爆腰花，蒜爆肉，天津的老爆三儿，川菜里还有一道肝腰合炒，讲究在火里一过就装盘儿，焦嫩。

博山菜里还有些出名的，酥锅，鱼肚参汤，炸广东肉，酱焖鲅鱼，葱烧海参，氽白肉，豆腐箱子，炸春卷，也都是要火使的好才能做得好，比如做酥锅，就要看七八个小时的火。

在博山吃饭规矩要是严格算起来，不比老北京少，只是老北京是对吃客的规矩多，博山菜是对厨子的规矩多。即便是博山街头路边随意一个小店，哪怕店面狭小，环境局促，只有三五张桌子的，厨子也必然白色或者卡基蓝的工作服，双手白净，整个人利利索索，尽管整天面对宽油旺火，整个人身上却绝不可带半点儿油星。与其他地方的胖厨子不同，大多数博山厨师瘦且稳重。且大都是有明确的师门传承，说起自己师父，他们头都抬得高，绝不掩饰骄傲。

能做四四席，是博山厨师毕业的标准。能吊高汤，是在博山学徒的第一件事，无论鸡鸭还是大骨做汤，标准是汤清澈见底，味道却又得厚重，绝不能有半点油花飘着。鸡鸭大骨熬出汤来，大多数都油腻不堪，博山人有办法，他们用鸡胸肉剁茸，一遍一遍地下到汤锅吸附汤渣，反复几次，一锅汤从肉下锅到可堪食用，往往要七八个小时，如果一个餐厅想生意好，凌晨就得备汤，因为绝不可过夜，博山人不用老汤，后来发现国宴做淮扬菜也这样吊汤，不知道是谁学的谁，但足见这是正脉。

除了大菜讲究，考验一个老博山的办法是砸鱼汤。砸鱼汤，最重要的是砸。博山人不会在点菜的时候就要鱼汤，点一条鱼，先是清蒸或是红烧，也有糖醋的。山东人喝酒没数，等到酒喝到下半场，鱼吃了一半，这时候，老博山人就伸手招过服务员，让后厨"砸个鱼汤"。

服务员把鱼端到后厨，博山厨子早就烧热了锅，把剩在盘子里的鱼开水下锅，大胆放醋，大胆放蒜末胡椒，有要求的还会甩上几个鸡蛋。最后青蒜香油点缀，人间一绝。醒酒暖胃，非常熨帖。天津有个醒酒的醋椒豆腐，也是简单做的酸汤，也是醒酒，但比不上这个。

博山人砸鱼汤可绝不会只砸一遍。

在博山有个著名的故事，说有个老汉去外地的饭店点了条鱼，酒喝到差不多，然后让服务员去"砸个鱼汤"。

服务员不解，去问厨师，厨师笑了："这是个博山人。你去把鱼端过来。"

老人就着鱼汤又喝了两杯，又喊来服务员，指着剩汤，盆中已经没有鱼肉，只剩鱼骨了："再砸一遍。"

服务员端回去给厨师，厨师暗挑大拇指："这人是正经老博山，会吃！"然后使出自己的手艺，甩了个蛋花胡椒底的二遍汤。

岂料老人，喝到最后，盆中鱼骨都已变成碎渣，叫服务员再砸一遍。服务员有些生气，却又不敢说，只好端去后厨，看厨师还有什么办法。厨师听到还要砸一遍，立刻大惊，赶紧洗手换衣服，跟服务员说："这是俺爹来了！"

从后厨出来，果然父子相认。

*

淄博的美食博山菜什么的我都讲过了，淄博周边有一些城市也都有很优秀的代表美食，也非常值得去。如果你去淄博时，离开淄博时，路过了那里，都可以去尝一尝玩一玩。

东边出了临淄就是青州，青州是千年古城，历史重镇，如今虽然声名不显了，但底蕴还在。吃的也有一些，虽然古城是重建的，可里面也很有一些历史的烟火气。青州有什么呢？有一种非常好吃的豆干儿，去年我去了一趟，还考察了一下那个工厂，工厂很小经营得一般，我差点冲动把它买下来，后来被 Lilian 阻止了。但那豆干儿是真不错。还有什么呢？古镇大街上有牛肉煎饼，还有青州特点的牛肉干儿，还有青州老字号隆盛的点心。是可以带着走的。

青州属于潍坊，所以潍坊，昌邑，淄博的小吃在那儿也都有，鸡鸭和乐，朝天锅，全羊，肉火烧。还有云门山，物价低廉，吃一大圈也花不了百八十。

过去青州是潍坊，潍坊我写过很多故事，卖朝天锅的老丁，还有从北京回来隐居的一位女士，卖起了鸡鸭和乐。

不止这些，城隍庙的肉火烧非常好吃，大虾面，羊口与莱州的海鲜也都便宜。最主要潍坊也有自己的菜系，老潍县菜。

比博山菜不差多少，也极尽讲究。这些年出名的冷盘儿是芥末鸡，潍县辣菜，热菜五香肉，糖麻茄子，老厨白菜，大锅全羊，全猪，全驴。

羊口特产的咸蟹子，虾酱与高血压。

潍坊城市非常棒，白浪河穿城而过，天上飘满了风筝，天然三分浪漫，围着白浪河演过无数江湖故事，很多过往年代。去年我去，依稀未变，十多年来，那些店还是那些店，吃一大碗鸡鸭和乐，白浪河边抽支烟，想着老丁唱的《光辉岁月》。

潍坊往北，从寿光过去，寿光管着大半个中国的蔬菜，甜瓜。已然是巨大的产业，品种物资丰富至极，一些超一流的技术令人大受震撼，奇异的瓜菜品种全都闻所未闻，如果你去了，一定不虚此行。要是四月去，正好赶上天下第一的羊角蜜。

过了羊口就是东营，东营没有动车，很遗憾。这是一个油田城市，胜利油田职工建造的城市。

东营一直没有存在感，但你只要去了就知道那里简直好得离谱，因为是黄河入海口，整座城市都建立在一个巨大的湿地上，湖泊河流分布在每一个角落。

好吃的也有很多很多，河湖海鲜。煎包羊肉。黄河口的螃蟹，有海螃蟹也有大闸蟹。最绝的是黄河刀鱼，虽然没有长江刀鱼昂贵，但味道也不差，毛刀炸脆，卷煎饼。天下一绝。

黄河口湿地也非常值得去，黄河与大海的分界线，就像是世界尽头。海水与黄土默默地拥抱，孤舟划过，无数天鹅冲天而起。那里是一片无限孤独的土地，如果你无处可去，那里是人间可以最后逃亡之处。

从东营去滨州，顺着大河，逆流而上，滨州靠河吃河，不靠河种梨，种枣儿。阳信鸭梨之乡，沾化出冬枣，无棣的金丝小枣，滨州小吃锅子饼管饱好吃顶时候。

黄河鲤鱼，锅贴，水煎包，广饶驴肉。滨州人自产自足，安静无比，从当年孙膑热闹过一阵，到现在默默无闻，等待大家去看看。

从滨州邹平去章丘，章丘此地物华天宝，一代词宗李清照，耗尽了半个山东几百年的才气。后来才气不散，落进泉水，灌进土地，长出了两三米高的章丘大葱。清清白白，甜爽无比。墨泉，漱玉泉，珍珠泉，名泉无数。

好吃的有一样烤大猪，不知道是不是百年老店。整头的大猪，五香粉腌好，吊车吊进烤炉。现场壮观无比，新疆烤骆驼场景也不过如此。

烤出来皮脆肉嫩，焦香无比，只是特别地咸。当地人都是用来炖菜，夹馍，烤肉炖白菜，只此一家。

*

淄博突然出了名，很高兴看到大家来，我在北京腰杆儿都挺直了许多。前段时间去八大局看了看，比西安的洒金桥还热闹。只是流行的那些东西，我都没听过。自然不是本地传统小吃，那个什么炒锅饼，我看是用糖炸的，发明出来最多没有两年。

好在原来那些本地做小吃的，不太会那些手艺。都还在原来的地方打烧饼，做油粉，没有去凑热闹。

我早上来大化纤，看到那门口有个淄川烧饼炉子，有几个人在排队，都不慌不忙的。打烧饼的阿姨干干净净，排到我的时候，她正好用一个长铁夹从炉子里起烧饼。

那可是刚出炉的肉烧饼。你无法想象它有多么迷人。它肉馅儿不多，面饼被拳头捶到帽檐儿那么厚。粘满芝麻。贴到炉子里烤。

有些地方的锅盔也这么做。可总觉得没这么纯粹。它的特殊在于它薄厚并不均匀。

薄的地方脆，厚点儿的地方软，有肉的地方咸，无肉的地方香，芝麻酥脆。它个头又大，一个可以吃好久。烤好的烧饼上，还留着一些拳印。

在口中起起伏伏，可以吃到一方山峦河谷之味。

我看到的时候就已经在想怎么去写一篇文章了。大姨给我拿了热的。我拍了几张照片，她转头就去忙了。我举着饼，边走边吃边想。我要如何如何怎么写写怎么解馋。

我刚想到山峦河谷之味时，想说一下此物售价。半天却想不起来，我脑子一抽。

坏了！我不会是没付钱吧？

我回头一看已经走出来几百米，烧饼在手里就剩个边边。扭头就往回跑，是真的跑起来了。

一边跑一边往嘴里塞烧饼。跑回去大姨还在打烧饼，我说大姨，我是不是刚才没给钱？

她说没给就没给呗，俩烧饼多大事。这么热，你跑啥？

我赶快付了钱，俩烧饼五块钱。

她说，孩子，你刚才就这么呼呼地跑着，俩烧饼就吃完啦？

灌一肚子风啊。

*

那天街口的小吃铺突然多了两样吃食，之前只有油条油饼豆腐脑。整条街的人就这么吃了十多年。

这几样东西，哪怕是有一丝儿不对，人们立刻就吃出来。有一回大国子换了葱，都被痛心疾首地说了好几天。他烙的油饼，金黄酥脆，葱香十足，最好吃的就是油饼脆壳儿上的糊葱。

梨花面粉，本地产的鸡腿葱一定要多。猪油炒出来的油酥，揉到一块儿，再擀成直径一米左右的大饼。饼铛烧热，大国子用饼批挑起，哼喳一声摔上去。

等翻面的间隙，他就立刻去忙活别的，偶尔他妈来帮忙炸几根油条，熬点骨头汤做豆腐脑。从他爱人走了，七八年他就自己这么干下来了。

今天店里多了个女人，她一块纱巾包住头发，穿着套袖，在那儿捏丸子，已经做好了一小盆。

街坊一进来就能看到她。

我去的时候，正是饭口，坐满了吃饭的人。与往常不同，本该热闹的地方却鸦雀无声。每个人都在低着头呼啦啦吃饭，没人说话。

我认识那个女人，她曾是我的小学老师，后来清退民办教师，她跟老陈一样都没了生计。只好回家种地，除了粮食，就种葱。

我喊她张老师。她看见我笑着跟我打招呼。问我最近学习怎么样。

我说不太好,可能要糟了。

她给我盛了一碗白汤氽丸子,递给我,然后看着我说:"没关系,你有你的路。"

只一句话,微音如雷,一个孩子听雷开悟。

后来我听过一些菩萨故事,说菩萨常常幻化成渔妇,点化一些困于桎梏的痴愚傻呆之人。随口都如棒喝,顽石都可点头。我想了想,张老师大概也是菩萨真身,来点化我的。

我有我的路,竟然可以不是我父亲的路,也不是一些别处成功者的路。我的黑暗前程,裂开了一丝缝隙,透出一些薄薄的光来。

丸子是猪肉丸子,清汤却不寡淡,重重的胡椒底,切成丝儿的蛋皮,里面滚着几个小馄饨,一点烧过的紫菜,芹菜末儿,一勺儿香油。

我后来发现了一个秘密,人类似乎是可以心想事成的。

我对世界的认知之始,都来自一台福日牌电视机,是父亲咬牙买来。

我此前知道世上有海,却从未见过,只见过田里无穷的麦浪,那是我的世界里的大海。我趴在电视机上看那海,终于看出与一些麦地的不同来。我决定要在未来某一天去看看大海。还有村庄与北京的不同,还有农民与作家的不同,拿画笔与拿锄头的不同。

我爸晚上犯愁地说,现在进钢厂当工人还得花五万块钱。

后来，我没能当上工人。

而我后来走了，去看了大海，也做了一些事，有些做得很好，有些我做不好。

有一天我在德胜国际的十二楼办公室里，那办公室里有巨大的落地玻璃，我站在那里看着北京，鼓楼与北海清晰可见。突然意识到今日即是当时的未来。当未来到来时，我并无惊慌，也无暇感慨，除了心里有些发空，说不清楚是否达成了那个少年的心愿。

那天 Lilian 也在，她问我在想什么？

我说，我在想一位老师。

她说你很少说起你的老师，是教你什么的？

我说她教会我一句话。

"你怎么想，世界就怎么改变"。

还想着那天油饼铺子的沉默，他们都认识张老师，大概都说过她的闲话，此时可能有些不好意思了。其实他们也都是好人，只是张老师不太在意他们。

她种了多少年葱，大国子就买了多少年，就有了多少年的流言。

她丈夫在外面跟人做了案，被判了很多年。她一声不吭，再加上民办教师做不了了。她就承包地种粮食，种葱，照顾老人，无微不至。

一直到她丈夫刑满释放。她就离婚了，在男的坐牢的这几年，她靠卖葱卖粮食，也在村里盖了一个小院。她别的也没要，自己盖的小院要留下。

买葱卖葱，流言如虎。

大国子开始还解释几句，后面习惯了就当听不见。

她的葱种得越来越高，越来越多，大国子用不完了，她就买了一辆小货车往市场送。有时候大国子也帮她干活。

忽然有一天，她走进了早餐铺。然后觉得这里只卖油条油饼太单调了。她决定在这儿卖丸子与馄饨。

丸子馄饨都很烫，能够把人间难处都烫平。

后来他俩的生意做起来了，店做得很好，葱卖得也很好。

很多话随着日子也慢慢散了。

他俩在一起过日子了，没结婚。

我长大了，回去吃饭，也送了她我的书。她看着我说，不错，你选的路不错。

我说，老师，您选的路也不错。

她哈哈笑着给我盛了一大碗丸子，大国子那边的油饼刚出锅，他拿着饼批一挑，还是那张一米多的大饼，噗地被他扔到案板上，他拖过一把长刀，咔嚓把大饼切成角，拿油纸包了几块亲手递给我，冲我笑了一下，我迫不及待地咬了一口饼，饼上有几粒儿糊葱。

张老师头上还是扎着丝巾，头发有一点灰了，她跟我说："如果我不这么干，岂不是让他们都失望了？"

*

在护城河边夜跑,有个在路灯下面摆摊儿的,看起来二十来岁。卖文玩葫芦,核桃各种零碎儿与假古董。我扫了一眼,那一堆儿里有个瓦罐儿。

我看了看,满堆儿里就它最老。我还想拍个照片,被他拦住了。说不许拍照。

我说就看着稀罕。

他说那是,我就卖稀罕的。

我说这罐儿你咋卖啊?他说两千,民国的。

我说你小时候没吃过腐乳吗?你跟哪儿上的货啊?

那明明就是一个装红方腐乳的瓦罐儿,以前村里有下乡卖腐乳的,都是这么一小罐儿。直筒的瓦罐儿,小水缸一样。连粗陶都不算。

那罐儿里整齐地码着红方,冒着红曲的味儿。吃到讨厌。

放学没人在家,就是没完没了的馒头夹腐乳,芝麻盐儿,炒好的咸菜条儿,好在有几根儿肉丝儿。

到后来,我对红方腐乳的厌恶到了极致,就偷偷地扔,每天从那罐儿里掏几块儿,挖个小坑埋了。我妈见罐子里下得快,还劝我少吃点儿,吃多了不长个儿。

我说那你以后可千万别买了。她答应着,却还是买。一直到我出去上学,总算闻不到这红曲味儿了。

后来有个南方的同学，问我吃腐乳不。我说不吃。他说可惜，然后他掏出来一个玻璃瓶子，里面码着几块白豆腐，上面裹着点红辣椒面儿。

我说这是啥？

他说腐乳啊。

我闻了闻，似乎是有点儿醪糟味儿。与红方完全是两样儿东西。我用筷子头抹了一点儿，咦？

好吃。

白腐乳确实更纯粹一点儿，更绵密，更温和，更醇厚，似乎是发酵的办法不同，北方用了红曲，味道怪人。我见后来有些卖肉骨头的，为了省酱油，也用红曲染色，我见了就觉得讨厌。

我不太喜欢很多北京小吃，也跟他们乱放酱豆腐汤儿有关。

白腐乳就令人喜爱，虽然咸，但有无穷风味。能比一比的也就还有虾酱与鱼鲞了。

有一年耶马送了我一罐儿毛豆腐，从安徽她表妹那儿寄到北京。说是自己家里做的，也是白豆腐裹着辣椒。

开盖儿味道顶人，已不是白腐乳的品种。一股子霉臭味儿，又与臭豆腐不同。臭豆腐是硫化氢的臭，纯粹的臭，臭鸡蛋的臭。

而毛豆腐是霉臭，一些明显的菌味儿。后来在黄山看做这个，豆腐在那温热之地，在架子上捂着，长出茸茸寸许的白毛，胖胖的看着很可爱，翻出来裹上辣椒再油煎，没吃过的人很难往嘴里放。

只是一旦接受了这味道，那就喜欢了。

世上美食无一不是如此，无论香臭辣咸，总得让人记住，独一无二之物，自有独一无二的记忆。主要风味儿，好吃不好吃的不重要，主要就是开拓感官，多知一点世界曼妙。

再有夹江也产好腐乳，只是醪糟糯米与豆腐发酵。云南也有个好品种，味道与安徽毛豆腐有四五分相似。

佐粥，抹个炸馒头片儿，调蘸水，那天小巴送了我一包饵块，我用吐司机烤了，抹了腐乳，都是一等好吃。

他们都不放红曲，真是好人。

*

我三姨在上海给我表哥看了七年孩子，小崽子一上小学，她就迫不及待地回山东了。回到村里小院儿，头一件事是把荒了七年的院子开荒种菜，第二件事是拉了一条千兆宽带。

我回去看她的时候，她戴着个草帽正在给倭瓜翻蔓子。一边吹口哨一边干活，我听着旋律熟悉，想了半天才发现吹的好像是《宾克斯的美酒》。

她抬头看到我来，呀了一声，喊着我的小名从地里跳出来跟我拥抱。从上次我去上海路演，看望她一次，到现在也有两三年了。她亲了我脸蛋儿一口，然后说一会儿蘘瓜炖肉给我吃。

过去但凡放假，我都是要来住几天的。她拿手菜就几个，蘘瓜炖肉，青花椒炒鸡，淋炸鲫鱼，豆角肉的大包子。

蘘瓜这东西其实是一种长倭瓜，只要种一棵，那你的生活就完蛋了。

它整个夏天没完没了地长，你就得没完没了地吃。

够够的。

一季能结二三十个，一个都得一二十斤。这玩意儿嫩的时候，吃起来艮啾啾，甜不拉几的，老的时候也不是特别面，依然艮啾啾，甜不拉几的。

唯有炖大块儿的猪肉，我才能吃得下去。她挑了个大的，我抱着喜人的大瓜跟着她去做饭。我在水盆里洗着瓜上的泥土，她吹着口哨准备切肉。

我听着似乎还是《宾克斯的美酒》。

我问她，三姨你口哨吹的啥？

她说《宾克斯的美酒》。

她六十三还是六十四了？在我表哥考上研究生之前，她老两口经营一个废品收购站。

我小时候的暑期灾难，就是被扔到垃圾堆里帮他们码瓶子，奖赏是回收站的废旧书报。

五花八门，什么都有，小说，日报，杂志，偶尔有情色文学，从《悲惨世界》到《鹿鼎记》，从《水浒传》到《灯草和尚》。

她一边切肉一边唱，"笃笃笃"地用刀剁着拍子，神采飞扬。

我被她震住了。

她说你不看海贼王吗？

我说实在是太长了，看到打四皇就追不动了。她说："我赶上进度了"，然后开始给我讲后面的剧情，和之国之战后怎么样，黑胡子，索隆，等等，我一边摘菜一边听。说了一会儿她说让我去摘把花椒。

我去菜园边摘了几把青花椒，姨夫正在杀鸡，那鸡被择了脖子上的毛，他拿刀在鸡脖子处一刺，扔在地上扑腾腾地挣扎。残忍又带着些节日气氛，以前杀鸡算大事儿，不轻易杀，来的客人得够格儿，起码得是个娘家舅才行，现在我竟然也有了这待遇，说明我混得不赖。

北京城里早就没有了活禽。有的只是在超市冷柜里冻得硬邦邦的白条鸡，还没个乌鸦大，吃起来水嗒嗒的，令人沮丧。

表妹拎了一条大鱼进来，她炫耀地给我看，黑乎乎的奇丑无比，面貌凶恶，是一大条鲅鳙。跟我说，三姨说你要吃淋炸鲫鱼，打电话让我去买，我在水产市场，看到个这个，就拿回来了，在海边待了那么久，你会做吗？

我说这个东西收拾起来太麻烦了。

然后问她，三姨咋回事？

她说什么咋回事？

我给她学着吹了一下口哨，她哈哈笑着说，她老二次元了。

我说嗯？你说说。

她在上海带孩子无聊，不知道怎么就迷上了看动漫，这下好了，不止海贼王，现在什么新番她都追。什么魔王学院，哥布林杀手，范马刃牙。我没事来看她，她除了种菜就是追番。

小时候她不让咱看动画片，她现在倒是上瘾了。她还进了一堆二次元群，你知道她群里名叫啥不？她给我看了看——司波深雪。

一直等到开饭，蘘瓜炖肉端上来，还是甜丝丝的。

小时候跟我表哥光着脊梁，一身油泥。每人一个大碗，蹲在旧铁管上呼啦啦地吃。多年以后，这原本是吃够了的东西，现在吃起来味道一点儿也没变，就是越吃鼻子越酸。

青花椒炒鸡，这菜她学会其实没几年，原本镇上流行的是粉皮鸡，红薯粉皮，炖到鸡里，粉皮炖得透明，滑溜溜的，很解馋。

后来忽然开了一家蒙阴光棍鸡，没结婚的小公鸡，用薄皮辣椒酱炒，香得不得了。是从沂蒙山区流行过来，也很是风靡了一阵，后来开的店多了，各个厨子就开始想法子做点花样，新鲜的花椒，辣椒，花蛤，最后形成了固定菜式。

三姨收酒瓶子，跟饭店就学会了。每年专门赊十几二十只小公鸡养着。我们这伙来了她就炒一只。吃完最后汤儿剩下，拌个面条蘸个卷子，带劲。

只有鮟鱇鱼是我弄的，肚子里有块大肥肝儿，我跟鱼肉一起红烧了。这鱼没有硬刺，都是软骨，头大无肉，鱼肝儿倒是比鹅肝不差，只是鱼肉韧劲十足，也不好入味儿。

我三姨吃了一口，然后嫌弃地说："他娘的，吃这玩意儿跟吃路飞一样。"

＊

有些素馅儿的东西太好吃了，韭菜鸡蛋不说了，茴香也不说了。

西葫芦擦馅儿做盒子，做锅贴，做饺子，放些木耳鸡蛋，西葫芦水分大，熟了汤多，馅儿软，烫嘴时，好吃极了。

我在日照时，买菜麻烦，养马的老耿与白姐就用林场种的黄瓜糊弄我，不过掺了虾仁儿，鸡蛋。清香无比，时至今日也是我最爱吃的饺子馅儿之一。

他们还用茄子包过包子，没有肉，不是很好吃。后来经过研发，往里掺油条，一下子不一样了。就像是老耿看向她的光，一下子亮了。我说的是一种感觉。

两个从无交集的人，在前半生都灰尘仆仆，可突然有一天相遇了。

就掸去了心上的土。

*

洗几个茄子，连刀切片儿。夹上韭菜肉馅儿，挂糊。

茄盒有三种做法。一是油锅炸，炸透，一次炸熟，二次炸脆。面糊酥脆，茄子吃着似糖稀，韭菜肉味儿香郁。务必要烫嘴吃，是西海的野鸭子踩碎了莲叶的声音。

二是油煎，糊要厚一些，饼铛要烧透，再薄油小火。慢慢煎出烙花薄壳儿，面有四层味儿。脆的一层，软的一层，甜的一层，咸的一层。煎得了要铺开放，万不可摞着放。水汽一塌，又是另一种好吃了，软了专剥着皮吃，最好的糊塌子味儿。务必佐蒜吃。

三是蒸，不能挂糊了，要层层撒干面醭儿。大火蒸到面熟，小心取出。再捣芝麻盐儿，捣蒜，用王村小米醋斛开麻酱，放些酱油。

蒜务必用石臼捣泥儿，芝麻必要新炒。

＊

早上收到一条私信比较有趣。

"老师好！早晨刷微博，遇见了您发的一首诗，无意中点了翻译（微博国际版），遂得一英文诗，又用机翻了英语，又得一新诗，真是奇妙的感觉！不过因您删掉了这个微博，原诗最后一句话看不到了，很好奇"有三千种方法可以破坏神庙，但没有一种是不朽的"的原句是什么，万望赐教，叨扰！"

其实他说的这句是有一年下了场大雪，我喝多了写的一首诗。但是从没想到过机翻成英文，再翻译回来会有一种这样的，奇怪的感觉，它完全改变了本意，但是又自我生成了另外一个系统。相似又不同，连气质都改得很彻底。

中文语境与英文语境如此不同，同样一句话得来回咀嚼，从雪夜破庙老僧，变成中世纪证道者的低吟，有点北欧。

原诗很多人也看过，毕竟我一喝多了就发一遍。

旧衣夜披雪，荒林挂鹿声。
陈粮全换火，白头照天明。
大风需酒解，狂醉算无穷。
痴愚二十年，芥子纳飘零。
山神应记得，问路狮子僧。
破庙三千法，无一是长生。

＊

崇礼有两个世界。

一个是假模假式的各类小镇，挤满了北京人。冬天来滑雪，夏天来避暑。我钻进围着雪场造的小镇里，吃着从北京搬来的餐饮品牌，这里有各类国际大牌雪具店与咖啡馆。

夏天来总会让你有些失望，没有雪的崇礼，北京人百无聊赖。那些花了大价钱盖的楼宇小镇，挂上锁，显得格外的寥落。

一个是两条街之外的崇礼。热闹地生活着崇礼人。挤满了烤肉与倒回皮的牛骨头。

在区政府门前，青少年宫的广场上。几乎有一万个人在那里跳舞。剩下的全在摆地摊儿，这似乎是十五年前。一些漂亮的女孩子，下了班儿在那里摆摊卖甜水或者自己做的小面包，也有卖发卡的。

这世界上最热闹的食物是臭豆腐。如果你闻见这个味儿，那就说明你已经走进热闹的人群里了。说来奇怪，臭豆腐不分地域，不分季节，只要是有摆摊儿的，有美食街就有这个，都挂着长沙或者武汉的正宗招牌。

我曾在杨柳青的文化街上见过一个摆摊儿的，小车上贴着几个大字，杨柳青特产正宗长沙臭豆腐，正宗不正宗不知道，她一烧油锅，半条街都臭烘烘的。我看吃的人也不多，想来应该一般。

崇礼小学街的路口，有两个人推着自行车在烤羊肉串儿，现在不知道还在不在。老远就看见滚滚地冒着浓烟。烟气一股子木炭加孜然的味儿，飘出去老远。八九十年代出生的人，对此极为熟悉，也已好久不见。

以前张店火车站，西一街就有这样烤的，物资交流会也有这样烤的。我只是馋，我妈嫌脏不给买，说不知道是什么肉。我自己攒钱偷偷买过，也吃不出什么肉来。只能吃到木炭烤孜然辣椒的味儿。特别他妈的香。后来有新闻说这伙人卖的都是貂子肉，有养皮草的狐狸厂，貂子厂，取了皮以后，肉都烂贱，有些拿去做了饲料，有些被串成羊肉串儿，刷上羊油烤出来，神仙难断。我不太在意这个，该吃还是吃。

我先买了一把，Lilian 开始不吃，我哄着她吃了一串儿，我问她怎么样，她说真他娘的香。后来她自己又去买了一把。我俩就着烤串儿在马路牙子上喝了一点酒。看见一个小孩儿非要吃，他妈就是不给买。最后买了一串儿。他高兴地举着走了。

他的命运比我好得多。

镇政府门前有一块大石头，上面刻着"为人民服务"。上面爬满了小孩儿，爬上去滑下来。当作滑梯玩儿。这是我见过的，这五个字最好的用途。

＊

突然想起来芜湖一二。

一是红皮鸭子，开始不知道是什么红，到了芜湖才知道，其实是烤鸭子，枣红。跟南京离得太近，烤鸭子自然也是一派。这一派的鸭子不瞎讲究，斩了就吃，也不卷饼，也不配葱。斩好了码进大碗，一勺甜咸的卤汤，连皮带肉吃，也不剩鸭架子，丰润得很。

搭着什么吃呢？鸭肫，鸭肝儿，鸭杂面，大一点的店家，还会有牛肉，兰花干子，鸭血的浇头，也会就苋菜杆儿腌的臭干子吃。每样来一点，就是一大桌。

一般鸭店临街的玻璃窗后面，都会站着两位拿刀的大姐，戴着白帽子，手里油汪汪的冒着寒光，你只需要指一下，她们手里挽个刀花，噌噌两下鸭子就斩好了，绝世高手不过如此。只有经过她们的手，这红皮鸭子才皮脆肉嫩，红皮白肉，或配酒配面，或白嘴干嚼，面是红油血旺碱水面，热腾腾一大碗。江边人的粗细生活都交在这一碗里了。

除了红皮鸭子，还有咸坯鸭子，也跟南京是一路，咸水鸭罢了。多跟鸭杂搭着卖，买半斤鸭肫，切一段鸭腿，混在一起，吃着丰富一些。

这个地方是有好大一段长江的，大江穿城，也产鱼蟹，但小城中做江鲜的餐厅少见，被牛肉面，鸭子，渣肉蒸饭，小笼包子淹没。名店字号也多，无论大小，或沿街叫卖，或坐商名店，都很好吃。且丰俭由人，五块八块，吃饱吃好。百儿八十，满街任选。

我沿街走走，烟火气旺得厉害，本地人个个身材瘦溜，做什么也不紧不慢。只有在鸭店前面着急，乱哄哄地抢，也根本不排队。一个女孩踩着高跟鞋，一身洋服套装，在人群里举着半只切好的鸭子，腾挪躲闪，油汤半点不洒，怎么也得有十来年的功夫。

二一个是渣肉蒸饭，店多。据说是推车卖的更好吃，只是同事怕我吃坏了，也是因为刚吃了肥鸭子，只好找了专卖渣肉的铺面。老板是个红光满面的大姐。面前守着一口大锅，满满地铺着一锅渣肉，米粉渣肉下面润着的是一二百斤糯米饭。油汪汪地泛着宝光，但凡绝世美食都有它独特的气质。

有些食材的相遇就是天作之合，都是寻常之物，猪肉，糯米，甜酱油，千张，葱花咸菜一勺一片一点，凑在一块。随行的女孩子扒了一碗，说这个好吃呀。

我跟她说，这其实就是人生记忆点，在未来，你如果想起我，就也能想起这碗渣肉蒸饭。

她说，就还挺油的。

我赶忙低头吃了两口饭里搭的千张，缓解一下。芜湖的豆制品也是一绝，方才鸭杂面里配的兰花干子，豆干切上花刀，炸透，在卤水肉汤里煨着。大大一片，两种口感，嚼着干香，又汤汁饱满。山东也有类似吃法，酢豆腐，只是炸得不如这个透。

而千张其实是油豆皮，豆浆煮开，稍一落火就在表面凝成一张薄薄的皮子，拿大长筷子挑起来，搭到竹竿上晾着，凉拌爆炒都无可挑剔，配到渣肉饭里，就多了一份韧，渣肉蒸饭立刻就有了一点脾气。

这一会儿吃了两顿饭，晚上还有一桌酒席等着。其实本来不敢多吃，毕竟最近发腮严重，越来越像个猫。

老板娘见我高兴，笑眯眯地又端了一碟毛豆腐给我。说，尝一下，不要钱的。

我用筷子尖挑了一点，红油看着吓人却不太辣，豆腐发酵过已经变得细腻如膏，本来想留着肚子吃宴请，这一筷子头又给我送下去两片肉半碗饭。

满大街芜湖人每天吃这样的饭，却没一个胖的，我才吃了两顿，感觉脸就发起来了。大概是南方人，每次只吃一点点儿，而我一顿就吃太多。

*

武汉街头市井,我见识过一项绝技。

有一大姐个头不高,身形消瘦,端着一口大铁锅,那锅大到离谱,怕不是得有二三十斤。她两膀轻轻一晃,那大铁锅突然被她颠到半空,伴着爆激的镬气,锅中飞起巨大的一块豆皮,遮天蔽日的。

开始我还以为这锅里煎着一床棉被。

那是第一次来武汉,听说武汉过早有名,先在酒店里晃了一圈,酒店早餐千篇一律,尽管也有热干面,但是看着实在太干净,普普通通,就不太想吃。

出来找了一家某某记,在过早人群里挤了一碗热干面。根本没有地方坐,我举着热干面,正想找个地方,一扭头就看到了那口翻飞的大铁锅。

我差点叫出好来。

待那小棉被大小的豆皮做好,人又是一拥而上,根本不会排队。我还没挤进去,大姐就喊着等下一锅了。

我就举着那纸碗里的热干面,眼巴巴地看着那大姐摊豆皮,磕鸡蛋,铺糯米,撒三鲜馅料,肉丁香菇香干,最后一把小葱撒得美。

豆皮做好,大姐摸了一个大盘子出来切,跟塞哥维亚切乳猪一般,听着咔咔作响,仪式感极强。

山东人吃饭被规训得多，比如走路的时候不能吃东西，不能敲碗，吃饭不能吧唧嘴，尤其吧唧嘴，嘴巴只要响一下，大人抬手就是一耳光。

武汉人早饭都举着，边走边吃，听说还能在公交车上喝热豆浆，那无异于绝技了。看起来跟山东是两个讲究，入乡随俗也随不了俗。

我站着实在是没法下嘴，可实在又没地方坐。还不如重庆，重庆有板凳面，买了红油小面，豌杂面，路上摆着一些塑料凳子，可以坐在小马扎上，用凳子当桌子吃。

眼看着手里的豆皮要凉了，心急如焚。硬着头皮咬了一口，发现并没人管你，心里觉得可笑。

有时候，还是自己把自己捆起来了，连绳子都不用。

*

那天想起来霞云岭路边的羊肉馆,夏天那院子里的南瓜架子,那架子上好多肥胖的吊南瓜。

尽管知道瓜肯定早就摘了,还是去了。

过了佛子庄乡不远,山谷里一个叫长操的村子,山溪贯穿而过,盖着一些旧房子。天冷风大,也没看到有人。

叶子刚刚落完,树枝还没有冻硬,四周小山河谷,都蒙着一层毛茸茸的灰。不算冷峻,乍看还有一点可爱。

山上山下有的是柿子树,也没人收。总觉得秋风对柿子有很大偏心,其他的果树,该落的落,该烂的烂,唯独柿子它不摘,红澄澄留在树上等雪。

再过几天,下了雪,就很浪漫了。

以前我在曹雪芹故居里看见过,还写了三句小诗,

"雪抱在柿子上,看似无恙,其实心里早就甜得发狂"。当时给 Lilian 读了,她还挺高兴。

我把车停在溪边,有一片空地,盖着几间房子,原本应该是有人经营买卖,现在门前却堆满了草,我撒了泡野尿,准备去拍一拍河谷里的柿子,谁知却从那草堆里跳出一只猫来。

那猫儿见到我,叫了一声。然后我一招手,它便腻了过来。

我翻遍全身也没找到吃的,去车里翻了翻只有几袋子话

梅，这吃了应该会更饿。

可它直往我腿上蹭，我问它有没有跳蚤，它却呜呜起来，我只好摸摸它的头，它把头一歪躺在我手心里。

我哎呀一声，大叫不好，去年我就上了一次这样的恶当。至今家里还有一只作威作福的。当日里我也是见它可怜，一伸手它就把脑袋躺在我手心，就这般赖上了。

这里与村子离得还很远，是片野地，我想走，却被绊住了。有个大姨从我身后经过，跟我说，你要可怜它就把它带回去。那屋里还有一只。

我说我家里有了。

她絮絮叨叨地说，这俩猫是先前这家买卖养的，这阵子买卖都不让开了，就都走了。扔了俩猫在这儿，也没人管。

我问她有人喂吗？她说谁喂啊？别的野猫都会抓鸟，它俩也不会。你看这柿子树，每天招这么多鸟来，它俩还被鸟欺负。

你要可怜它，就带走吧，它俩在这儿过不了这个冬。不过，它俩最近学会了摘柿子吃。

我问她为啥不养，她说养不过来，再往前走，关了的买卖更多，这二年，原本搞的旅游，花钱搞的景点，现在一下子都不让人来了。熬不住，人都走了，猫猫狗狗留下了不少。

然后她摆摆手走了。

我能理解她所说的，她不是心硬，她是见得多了。人总是这样，开始见什么都可怜，可当自己也变成那个可怜的，就顾不过来了。

像我这样自以为是的"善良"人很多，不过是还存着些高人一等的念头，实在是虚伪得可笑，其实良心都只长在嘴巴上。

总会许给世间一些很大的愿，到头来发现只是吹了些牛，往后看空荡荡的什么也没留下，往前看灰蒙蒙的也不知道去往何方。

猫儿也看懂了我的意思，便乖乖地离开我，坐到一旁。也并没有再纠缠的意思了，它也习惯了。偶尔有我这样的人过来逗一逗它，却并不真的带它走。而我扭头看到了另外一只，脸上挂着一些痴，冷笑地看着我。

我决定走了，盘算如果前面能找到餐馆小铺，我一定给它买回来能过冬的食物。

我一直开到月亮湖，前面设了路卡，有人守着不让过去。沿途竟然一家开业的买卖也没有。

我在月亮湖转了一会儿，又有一只刚断奶的小狗朝我跑过来。我见它可爱得厉害，我吓得扭头就跑回车上，既然它身上还有奶味儿，那就有人管，千万别乱操心。

回去的时候，我没有再看到那猫儿。那炖羊肉的店，也扒了。院子里光秃秃的只剩了个冰冷的铁皮大棚。

风把我扔在山上，四下无人，觉得也变成了一只猫儿。

*

我在大皮院的一真楼,点了一碗优质羊肉泡馍,优质小炒牛肉泡馍,小酥肉还有腊牛肉夹馍。西安人把一样东西分两个规格,贵一点的叫优质,放的肉多一些。味道倒是没有大差异,但我认为这是一种商业手段,既然来了,又要吃,当然不能掉面子,一般都得点优质,那就能多卖出三分之一的钱来。

我尽可能地按照西安人的标准掰好,等了一个多小时,看着服务员推着小车在人群里喊来喊去,就是没有我的。

这会儿,我已经把十年前来西安时,被出租车司机宰的事儿都想起来了。那天我坐在那辆车上,来来回回看到了三次鼓楼。

这十年里堆积起来的怨气,让我快坐不住了。

一边等泡馍,一边又想着西安钟楼那个转盘,规划实在不合理,又想到当年北京拆城墙时,梁思成一众大师他们的呐喊与遗憾。

回顾历史我也觉得可惜心痛。但若把他请到今天的西安来,让他开着车转两圈,他大概也能怒火攻心。

服务员臭着脸喊号,我对着手里的牌牌,跟他喊我的我的。他端来泡馍,往桌上一摔,走了。

Lilian还在听拼桌的西安汉子讲段子,听得入神。

我让她先吃,她皱着眉头吃了一口,算是给面子,她不喜欢吃羊肉。刚才从西羊市走过来时,她吃了一路,那个煎的油汪汪的柿饼子。她吃得很满意,走了几步她又看见了甑糕,也吃了一大块,估计是真不饿。

西羊市,洒金桥,满满当当的人,西安的烟火气浓度太高,让我有些烟火气过敏了,鼻子上起了个火疙瘩,肿得发亮,挤又挤不出来,还没熟,疼得不行。

泡馍里的肉炖得稀烂,筷子夹不起来,只能用筷子拨拉着吃。

吃泡馍的规矩太大,如果你乱掰馍,掰得不像样儿,师傅甚至都不给你做,还得给你端回来。馍细细地掰,掰成黄豆粒儿那么大,才能做好吃。当然泡馍还有一些别的吃法,什么单走,干拔,口汤,水围城。都有专门的讲究,吃起来也确实不同。

葫芦头泡馍也有很多名店,最有名的叫春发生。名字起得太好,以至于听起来不像是卖大肠儿的。那里的名吃就是葫芦头泡馍,这个要掰大块儿,肠子收拾得干净,基本没有肠子味儿,也配着糖蒜与辣椒吃。比卤煮火烧看着干净得多,也不乱七八糟地加肺头,我吃不了肺,嚼起来像是块烂棉花,味道也怪。葫芦头泡馍就纯粹简单得多了。

北京的老西安饭庄,白云观后面的陕西驻京办,那儿附近还有一家贾三儿灌汤包,这几家都有泡馍。尽管也还算好吃,但比起西安这些名店来,还是完全两样东西。

羊也不一样,麦也不一样。

关中平原上的麦，硬得很，跟老陕一样绝不倒伏。

馍煮的有味儿，有嚼劲儿，这是一个复杂又丰富的口感，很难有类似的比喻，这是羊肉泡独有的气质，我们只能形容别的食物像泡馍，而泡馍不能形容其他。

这些老店的锅灶，几十年都没绝过火，锅里煮过上万只羊，这样养出来的汤，别处自然比不了。

我跟 Lilian 说我找到了说西安话的窍门："你只要把一句话的第一个字跟最后一个字变成四声，就是西安话了。"

她试着学了学，还真是的。

*

早上突然想起来北舞渡的胡辣汤与油馍头。

在北京找了找，看起来还算像样儿的店家，在 20 公里之外。

从西直门过去其实不算很远，只是早晨的二环令人发怵。要扎进去，出来就不知何时了。

在北京什么都有，可几乎什么都吃不上。大多数时候走一半儿路，就不想吃了。剩下点儿馋虫在找车位的时候，就气死了。

而大多数外地小吃进京，都名不副实。即便是整店连锅都从原籍搬来，也做不到三分味道。

不能怪人太苛刻，物产就是不同。最近常见北京突然冒出来我家乡的烧烤，各种广告铺天盖地。都用大竹签子穿着，炸得半生不熟的。

河南北舞渡的胡辣汤，天下一绝。北京确实没有可以做出来的条件。能将一头牛放进去煮的锅就淘换不到，就算是淘换到，只一口锅的占地面积租金就贵得吓人。

况且在北京煮的牛大概率都是冻肉，北舞渡都是现宰的黄牛。牛架子咕嘟嘟在锅里翻滚，灶下的火几年不息。

北舞渡你喝到的每一口胡辣汤，里面都有几百上千头牛。

豆干儿，也差许多。豆腐这东西，点的办法就那几样儿。

石膏，卤水，现在还有内酯豆腐，不过对山东河南的人来讲，内酯豆腐已不算是豆腐了。

各地豆腐看起来大差不差，但一口就能吃出产地。这些年，年轻人在外面读了书，就都不回去了，外面吃到的豆腐怎么都跟老家不一样。我见过对食物口味最多的讨论，豆腐，豆花儿就是之一。比如我老家的卤水豆腐，是有一点儿煳苦味儿的。北京的豆腐味道都太干净，太单一。这种味道我不知道来自哪里，我甚至求了老家做豆腐人的方子，在北京自己点，出来味道也还是太干净。

胡辣汤内容太丰富，对物产的要求太多，更是难搞。油馍头其实是小油条，很难做得不好吃。比暖瓶塞子大一点儿，炸得松脆。泡在胡辣汤里吃，绝了。

临沂，徐州，济宁有糁，也是泡油条吃，也是大锅牛骨胡椒。比胡辣汤不差。只是最后风味截然不同。也是搬不到北京来的东西，记得前几年有几个大夫卖烧烤，火了一阵，打头阵的就是徐州糁，我去吃过一次，一碗咸粥罢了。

虽说老店都有所谓各家秘方，但总归大办法都是一路的。即便是在当地，各家各花，但都不离谱。天下武功出少林，各路江湖高手都练了自己的绝学妙招，但少林拳就是少林拳，易筋经就是易筋经。天下正宗。

我那天跟一河南大哥去驻京办，看到有胡辣汤，必须整一碗。我俩吃了半天，我问他怎么样？

他抹抹嘴，叹了一口气说："口音不对。"

*

山东有个文财神墓,我此前竟然不知道。还以为文财神是范蠡与比干,谁知五路财神里还有李诡祖。离淄川老城很近,在蒲松龄故居南边一拐的小山里。

那里正有大工程,小山被机械劈碎了,一个巨大的工地正在修路。远远地看着小山坡上有一排铁皮屋子。贴着几个字"增福神庙"。我虽然没看到财字,但四个字中间有一块白,应该是被风吹掉了。

说是神庙,只有一间红砖小屋,小屋关着。

旁边摆了一排铁皮屋子,有间铁皮屋子上挂着彩灯,上面贴着"财神爷神尊临时落座处"。屋子里堆满了大大小小的神像,都是本地烧制,都很粗糙。

烧香的人居然不少。我问香客哪里请香,一位忙碌中的女庙祝过来招呼我,戴着眼镜,面目和善,像极了我一位中学老师。

请香要收钱,她还有些不太好意思。我等她介绍完,给了些钱让她帮我安排。

她很惊讶,就不再介绍了,给我抱出来最高的香,最粗的烛,纸,元宝。

原本我磕了头便想走。却被女庙祝拦住,说等香多烧一下,正在开饭,请您一起来吃吧。

我原本想推辞，但山上实在太冷。看着她们的饭又热又香，还有鱼肉。没想到我还有这样的待遇。

酥锅，白菜，辣椒炒蛋，卷煎，春卷儿。家常菜色，都是些过年的准备。大姐热情地让我吃，我开始不好意思，直到她们帮我热了一碗烩菜。

烩菜真好，炸肉，豆腐白菜，丸子，粉皮，原来大概就是席面儿的折箩，后来单独成菜。包容万物，说来也奇怪，材料大概都不同，却各家主要是烩菜，味道都大差不差，似乎是一些定数存在，万法归宗。

我问起这寒酸小庙的故事。她说都是本地村民打理，也没有固定的人管，要是遇到年节，烧香的人多，村里就派人来管。这小庙往上走几步，便是李诡祖的坟。当年封神也是在这个地方。

让她给我指了路，我上去看了看，也是一个并不出众的土丘，坟前竖着两块石碑，年代也并不久远。一块写着"文财神李相公诡祖之墓"。另一块刻着碑志。

荒草遍布，香火旺盛。

我在山上冻僵了，她让我去一间小屋里缓缓，小屋很干净，有一些香烛，有一些文房。她给我拿了一盘花生，说她自己炒的，很香。我抓了几颗，一抬头发现角落里竟摆着一架钢琴。

她忙忙碌碌的，每天祀神，写字，做饭，或许还要操持农事，教养子女，还要弹琴。

她微笑着看着人们烧香，磕头，眼睛里闪着光，她似乎在替财神挑选，如果有些不太贪婪的好人。便可实现。

每一个来人，想发财的心都是真的。

小庙寒酸，却装着许多人间心愿。

*

听闻有神来，三更静候之。
想求万万种，想来人如痴。
他也要金银，他要长生法，
他要多妻妾，他也要宰执。
纸烛多多烧，口中换来得，
待人求完了，我剪一寸纸，
满篇无法写，捎去三五字，
敢问故去者，你知我相思？

*

几乎没有人不爱吃油条。往往是在冬天的早上，街角，有夫妇俩支着油锅，即便是有店面的，那油锅也一定非要支在街上，热油味儿能飘出去很远。这边案板上铺着切面，那面柔软浑白，必须醒发成不粘手，抓着可以淌下来才行。

切油条的铁片是专门的，并不是刀，一般都是一块巴掌大的雪花铁，拿它把面切成食指粗细长短的剂子，两条剂子一捏，一抻，下入油锅，在油锅里一滚，剂子迅速膨起。几分钟就炸成枣红色，大长筷子一夹咔咔作响。

一般油条摊子旁边都会配套一个豆浆摊子，有豆浆也有豆腐脑。如果在天津，还得配套一个摊煎饼的。如果在广州，那一定是白粥。如果在上海，就是粢饭团，如果在杭州就是葱包烩。河南就是胡辣汤，鲁西南就是糁。

世界上有一些天作之合，比如韭菜与鸡蛋，比如螃蟹与姜醋，皮蛋与烧椒，孜然与烤羊肉，动力火车，辣椒炒肉，驴肉与火烧，牛杂与萝卜，金枪鱼与芥末，Twins，葱，甜面酱与烤鸭子，秋山与红叶，SHE，花生米与二锅头，张国荣与《我》。还有油条豆浆，油条豆腐脑，油条配白粥。

还有油条拌黄瓜。

不是每个餐厅都有，但差不多每个山东厨子都会做。能不能点到这个菜，取决于早上有没有买多了的油条。

拌黄瓜一定要老油条，也不能是一尺多长的大油条，就非得是普通街边摊子上的小油条，从早上剩到晚上，早就疲软凉透了，博山厨子会说，这油条软得像老汉子屌一样。这时候就必须再下油锅复炸一次。炸至从内到外全部酥脆，有功夫的师傅，能炸到手指一戳就碎。

黄瓜拍碎，一定要用到石头蒜臼，剥一整头蒜，加盐捣碎，两大勺麻酱，一定要先把蒜跟麻将加醋调好，万不可分开来拌。

此时，拿一盆儿。黄瓜油条麻酱蒜，人间双脆。

喝蒙了的人，都得挣扎着起来再吃两口。

*

梅姐退出江湖以后,在老街上开了一个菜馆。她父亲在那儿当大厨,夏天的时候能够看到他光着膀子在街上炒菜,穿着围裙,脊梁上文着一个巨大的关二爷。

我再次见到她时,她亲手给我接了一杯扎啤,我给她递烟。她摆摆手说戒了。

她问我这些年过得怎么样?我说了说。她说真不容易。

我说如果当年不是你,我就死在济南了。

她说,不用谢我,我只是好色。

她又看了看我说,你现在怎么有点长歪了?

她父亲给我们上菜。我请他不要忙了,一起坐下喝一杯。他偷偷地瞄了一下梅姐,梅姐一皱眉头。他说,我先忙完我先忙完。

我说老爷子还挺怕你。

梅姐说他一喝就多,你别让他。

我说老爷子这关老爷文的真威武。梅姐笑了笑说,唬人的。

我说老爷子也是江湖中人啊。梅姐摇摇头。我俩喝到很晚,话说的不多,毕竟能提的往事都烧成了灰。

酒客都散尽了,老爷子给我们端来了最后一道菜。

长盘儿里一尾炸透了的鲤鱼,金灿灿的。一尺多长,弓头翘尾,焦香四溢。

老爷子趁热又举着一口铁锅,锅里冒着一层红光,一勺挑出,拉着一条金线出来,利索地一翻勺,那糖醋淋到盘里的鱼上。

哧啦啦一声,如同淬火。那鲤鱼鳞片突然层层炸起,哗啦啦有甲胄响动。那鱼似是冒出了些杀气。

真是好功夫的一道菜。

他大喝一声,看好了,这叫将军挂甲。

我说好名字,好威风。

老头一脸得意说,看家本事。我端着酒杯敬他,我敬您一杯。

他一个劲儿地看梅姐。梅姐说,敬你你就喝。

他把扎啤一饮而尽。我拉着他坐下。我说,菜太多啦,吃不掉。

他哈哈笑着说,她难得来一个朋友。怎么称呼你?

梅姐说,你现在叫铁鱼是吧?

我红着脸说叫我小张就行。

老爷子说,铁鱼这个名字好。然后跟我举杯,一饮而尽。

前面几道菜都很普通,唯独这糖醋鲤鱼让我吃惊。这鲤鱼炸得透,一尺多长的大鱼,一碰就碎,挂着的糖醋酸多甜少,又焦又酥。

他得意地说,其余的人做糖醋鲤鱼就叫糖醋鲤鱼,我这个糖醋鲤鱼就得叫将军挂甲。这是老爷菜。

我说什么叫老爷菜?

他说,我生平最敬重关老爷。我说看得出来。

梅姐皱着眉头,有些不高兴。说,你别喝多了。

我说都忙完了喝点酒怕什么?您跟我讲讲什么是老爷菜。

他一指黑夜深处,说,你看着没?那里有一座关帝庙,这庙里的二爷显过圣。

我说真的吗?

梅姐喝着酒说,你别听他瞎啰啰。我从小长这么大,也没见到过,都是听他瞎说。再说那庙里,就剩下个石头马了,连神像都被砸了。

老爷子红着脸说,就是显过圣,你还别不信。你爷爷小时候的事儿,那会儿咱这儿来了个伤兵,被日本鬼子追到这儿。就藏在关帝庙里。

那伤兵给二爷拜了拜,就睡倒在关帝庙里。早上起来,看到十几个鬼子被人砍了掉了脑袋,就摆在坡里。

谁也不知道咋回事儿啊。后来有个人发现庙里那石马出了一身汗,那不就是关老爷显圣,趁着他睡觉,骑马出去把鬼子砍了?

我说,叔,你还没说为啥叫老爷菜呢。

他说,还没说完哪,村里闹饥荒啊,自己都养不活,怎么养那伤兵啊。一天晚上全村人做了个一样的梦,梦见有个长胡子将军,把一身金甲脱下来,投进河里。第二天人们去河里看,河里全是二尺长的金色大鲤鱼。

那时候条件苦啊,鱼鳞也不舍得刮,就直接把鱼用水煮,煮出来那鱼鳞也炸着,就跟关老爷的金甲一样。所以就叫老爷菜。现在生活好了，用油炸，更香。你看看这鱼，是不是披着关老爷的金甲一样？我说还真是。

梅姐说，听完啦？跟我走走去？

我俩在黑夜里走着都没说话。走着走着果然发现了一座小庙，里面黑漆漆的。

我说还真有个关帝庙，你爸讲的故事说不定是真的呢。

她说，反正就只是个故事，真不真的也不重要，反正我不爱听他说这个。

我说似乎可以理解一些，我跟我爸也不太能好好说话。

她说，我小时候他也开饭馆，总有混混来惹事，喝多了还砸东西。那时候我就在店里写作业，老看见那些人欺负他。你别看他长得凶，他从来都不还手。他只想让我念大学，我那时候根本念不进去了，只想着不能再受欺负了。

我也理解他的想法，也知道他想让我有出息。

老被人欺负，后来他想了个办法，文了个关公在背上，想吓唬人。说来可笑，自从他文了关公以后，我们饭店就彻底成了各种混混的根据地了。有一回店里两帮人打起来了，他出去劝架，结果变成他被人踩在地上打。他就让我走，我摸着个酒瓶子就把那个人插了。血一下子就出来了。那是我第一次打架，感觉终于出了一口恶气，那些人也没那么厉害。

我救了他，他却打我。你说他为啥不打别人，却打我？我不服。

第二天，饭店就不干了，我也跑了，那时候就想啊，这个家我是再也不回来了，我也不读书了，我要去混社会。后来你见到我的时候，风光不？

我说叱咤风云。

她笑了笑，指着那个黑漆漆的小庙说，这就是他每天拜的那个老爷庙。你说我们这么苦，这么拜他，他怎么没显圣过呢？

我说人间苦事太多，管不过来。

她笑了笑说，你知道我为什么不想混了吗？

我摇摇头，此刻的她与我当年认识的已然不是同一人了。

她说你还记得以前舜井街有个叫鬼子的吗？

我说似乎有些印象。

有一次他放话要弄我。我没当回事儿。那天就走到这儿，他带着几个人堵住我了。我当时就想拼死算了。

她说，你知道吗？关老爷根本不会显圣，那天是我爸，骑着个自行车，举着一把铁锹。

梅姐笑着说他就猛了这么一回，还是被打得住了好几天院。你说他天天拜关老爷，又做老爷菜。关老爷怎么就不显圣呢？这世界上没有神吧？

我想了想，认真地跟她说："梅姐，关二爷那天显过圣了。"

＊

从饮虎池走可以路过米家牛肉，早上你去，会看到一个姿威的老人，坐在一个炉子后面翻烧饼。头发如雪，她儿子在旁边切肉。

济南现在漂亮得吓人，新城市都建在山间，体面极了，我在酒店里看那山间的云，认不出来这是山东。

老城这边比起十几年前也动了许多。但也有忘了动的地方，譬如说饮虎池这一片儿。

有些地方不动比动了好。

芙蓉街，宽厚里，这些年大变动，反倒没有以前好了。

我在这儿读书的时候，济南的泉眼儿都干了，后来我走了，才听到趵突泉复涌的新闻。再后来，趵突泉就一直涌着，没再断过。

后来有机会去看，泉水清透得令人目眩，几个大水球在池子里翻滚，看得久了，摄人心魄，确实是奇景。

泉水里的鲤鱼胖得离谱，有多胖呢？说是猪崽儿都有些冤枉了小猪。除了头尾尖尖，已没有了鱼的模样。

之前听说过趵突泉里的鱼胖，没想到这么胖，都出了奇了。

吉祥物确实吉祥无比，泉水又清澈，看得人心花怒放。看见一个文静姑娘惊呼，我操，怎么这么胖。

还有一个人拿着喇叭在那儿喊:"老师儿,不要喂鱼,看它们胖得跟猪一样了。"

好笑极了。

饮虎池街就离趵突泉不远,我十五年前来吃烧烤,就吃过米家的牛肉烧饼。芙蓉街与宽厚里早就变了样儿,唯独饮虎池几十年没变化。

人似乎还是那些人,店还是那些店。只是人都老了一些,店就更旧了一些。

米家的老太君,说是在那炉子后面坐了三十年。烟火之中她格外地干净,年轻时也应是个美人。她的儿子在肉案上切肉,戴着眼镜,有些黑,街面上能平些事儿的气势。

一把大刀,挑肥拣瘦,牛肉都带着筋,煮得油亮软烂。那边老太君的烧饼一出炉,还冒着火气,他咔嚓剖开。

肉胡乱切几下,大刀一铲,肉案上一台秤,连刀带肉,去皮称刀。该多少是多少,货真价实。

这一刀肉十块二十,一钱都不差。肉烧饼,带着芝麻脆壳儿,好刀法,好香气。天下一绝。

他听到我夸他,一笑,说开了三十年了。

我说我知道,以前济南读书,就在这儿吃过。十五年前,在黑虎泉砸点儿,打完了就跑来吃烧烤,路过你们家,肉好香,就买着吃。

他问那你现在去哪儿了?

我说在北京。

他说,嗯是这口音。

我说,其实我是淄博人,后来去了北京。

他说，去了很久了吧？口音都变成这样了。

我说，大概十年？我记不清了。

他说，外乡不易。

我说，习惯了。

他说，我不行，我离不开妈。他笑着去忙了。我走的时候，看着他正给老太太擦汗。老太太看了我一眼，点点头，有姿有威。

饮虎池街往里走，长春观街画了一个弧，通到永长街，头里有个小市场，里面还有家黄老太牛肉烧饼，很有名气，路过时排了长队，想着跟米家比一下，却又等着时间长，就先去转转。

这一带做牛羊肉，比西安西羊市不差，比牛街高两筹。

难得此处少有外人，没有西安回坊乱糟糟那些霓虹招牌。都是些安静的小铺。

是我理想中最完美的美食之地。

来来回回的人，一脸闲适，穿着拖鞋，拎着塑料袋，袋子里装着甜沫，或者豆浆，早上天儿又凉快，都不急不躁。

我就想，人就应该这样活着。

偶尔一些叫卖声，叫的都是："甜沫来一碗儿。"

甜沫并不是甜的，小米面儿粥，里面下了煮烂的花生，粉条，豆干儿，菠菜。应该还有一些胡椒。

之前都在路边儿卖，以前燕子山路口就有个老头推车卖，在炸油条边上停着。

小推车上一个大铁桶，上面安着个壶嘴儿，有些像卖茶汤的那种大壶。只是这个简陋许多，铁皮粗粗地焊成，外面用厚被子包着。谁要买，就撅着小车给倒一碗。

这跟油条是一套。

现在成了济南特色，我去吃一些大馆子，里面也有卖甜沫，装在高级的白瓷里。味道也很好，只是地方不对。

非得在饮虎池这样的地方吃才行。美食的要素之一，就是在什么地方吃什么东西。日本有个怀石料理的吃法，大概也是这个意思。

不需要配菜，就免费的咸菜，这边摊子刚炸好油条，这边是甜沫与豆腐脑。

你想一想，还有什么比得上？青岛的散啤与辣炒花蛤可以。北舞渡的胡辣汤油馍头可以。福建的兴化粉，面线糊可以。博山的肉火烧配油粉也可以。

我随便走进一个王家甜沫，吃饭的都是街坊。我一个外人出现得突兀，受到了优待。

我本来想留着肚子去吃黄家老太的牛肉烧饼，可甜沫一上来，又点了几个牛肉胡萝卜烧卖。

吃完了也并不觉得饱，出来看看黄老太还在排队，我跟着排了一会儿。

黄老太一脸大汗，与米家的那位岁数相差不大，但辛苦得多。我排队买上，本来想走。

老太太一举刀："甜沫来一碗儿？"

我又来了一碗甜沫。

她的牛肉烧饼，烧饼更硬一些，肉同样烂糊，只是生意兴隆，挑不出肥瘦了。

真的，如果你来济南，这里比任何地方都值得去。

走的时候，天又开始下雨。我开车又路过饮虎泉，看见母子在棚下坐着看雨，福气盈人。

想了一路，尽管四处漂泊，我其实也是个离不开妈的人啊。

*

我车上有一只毛绒小象，陪了我好久。跟我去过草原也去过大海，我自己开车的时候它就是副驾，我给它系上安全带，是世界上最好的朋友。

只是最近我一直在忙，没有出去旅行。上班，回家，副驾上总有别人。它就去了后排，后来后排有人了，它就坐到了后备厢的盒子上。

有一天晚上，它跳下车，离开了。而我喝得醉醺醺的，没有发现。

或许是代驾的司机，或者是我喝醉了的时候，打开后备厢的瞬间，它决定要离开我无趣的生活。

它走了以后，我一直不断地四处寻找，不断地回忆我曾去过的地方，去过的草丛。

后来我想，我太让它伤心了。

今天早上，我在一个花园里看到了它，浑身脏兮兮的，身边围着一群猫猫朋友。

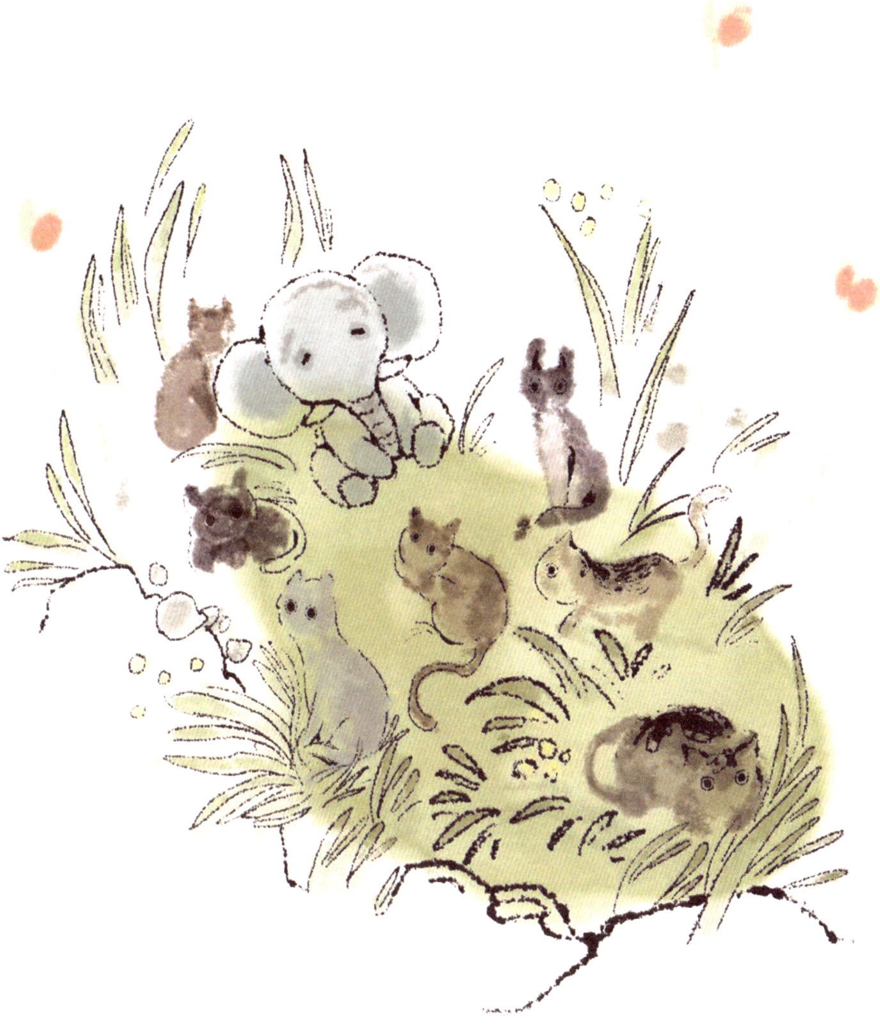

＊

2021年冬天，我从北京回山东，路上下了大雪，到了村口时已是半夜。进去的路被两个大挖机堵住，旁边两个大土堆落满了雪。只留了一个口子，拴着一根拦路的红绳子。

旁边有个简易的棚子，里面亮着灯。我刚把车停下，便有人从里面走出来。他披着一个大袄，拿手电筒晃了我一下。我赶忙下车喊爷爷。

他晃了晃我，似乎没认出来，又照了照我的车牌，看是北京的。他有些严肃地问，你是北京来的？

我说，是我啊，爷爷，我是张广永的儿子。

他噫了一声，走了过来。仔细地看了看我，然后拍着大腿说："哎呀，孩子，你怎么这个时候回来了？"

我说路上耽误了，下了雪。

他说你自己回来的吗？我说是啊，我自己回来的。您在这儿守着呢？

他说来来来，他把我拉进那个棚子。棚子倒是很厚实，厚厚的篷布糊了好几层的毛毡，风雪被隔在了外面。里面生着一个炉子，炉子上烧着一个黑乎乎的铝锅。

铝锅里煮着些肉，呼呼地冒着热气。眼镜立刻起了雾，我立刻放松下来，终于算是到了一站。

他拿着一个登记单递给我，说你自己写写，我眼睛晚上看不见字。

我接过来登记。问他怎么就您自己在这儿守着？怎么不安排个年轻人？

他说，哪还有年轻人啊？

我说您身体可真够好的。

他说我在家也是一个人，我觉也少，在这儿守着还有点事做。

我说家里英奶奶身体还好吗？

他冲着我笑了一下："她没了。"

我大吃一惊，什么时候的事？

他笑着说一年多了。他拿个毛巾抽打着我身上的雪，然后把话岔开，你多长时间没回来了？

我说夏天的时候回来过一次。

他点点头，说孩子你得常回来看看，你们这些孩子都出去了，见面越来越难。

他曾是这个村子的风云人物，当过兵，上过一个著名的七十年代末的战场，我认识他除了他是我本家不远的一个长辈，更多的是因为他的一手绝活。

傻子扑蝶。

那堪称一项此处乡间绝技，上去二十几年，每逢春节，从初二开始各个村里便全都组织扮玩队，踩高跷，舞狮子，大头秧歌队，踩芯子。我小时候也参加过，站在杆子上做了一年贾宝玉。第二年胖了就不让我上了。

他便是我村里藏着的最后杀招，最后到县里比赛，只要是他一出现，冠军便一定到手。

那时候他还是壮年，踩着两米多的高跷，演一出傻子扑蝶，他递个丑脸，鼻子上涂白，穿一身滑稽的戏服，另有一个他的搭子，踩着高跷举着一根长竹竿，竹竿上拴着一根长线，线头上吊着一只纸蝴蝶。

搭子将竹竿挑来挑去，那蝴蝶漫天乱飞，他便踩着高跷扑那蝴蝶，时而跳起，时而装傻，滑稽非常，追了几下，他一个趔趄，围观群众齐声惊呼。

他踩着高跷踉跄几步，突然又站稳，刚站稳，那蝴蝶又飞到他的脑后，他伸手去扑，整个人却直直往后倒下，扑通倒在泥土里，甚至砸起一些尘土。众人再次惊呼。

这样摔倒怕不是要出人命？

人们看他一动不动，刚要喊人施救，却见那蝴蝶又飞到他的面前，转悠几下悄悄地落在他的脸上。

他突然只睁开一只眼，围观群众看他作怪，齐声叫好，他在叫好声中，喧天的锣鼓中，一个鲤鱼打挺。

真的，他腿上绑着高跷，就那么一个鲤鱼打挺，从地上飞跃而起，那蝴蝶被他扑入怀中。

此时一挂长鞭突然燃起，噼里啪啦，夹着一些震耳欲聋的雷子与礼炮。人群沸腾了，整麻袋的糖果，整条的烟，混合着烟雾与彩纸向场里飞去。

锣鼓喧天，鞭炮齐鸣。

这地方一整年的生气，都聚在他一个人身上。万众瞩目。

他会在人群欢呼中悄悄退去，解了高跷，洗了花脸。混在人群里，笑嘻嘻地抽烟。

他的老婆挎着他的胳膊，笑眯眯吃着一块从地上捡的糖，他挣来的。

而他今天却老了，守在大雪里，与一个他乡归来的孩子碰到，轻描淡写地说着，那个在他身边吃糖的人走了。

他接过去我的登记本，然后又仔细地看了我的行程码，冲我摆摆手，走吧。

我刚打算要走，却看着他炉子上煮的肉，香喷喷的。炉子边上还温着一个黑乎乎的锡壶。

我说爷，你这炖的啥肉？喷香。

他说，这里边可啥都有。你饥困不？要不咱爷俩在这儿哈点？

我看了看外面的雪，已经是这个点儿了，索性痛快答应，本来我就馋了他这锅肉。

他拉着我坐下，给我拿了一副碗筷。我毫不客气地接过来，伸筷子就捞。我一个长途奔波，饥肠辘辘的游子，在一个长辈面前，终于放下了一切，尽管还没到家，但也到家了。

他说，要喝了你就拜开车了。

我说喝啊，就还有几步路。我一会儿走回去。

那锅里还真是丰富，怪不得他宁愿自己守在这雪夜里，如果是我，一定也是愿意的。外面下着大雪，里面炖着肉，还有一个远方回来的孩子。

那口有岁数的铝锅，被烟熏火燎的，黑乎乎的。里面咕嘟嘟地冒着泡，是一些排骨，一些白菜，一些炸豆腐，还有一些丸子，炸肉。

嘿，真好，博山烩菜。

我捞了一个丸子，丸子炸得有劲儿，炖得有味儿，绵又不散。烫得我说不出话。

他说，听说你在北京混壮了？

我说哪儿那么容易，就是瞎混。

给他倒了一杯，自己也倒了一杯。一口下去，像是吞了一口玻璃渣子。

一下子醒了。

一身的疲惫即刻散去，又喝了一杯，鼻子也通开了。

我说嘶，这酒真行。

他说他八块一斤打的。我说这起码得六十五度。

他笑着说，你看这才几年，你就能跟我一起喝酒了。

我说爷你等着，我去给你拿个酒。我冲到雪里，翻开后备厢拿了两瓶茅台，抱着冲回来。

我笑嘻嘻地说，爷爷，这个你喝不？

他抬眼看了我一眼，说，孩儿啊，咱爷俩喝，你这个酒我也能喝，要是别人，我的酒他也喝不上。

我立刻懂了他的意思，脸上发烧，自己那点心思赶快收起，想起来曾目睹过的那些欢呼与成麻袋的糖果来。

恭敬地给他满上，他从炉子旁边的小桌上掏出一塑料袋的剩油条来，递给我。我赶忙接过来，撕成大段儿放到那锅烩菜里。

再不敢造次，专心致志地吃饭，喝酒。他笑着跟我说，孩儿啊，香不？

香啊，当然香。每一口都香，这一大锅，整个村庄都装在里面了。尽是村里的出产，剩油条凉了，反倒泡在肉锅里滚两下，配着口烂糊糊滚烫的白菜，热量蹭地就上头了。

锅里还有丸子，肉，粉条，炸豆腐，这就是烩菜，之前红白酒席做完了，厨子在灶上把剩下的边边角角烩上一锅，扔两棵白菜进去，让帮厨，端盘子的人吃的饭，这些年一直在外面，少了很多端盘子的机会，再加上少有人在家办席了，这烩菜竟是难吃上了。

雪依然在下，村庄依然沉默。

他在守着这夜晚。

我问了问他当下的局势，他问了问我北京的情况。

说得我有些惆怅，说不知道这什么时候是个头。

他说起1958年他才十来岁，那时候大家都在饿肚子，天灾也有，人祸也有，他爷小车推着他去堵黄河，他能扛麻袋，搬石头，没服过。他说老天爷总是这样，总想让人去斗一斗他。

他撸起裤腿给我看，小腿肚子上有两个伤疤，七九年在南边，某种步枪的贯穿伤，当时他消毒的就是茅台酒，突击队发的，那么"咕嘟嘟"灌进去，那血呼呼地流，拿个布条子一塞，也不觉得疼，就跟蚊子咬了一样。就是使不上劲儿，反正我也跑不了，那就打吧。

南边那雨下得，一个月，两个月也见不着日头，腿都烂了，我发高烧，迷迷糊糊想的就是俩字，不服。

老天爷让我死，我偏不。那时候又怎么样，各种主义，各种人乱哄哄的，也都那么过来了。

你爷爷我活到现在，这世道从来也没变个样。

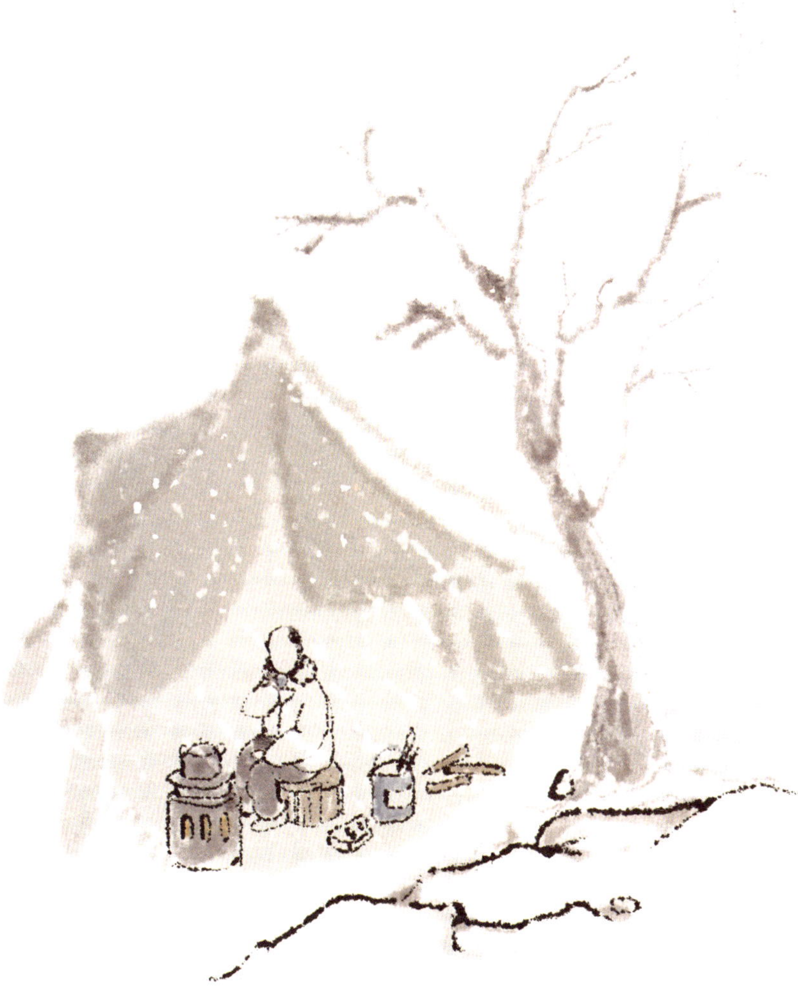

老天爷也还是那个样，不是这样就是那样，发大水，闹瘟疫，闹打仗，人一刹刹变成鬼，鬼一刹刹变成人，啥时候神神鬼鬼的也不缺。

每个人都在犯错误，世界上好像没有正确的事儿。

都想收拾我，谁也收拾不了我。

都是人，都很苦。

怎么办？没有人有办法。

"张英看着我苦了，就给我嘴里塞块糖。"他摸了摸兜，掏出来一把糖果，剥了一块放到嘴巴里。

他又拿着酒瓶子，看了看，这玩意儿也还那样，喝着还行，消毒劲儿不够。

他看我有些沉默，摸了一块糖给我说：

"孩儿啊，你别怕。"

"和天斗，就是这样。"

*

临前手植藤,送我去北京。
一年绕三尺,三年两丈擎。
葡萄做甜酒,胭脂酿老农。
一杯盛秋雨,二杯满西风,
三杯摇星斗,四杯藏刀兵,
五杯饮无了,六杯贪长生,
七杯痴痴如,八杯落落空。
九杯莫劝我,还有一杯停。
待我十杯满,破马辞山东。
父老莫留我,少年贪大功。

*

两天没出门，趁看电影出来遛一下。电影结束七点多钟，方才睡得好，冷空气一激，精神百倍。只是街上四下无人，恍惚深夜晚归路上。

路边奄奄一息地开着些铺子，中影电影院的海报栏里贴着个蓝色的人，骑着一条凶恶的飞鱼，我看了半天，回忆了一下刚才的剧情，想着是不是该吃条鱼？

这电影把海报贴满全世界，无人候车的车站灯箱，电梯里的屏幕。我走在一段老电子游戏的剧情里，没有人生攻略，也不知如何过关。

街角有个小饭馆开着门，一个姑娘穿着棉旗袍站在玻璃门后面，似乎是门迎，只是没有顾客，她趴在玻璃门上哈气。她的工作突然变得有趣，她平时期待的少一点热情问候，似乎成真。她伸着手指在那片白雾上画出眉眼。

我推门进去，她吓了一跳，愣了半天才说，您吃饭吗？

我说吃饭。

她一下被叫醒，脸上微笑起来，热情地问我，您几位？

我就一个人。

她说您请。小店里几个人正围着桌子喝酒，我一看厨子老板服务员都在那儿了。

一看到我进来，似乎都有些紧张。那个姑娘赶忙找桌让我坐下。

拿来菜单，店不大，菜谱倒挺厚。我说不点了，你看着有什么帮我做两三个，要是有鱼，可以给我做一条，要是有活鱼就蒸，有冰鲜就烧，冻的就炸一下再炖。

厨子听我点鱼，跟服务员商量着说还有条黄鱼。看看怎么做。

我说打扰你们吃饭了。

他说，您这什么话？我们开买卖哪。多打扰才好。

一会儿菜上来，倒是简单有味儿，红烧黄鱼，辣椒炒肉，炒合菜，还切了个冷盘儿，有一点豆酱。

那姑娘问我喝酒吗？我说有啥酒？她说没太好的，就二锅头，玻璃汾什么的。我说你们喝什么呢？

厨子擦着手出来说，老家带来的米酒。

我说好，给我喝一点。

他高兴极了，立刻给我拿了一大瓶。说，我这米酒你尝尝就知道了。我说一会儿一起算账。

他说这算什么账？送你喝的。

我喝了一杯，很甜润，还带着米浆子的甜味儿，后头还有一些酸，度数不高，跟喝西安那个桂花稠酒差不多。

黄鱼是冻的，尽管他炸得很透，又红烧，依然不是很好吃。知道这是冰箱里放了很久了，我能理解。炒合菜，辣椒肉倒是炒得不错，火够大，锅气很足。

我夸了他合菜炒得好，有功夫。厨子很得意，说炒合菜是基本功，山东馆子炒土豆丝，广东厨子炒牛河，都是基本功。

我看他们员工餐也很丰盛，桌上有一盆酱猪蹄红彤彤的，看着不错。我说你们吃的那猪蹄子能不能给我加一盘？

服务员说那个叫猪八戒踢足球。

我说啥？

她说就是猪蹄儿炖虎皮鸡蛋。

我说，你要笑死我。

厨子说，原来叫中国足球。

我说更笑死。都是猪踢的是吗？

他说，唉，这样也不好，这就是我们员工餐，你想吃我给你去装一盘儿。

我吃着菜，跟他们聊了一会儿。最后我结账的时候，他们没有收猪八戒踢足球的钱，也没收酒钱。

他说，谢谢你，你是我这个店最后一个客人。明天我们就关了。

*

有一天我从公司走得比较晚，外面零星飘着雪，有一点风。雪落到半空就开始融化，撒到身上已经是水渍。

路上的人都没有伞，都把羽绒服帽子罩在头上，匆匆赶路。我也不想开车，想在雪地里溜达一会儿。

从西直门溜达下去路过转河，转河其实是护城河的一部分。连接颐和园与西海。

河上有一座桥，夏天的时候常有人在此钓鱼。天早就黑到底了，有路灯也不是很亮，我走到桥头的时候，看到桥上站着两个老头儿，有一位嘴巴里叼着一个口袋，手里拿着一根绳子。

另外一位手里拿着一个四个爪儿的钩子，钩子上拴着一根细线。他们的眼睛都看向了河里，有一个桥墩儿，桥墩儿上站着一个人，年纪很大，戴着帽子。手里拿着一个手电筒。

我以为出了什么事，此时拿钩子的老头儿从脚底下拖起一根长竿，唔的一声，把那铁钩子扔到河中。

我问他们，这个天儿还能钓鱼呢？

一老头儿说哪有鱼啊？话还没说完，听到桥下那人喊了一声："来了！"

桥上的人立刻把钩子拉起来，上来之后我看那钩子上有东西在动。

我好奇地凑过去看，那钩子上挂着的竟是一只蟹，个头还不小，得有个三四两的样。老头熟练地摘下，用小绳捆住。

那老头儿嘴里叼着的口袋里已经装了好多了。

我万万没想到。北京的护城河里，下雪的时候有螃蟹。

*

早上有先到的同事在群里说公司大厦封了，物业公司大发慈悲，给了大家十分钟进去拿东西。

突然想起来，保洁昨天就没来，花像是没浇。我好不容易养活了，脸都没洗，就冲去浇花。

北京今天真冷，风又大，今年入冬慢，一下子变了天，人都还没反应过来。风多大呢？铁狮子坟的乌鸦都没来，树头子晃得站不住。路面难得见不到屎。

路上排队做核酸的人排成了长龙，我也快过期了，躲在车里像一个临期的橘子罐头，我还是来晚了，只能想着那几盆绿植自生自灭吧。一会儿物业又发了消息，说是四楼的公司有人阳性，四楼就是物业公司的所在，上次封楼也是因为物业公司的人阳了。上次是个保洁，这次是个坐办公室的。

我们这个大厦，有商场，有地铁站，有写字楼，商场冷落得可怜，有几家新开的餐厅，外卖都做得少。也来不及宣传，今早又被物业公司封了。

想来也没办法，都是苦哈哈，谁也别跟谁过不去。

太冷了，风如利刃。把人扎透，心脏上扎了三万六千个洞，每一个洞洞里都挂着四个大字，"匹夫有责"。又似乎是，别的看不清的什么。

遇到 Lilian 来拿电脑，她说牛街有一个烤鸡很好吃，不知道是不是开着，你吃点肉就不冷了。新闻说最近北京的交通指数是2，宜驾车出行。

新闻说的没错，环路上三三两两的车，开得都无精打采的，平时堵车都着急地骂娘，真没车了，却又都不着急了。

反正也没什么事儿。

牛街倒是停满了，转了四五圈，才违规停到路边，我心想就是挑战一下法律的边缘吧。毕竟，这么冷的天，我还这么馋，应当会被法外开恩吧？

烤鸡店开在一个小区里面，转了很久才找到，冻得我手生疼。

小店不错，有几个人在排队，烤鸡成排地从炉子里拿出来，香气弥漫，垛在案板上十分壮观。有个老人大概九十多了，进来说要买四个鸡腿儿。大概鸡腿还要等一会儿，她就在门口那儿站着，玻璃柜台后面的大姐说，快让她坐那儿，我以为是跟我说话，我赶忙从旁边拖了把椅子，大姐说你别把椅子放风口。这时才过来个人，把老太太搀到里面去坐了。里面挂着个小牌子，禁止堂食。

Lilian举着烤鸡，说咱俩真馋。外面那么冷，凉了可怎么办？

我说咱俩快跑。去车里吃。

跑着跑着，遇到两个人在吵架，两个外卖小哥，风吹倒了电动车撞倒了另外一辆。东西撒了一地，两个人吵得快要动手了。

我停下问他们，你俩饿不饿？

他俩没理我，我把那热腾腾的烤鸡，拧了俩大鸡腿下来。

一人给了他们一个。

　　他俩看着我忽然大笑起来。咬着鸡腿扶起车子走了。

　　都是苦哈哈，相互体谅着点吧。

※

看到青岛疫情，心里一咯噔。本来为了迎接四月份即将到来的鲅鱼季节，我都做好了去的行程，现在不知道要什么时候才能成行了。

其实青岛除了说得太多的海鲜、啤酒，还有一样东西，其余的城市难以复制，也无二家。

啤酒博物馆自己开了一个饼屋，里面有各类厉害的欧包。

北京与上海的饼屋，这几年做面包也越来越厉害，但是唯有青岛博物馆这个饼屋，在我的面包排行上面暂列第一。

怎么说呢？它用啤酒花，啤酒酵母发酵。整个面团烤出来，居然是带着轻轻的雪莉桶香气，啤酒花与面团，混合着坚果与黄油，在烤箱里居然发酵成了另一种状态的威士忌，是面包，也是威士忌。

醇厚，清香，果香，面香，各个味道的层次分明，梅拉德反应让它们交融却不激烈。应该用时间里发酵的味道，用火便完成了。

就像是八大关一座 20 世纪的洋楼里，某个窗口坐着的一个看海的姑娘，她衣着精致讲究，眼神有一些沧桑，她摸着一杯 25 年的麦卡伦。她谁也没等，只是喝酒，只是看海。

这形成了一个完整的画面，青岛本该如此。

如果你路过青岛，如果你去登州路买一厂的扎啤。

如果你路过登州路，请给你的爱人买一个青岛的面包。

*

山东有一种大饼，车轮般大小，大的有二三十斤，水少和面，不必醒发。用专门的大饼铛烙制。成品色泽焦黄，坚硬无比。但凡稍微弱一点儿的刀，都劈不开，特别扛饿。

小时候我爹干木匠活，还剩一个楔子，找不到锤子了，把嘴上叼着的一牙儿锅饼拿到手里，哐哐哐把木楔子砸平了。然后满意地看着活，一点点地啃着饼吃。

鲁中地区叫锅饼，胶东胶南有的叫炕饼，刚出锅的时候奇香无比，揭着嘎吱吃，磨牙。这玩意儿可以储存很久，一般家里搬一个回家，够吃一个礼拜的。

放几天还能稍微软一点儿，我妈做饭粗枝大叶，她一般用白菜豆腐烩着吃，白菜豆腐咕嘟咕嘟炖一大锅，锅饼切片儿，久煮不烂。我爹管这叫和尚饭。

我其实倒是挺爱吃的。只是吃太多了消化不掉。

小时候听过一个懒猫的故事，说猫妈妈临出门儿给小猫脖子上套个大饼，回来的时候小猫还是饿死了，因为它只会啃前面的，懒得转后面的。后来我妈要出门，临走前买了个锅饼放在家。我就费劲在上面掏了个大洞，把它挂脖子上，然后我就理解了那只小懒猫，它可能不是不想转过来，而是实在转不动。我脖子套着大饼躺在床上，要不是我奶奶发现得早，估计我也能成为一则寓言。

春节的时候我回山东，疫情第三年了。年初五临回北京，被哥几个张罗着吃饭，我被带着到了一个村子里，一个民宅改成的饭馆儿。大门洞子里支着一张巨大的面案，一根大竹杠插在墙上掏出的一个洞里，横跨了整个面案，一个戴着眼镜瘦瘦的男人正在和面，面和得太硬，他坐在那竹杠上面颤巍巍地压。一块巨大的面团，被他压得光滑无比，泛着光。旁边的饼铛里冒着烟气，略微有点发糊的面味儿让人意醉神迷。

我认识他，他曾是我同班学习最好的人，后来考了一本，进了某个互联网大厂。赶上了这个时代最大的一波红利，即便是打工，也混得风光体面，年入百万，可惜也遇到了裁员。

他看到我来，气喘吁吁地从竹杠上跳下来，来招呼我，红光满面的，并没有我以为的那种不如意。

他从杭州回来以后，在自己村里的老宅里开了这个饭馆儿，马踏湖的鱼虾毛蟹，脆藕鸭蛋，流量单品是混子毛脚烩锅饼。

混子是草鱼，毛脚是本地的湖蟹，锅饼就是他亲手烙的，做法粗犷，鱼蟹过油，高汤炖煮，锅饼切片，本地的薄皮辣椒，咕嘟嘟一大锅，下酒顺便吃饱。

老婆收账，爹妈做土菜，他打锅饼。

他举着杯跟我喝酒的时候，笑得可真自在。

真自在，从发梢到脚底都透着光的，真自在。

*

小仇与我十年没见,正好在山东,便约了吃饭。只是跟我说她现在吃素,我说好。

想起来那年张店开了个新餐厅,我跟老易去吃饭,她是老易科室新来的科员,我跟她都是二十出头。她酒量不好,喝了几杯就晕了。老易夫人在场,拜托我去照顾。我扶着她到洗手间门口,她进去吐,我在门口抽烟等她。出来之后她看着我,她的脸在灯下面毛茸茸的,我一时看愣了,她发现我看她,她冲我笑,问我好看吗?

我说真他妈的好看。

她靠过来说,那你敢不敢把我抱进去。

我把烟头一扔,就把她抱起来了。她在我身上哈哈地笑,我也哈哈地笑。我抱着她回到包间,一桌子人都愣了。

老易看着我俩,站起来鼓掌。说,你俩怎么出趟门就发展这么快?

小仇搂着我的脖子笑着说,我看上他了。

我把她放下,我说她喝多了。

然后我们继续喝酒。最后我喝得很多,他们都走了。剩下小仇跟我,她喝得也站不住了。我说我送你回家,她摆摆手说,滚蛋。

我拖着她上了车,让司机把我们送到她的单身宿舍。我把她从车上抱下来，她搂着我的脖子，说别让人看见。

我说好。我把她放到她的床上，看着她烂醉如泥，不知道是不是该帮她把鞋子脱掉。

我想了想，还是算了。

我说，我走了。

她睡着了，我看着她的脸，说，你真他妈的好看。然后扭头走了。

第二天，我们再见到，就像无事发生一般。后来，就是很普通的故事发展一样，只是短暂相遇，然后各奔东西。

我老家有一座小庙，香火旺盛。是我们那儿的一个地方神祇，叫作炉姑。相传是齐桓公时的一位孝女，其父是一位著名的铁匠，有传说是欧冶子的，我认为是胡说，欧冶子是越国人，也无史料说他来过山东。只是庙志这么写，老百姓也不深究。

传说那时本地来了一头铁牛，昼伏夜出，一夜能吃良田百亩，无人能降，桓公命欧冶子造炉，将铁牛化掉，给百日期限。谁知烧了九十九天，铁牛一点没化。眼看明天就要砍头，他女儿送饭的时候，不小心把自己的耳环掉进火里一只，炉子里的铁牛，立刻化了一只耳朵，她一看原来如此，然后又丢了一只耳环，铁牛双耳全无。她知道了铁牛奥秘，便纵身跳入火中，铁牛顷刻化为铁水。为民间除了大害，也救了父亲性命。

然后民间就把她奉为神明，尊称炉姑，为她建庙立碑大塑金身。

传说她化的那铁牛并没有化干净，还剩下一大块残躯，就在炉姑庙的碑下。有一年庙会，我去看了。那里果然放着一块巨大的铁块，坑坑洼洼，我偷着抠了一下直掉渣，我又仔细看了看，这东西坑坑洼洼，像什么呢？我恍然大悟，这明明是一块大炼钢铁时期的失败产物，是各家各户收敛上来的锅碗瓢盆所化，因为土炉温度不高，所以没化成铁水，炼出来这么巨大的一块炉渣。

倒是在这里被人摆着承受香火了。

小仇约在这个小庙门口，她说旁边有个餐厅，有糗糕。我再见到她的时候，她剪了短发，脸依然圆圆的，看到我就笑。

我有些恍惚，她仿佛从十年前的那个夜晚跳出来一样，丝毫未变。

庙旁小店很小，就我俩一桌客人。店里能吃的不多，老板跟她熟悉，给我们上了一盘儿马踏湖的莲藕，一些小菜，豆腐，都是些素菜。传说马踏湖里出来的小藕极脆，藕瓜小孩儿胳膊一般粗细，白生生的，只是用手指一弹，就咔嚓碎成八瓣儿，拌点白糖就上桌。

我吃了两口，果然很脆甜，似梨。

她说你怎么瘦了？

我说你怎么吃素了？

她说你瘦了不可爱了。

我说你没变。她说没变吗？

我说你真他妈的好看。

她哈哈笑着说，你真他妈的逗。

我问她这几年怎么样?她说挺好的,只是她现在皈依佛门,做了个居士。

我说真他妈的可惜。

她说可惜什么?那天你不都走了吗?后悔了?

我说,我知道。

她看着我说,没什么的。人生总是这样,人来人往的。谢谢你。

我摆摆手,想说点啥却没说出口。

吃完饭,我让她陪我去那小庙走走,疫情期间,那小庙关了门。她说,咱俩爬进去吧。

我说行。然后我把车开到墙边,踩着车爬了进去。

那块炉渣还在,我笑着跟她说起这块铁牛的来历。她哈哈笑着说原来如此。

我说,你都居士了,你跟我跳庙门骚扰神明,算什么?

她看着我说,铁鱼我读过你一首诗。

我说什么?

她说:"山神是块石头。村庄风调雨顺都是侥幸,人们无神保佑。"

春天来了，可以看了。

*

是的,
你在花田里看见的狮子是我。
恰好去看桃花,
找山神喝酒。
是的,
你酿的酒都被我喝了,
山神是块石头。
村庄风调雨顺都是侥幸,
人们无神保佑。

是的,
你在月亮下面捡的花瓣,
那上面的每一行诗都是,
我喝多了写的。
并非神谕,不必爱我。

*

有一年春节，正好在老家赶上年集。赶集有趣，年集更有趣。比平时规模要大几倍。

四处成大车的水果瓜菜，挂着整牛整羊的肉案，成山的骨头，铺开一地的春联，写着春回大地，惊人地壮观。

逢五天一集，至今当地人计算日期的办法不是一周一月，而是一集两集。尽管年轻人都习惯了超市，但买过瘾还是得赶集。东西都不要钱一样，有种恍惚财富自由的错觉，生活一下子变得容易了许多。

无论卖家买家，都在用一种极低成本，又极其高效的模式健康运转。省去房租水电人工成本，物品还原它本身的价值。

集市鱼龙混杂，却井井有条。产品假冒伪劣的也很多，除了蔬菜瓜果，还有些三无的、作用奇怪的物件。还有一些跑江湖卖的奇药，专治男科妇科，高血压，抗癌保健，削铁如泥的菜刀，能粘火车头的胶水儿。

还有各类小吃脏摊儿。露天摆出大锅，煮着羊汤，摊着煎饼，支着泥炉，烤着肉素的火烧。各家生意相通，这边买了煎饼，便去那边摊子上吃羊汤，还有专供低劣酒水的。

我刚进去还没走几步，就看到张姨的火烧摊儿，她女儿跟我是同学，早早嫁了人，偶尔也来集上帮忙。忙忙碌碌，生意兴隆，挣钱不少。

我有一年落魄了，创业血本无归，我父亲把我赶出来卖废铁还债，之前我置办的一些上好的铁具，被他装上三轮车，让我来大集上摆摊，我抬不起头来，坐在风里一动不动。张姨看见我在她旁边摆摊儿，知道我的遭遇。她给了我一个肉火烧，然后她一边打火烧一边给我卖废铁，我那一三轮车废铁，全靠她打火烧的空隙帮我卖掉。

我至今记得那个滚烫的火烧，纯肉丸儿一个的馅儿，先煎后烤的皮儿。酥脆又烫人，我一口也吃不下，捂了一集，在冰天雪地里，暖着手，等集散了，尚有余温。

她看见我，惊讶地说哎呀孩子，你来啦。

我赶快叫姨。她顺手拿了一个小筐，麻利地从炉子里掏出两个火烧，递给我，说刚出炉的，趁热。我接过来，她又问我啥时候回来的。我说两三天了。

她说你坐下吃，我正忙。我说好，她闺女抱着个一脸鼻涕的可爱小孩儿来跟我打招呼。那孩子壮实可爱，小脸冻得通红，穿着一个厚厚的花袄，我小时候也有过这么一件儿，那是来自奶奶的沉重的爱。

我问她孩子不冷吗？她笑着说，哪儿那么矫相。整天跟着赶集，跟个小猪仔子一样。

没说几句，从人群里过来一个人，背着书包。手里拿着几本书，见人就发，张姨看着他递过来的书，随手接了过来放到一边。出于职业本能，我就拿过来看了一下。大吃一惊。

第一本书名叫《一命二运三风水》，第二本是一些佛经，怕农村人不认识还特意标注了拼音，第三是一张宣传单页，宣扬素食主义。落款是某国外华侨与某国外东方华语电台赞助，一个叫什么卢姓的大师。

我一看这明明就是邪教布道的宣传册，此类东西在九十年代遍布全国各地，我小时候亲眼见过村里人真的信了，以前有些老百姓有一种愚昧的认知，他们相信一切印在纸上的东西。那时候印刷品泛滥，充斥着邪教，还有各种昂贵的保健品广告，比如说当年有种神药叫三株口服液。

我咬着火烧，赶忙提醒张姨，她却冲我摆摆手。她闺女笑着说，他们认识，这个发书的每集都来。

我说这不搞邪教吗？干吗不报警抓了。

她闺女说，你知道个啥？抓他干啥？

我就开始摆出大道理来。

她听了半天说，我们都知道这是邪教啊。

我说那还不抓？你忘了咱小时候那几年闹得多厉害？

她说，这有啥？他们现在还经常搞聚会呢。我妈还经常去。

我说这可不行啊，祸国殃民，最后说不定还搞得家里鸡犬不宁。

她说没事儿，他们搞聚会发鸡蛋，我妈经常去领鸡蛋。

我说这么明目张胆，警察不知道吗？

她哈哈哈哈笑着说，派出所能不知道吗？

那些去聚会的人，连我妈算上有百分之九十都是派出所的卧底。

他们就是去坑人家鸡蛋的。

*

有一年中秋的时候我回老家，老家有一块湿地叫马踏湖，湖区盛产脆藕芦苇，也有养鸭子的。湖里还有一种小船，当地人叫作溜子。细小狭长，头尾四五米，宽窄不过五六十厘米。这几年封闭建设景区，主要湖区是进不去了。我心血来潮开车想去看看，刚停下车，就有一个大姨过来揽客，说坐溜子转转吧，五十块转一圈。也进不去湖里，但是芦苇荡里转转也很好。

我便答应了，跟她走过了一条马路，眼看着她走路有一些瘸，心里还感叹不易。河道里停着十几条溜子，却没有见到船上有船夫。我正纳闷时，只见她从旁边草里拖出一根十几米长的大杆儿，冒着寒光，往河道里一探，一艘溜子便被她扒拉过来，看她手里大杆拨船，就像是在划拉一片柳叶儿。

我正惊叹之时，她伸手拉住船头锁链用脚踩住，跟我说"上吧"。

我小心笨拙地上去，开始还有些晃，大姨看我站不稳，用大杆一点船头，立刻平稳了许多，我坐在船舷之间搭着的一块板儿上。

船刚出水面，天便开始落下细雨。

芦苇荡中虽然荒芜不堪，但别有风味，是在岸上看完全不同的体验，仿若《大话西游》里的某个长镜头。

我随口跟大姨闲聊几句。

"我今年七十一了。划了一辈子溜子，现在年轻人都不会了。"她言语间并不像其他故事中老人那般落寞，更多是一些自豪与傲气。

才走了没有百十米拐了个弯，就到了景区拦住的地方，我还没回过神来，就问她："啊？这就到了？"

她大杆儿一横，说就到这里了。我看看她手里的大杆，再看看深深的芦苇荡，心想这儿莫不是梁山泊，这位是山上哪位头领吧？

"你再加点钱，我再给你往东划一点。"

我说行，加多少？她笑了笑，没说话。然后她又把船划出去，又拐到了另外一条河道，河道旁边长了一颗大南瓜，我说那南瓜长得真好，她说你要吗？我给你搬了来。我赶忙摆手。

又走了一会儿，她说你要鸭蛋吗？都是双黄。我说好。她点点头，大杆一撑，把我带向一个湖中鸭棚。

鸭棚中有一位大爷，虬须豹眼，一副英雄气概。他指着地上鸭蛋，说了价格，我说能便宜吗？他说不行。我说好吧。

我看了鸭蛋的确不错，便让他帮我挑。他说就这五箱子最好，能够带回去。别的都腌到时候了，带回北京就会太咸。

我付账的时候，大姨过来说船费也结给他吧，我没有微信，你给我加多少。我给她加了一百，她看起来满意。然后拉着我的五箱子双黄金丝鸭蛋回到岸上。回到北京分了一下，果然大受好评。

只是 Lilian 怪我不会砍价。

我说，就你能，你试试。

*

说起我老家淄博的名产,博山菜不太走得出去。马踏湖的莲藕鸭蛋也拼不过高邮,陶瓷琉璃也逐渐没落。倒是还有个周村烧饼。

薄薄一张,荷叶边边儿那么厚。焦黄酥脆,一面儿粘满芝麻,有甜有咸。味道很纯粹干净,就是新麦子磨的面香,芝麻香。用手一戳就碎了,咔嚓一声,能听到纹路的走向。有小心眼的人常说心碎成渣,也就这样具体。

伸开的巴掌那么大,得用手接着吃,不然掉的渣儿到处都是。是山东人的本土零食,原本只在大集上卖,几块钱一斤,磨牙最好的东西。

烤这个东西确实需要点技术,饼坯摊到透亮,再用笤帚糊到烧热的炉子里,跟馕,比萨差不多的流程。只是一个馕的面能捏几十个烧饼。

在那缸里几分钟就好,再铲进筐里。拿出来热着吃,确实奇香无比。

上去几年在周村拍了大染坊,周村那旱码头一下子横起来了,原本只是一片老宅,被收拾了一下还真像样了,不过还是没走出古建筑群旅游的那个怪圈儿。跟南锣,夫子庙也差不多。

只是开了个烧饼博物馆,一下子把这小吃抬起来了。前年春节我去逛，一盒烧饼六七小盒，一小盒里七八片儿，一大盒子也就一斤多面。居然卖到了百十块钱，说是还有更贵的，要三五百一斤。

一下子不舍得了，只敢在小摊儿上买了一小包别的铺子的。吃起来没差，这东西也做不出什么花来，芝麻管够就行。

不过这东西卖得贵了，才好意思成为礼品。不然大老远抱一盒烧饼，一看两三块钱一斤，实在是拿不出手。

同样的东西，卖五百。吃的时候，掉一个芝麻粒儿都得舔起来。

*

莱州湾西海岸有一个叫羊口的小镇,海岸线不长,有大片平缓滩涂,海产丰饶,出产盐和蟹,特产是咸蟹。

我去的时候正好过年,海上结了一些碎冰,海鸥们一群群的,站在冰碴里捡拾贝壳,也不嫌冻脚。整条沿海公路上只有我自己,车停在大堤旁边,从晌午一直看到下午,海跟鸟都很好看,要不是因为饿得熬不住了,我本来还打算憋两首诗出来。

小镇上商铺餐厅都挂着门板,虽然贴满春联,却又无比冷清。这个小镇仿佛一个时间胶囊,装满了整个八十年代的遗迹。港口顺着小清河入海口一直延伸,无数斑驳的木船窝在小镇里避风。我开着车转来转去,我相信这个小镇刚刚建立时,就是这个样子,我甚至都可以在风里嗅到一些从木头上散发出来的1980年的桐油味儿。

码头旁边有一扇虚开了一半的门脸儿,里面挂着厚厚的门帘子。窗户上贴着,咸蟹子,虾油,虾酱,萝卜的招牌,灰墙上刷着一些老标语。我停在路边挣扎了一会儿,鼓足勇气下车,推门进去。

热气一下子把我眼镜糊住了,模糊间,我看到一个高大的身影坐在房中,我擦干净眼镜,看清那人戴着个毛线帽子,坐在一个小炉子旁边喝酒。

货架，摊铺都胡乱地摆在店里，她在铁炉子上坐着一个黑乎乎的小锅，锅里半锅热水，烫着个掐腰的锡酒壶。她手里捻着一根钉子，看着我舔了一口，然后喝了一口酒。

我大吃一惊，山东坊间总有拿钉子下酒的传说，我从未见过，没想到今天在这里遇到了。她看着我也仿佛很是意外，毕竟大年初二，我又一身外地人的格格不入。她然后站了起来，我立刻觉得眼前一黑，她竟然把灯挡住了。她坐着的时候就身形巨大，站起来怕是有一米八八往上。

她叼着那根钉子，问我要点啥？

我咽了口唾沫，说买点吃的。

她把那钉子扔进嘴里嘎吱嘎吱嚼了，我才发现那钉子其实是根儿螃蟹腿。

她瓮声瓮气地喊了一声老张，从里屋走出来一个大爷，又瘦又高，跟她个头差不多，只是有一点驼背，比她瘦了一多半。手里端着一大盘子葱炒豆腐，香气扑鼻，馋得我直吞唾沫。

大爷笑眯眯地把盘子放到炉子旁边的小桌上，搓着手问我，来啦？看看吧，有咸蟹子，虾油，虾酱，萝卜。声音特别洪亮。我说我知道。

因为外面写的就是这几样儿。

咸蟹子，我没吃过，各类的呛蟹子我倒是吃过不少。我想来大致没有分别，潮州的生腌膏蟹，苏州的花雕蟹，酱油蟹宁波杭州也有个门派。大致都是酱油花雕活蟹生腌，无论是花蟹还是毛蟹，或者是青蟹，生吃口感清甜绵密，膏红肉白，层次丰富。山东倒是少有生食螃蟹的习惯，不知道这里这个特产是什么时候发明的。

那大娘伸手拈了一只大的，看起来得有半斤多，是莱州湾的梭子蟹。她扒拉开螃蟹腿，指着蟹壳尖儿，瓮声瓮气地说你看这螃蟹，多么地肥，挑蟹子得看这儿，这里红红的就是好的。然后她咔嚓把那螃蟹掰开了，里面立刻跳出来一大片的红膏，满得流油，令人惊喜。

我这些年久居北京，很久没见过这么满的蟹了。

你看，顶盖儿肥，尝尝。

她转身拿了烫着的锡壶，哧溜喝了一口。脸上红红的，看起来有些微醺。然后她把锡壶朝我晃了晃，哈不？

我连忙拒绝，开车了。

老头让她少喝点，但还是笑嘻嘻地去给她烫酒了。

我举着那半只咸蟹，摘了一点蟹膏，放进嘴里。

齁咸！这东西咸得惊人，几乎就是盐本身那么咸。我抿了一小口，还带着冰碴子，就像是在海中游泳的时候猛呛了一口海水。我用舌尖把它顶在牙膛，随着温度那点儿蟹膏开始融化，慢慢地在极咸的后味里突然爆出来一丝丝的甜，这个甜度慢慢地开始延伸，当盐完全融化掉的时候，这一丝甜，又带出一点花椒味儿，而后我的脑子告诉我，此时必须要喝一杯了。

哎呀！我叫出声来。这真是下酒的！

真好！我赞叹着。那大娘一脸得意，说这都是自己腌的，一年俺能腌好几缸。

我说真不错，我买点儿。

她摆摆手说，要的多还能便宜。

我说不用不用，你给我多装些吧。

她高兴地说要的多算你四十，反正不多点儿了。

然后我把她剩下的大号螃蟹全都要了，准备回去分一分。

她看到我的车，说你是北京的吗？来这儿走亲戚？

我说没有，路过这里，看看海。

她说你吃饭没？

我不好意思地说，你们这饭馆儿都关了。

"嗐！"她一拍手，回头就喊，"老张，管饭！"

我说，那太不好意思了，我就不麻烦了．

大娘一探巨大熊爪，我被她抓个结实，拖回了屋。

这是我此生吃过的最好的家宴之一，亲爱的陌生人们。

我在家乡的时候是村庄里最另类的叛逆者，而我离开家乡之后，变成了流浪异乡的庸碌之辈，而后我这一生中，遇到的所有向我举起酒杯的人，我都无比感激。

我坐在炉子旁边，满含热泪地吃着那盘葱烧豆腐，那豆腐并不简单，里面加了煎的干香的爬虾干儿，混合着葱油豆腐，人间至味。

咸蟹子炒白菜，顶盖肥的螃蟹，膏黄化开在白菜之间，其余一概不放，就靠蟹的咸，冲出山东白菜的甜。

虾酱蟹酱掺起来，炒鸡蛋。这里的虾蟹酱一丝腥臭也没有，炒出鸡蛋红澄澄的。夹着馒头，热馒头烫手，烫嘴巴，这些大开大合的饭菜，粗粝中藏住了无数细致人情。

说起我，说起他们。说起他们在外的孩子，与我同岁。几年未归。

"都怪你打他。"老头责怪地看着大娘。

"男孩子打几下怎么了。"大娘一仰脖喝了一口,"没出息。"

然后老头摸出来个药瓶子,说吃个降压药。给了大娘一片,他自己吃了一片儿。

他说自己高压一百六,大娘高压一百六十五,这一辈子啥都得被她压一头。

我说,血压可得控制,得少吃咸的。

大娘醉眼朦胧地看着我,不咸咋吃?没味儿。

我走的时候,他们又给我装满了车,虾油,虾酱,萝卜,咸蟹。

小处风物太留人,这里盛产盐,蟹,咸蟹,高血压。

*

小雪煮鱼,猫儿催得急。

推倒秋山风吹炭,一架梧桐火流西。

借来三五事由,饮了几百星溪,

咸鸡萝卜豆酱,小瓮莲蓬肥蹄。

*

我幼儿园的时候,有个小女孩儿老爱欺负我。她一见我就冲上来扒我裤子。我还不能还手。

所以我每天都战战兢兢,一看到她我就往厕所跑,她就追,就在厕所门口等着,有时候能堵我半个多小时,我就从厕所翻墙跑。

我问她为什么啊!

她说好玩儿。

也羞于告老师,更不好意思告家长。只能每天躲着她,有时候我跟朋友在一起走,她看见我就冲过来。小朋友只是觉得好玩儿,也不帮我,只会笑话。

我真是烦死了!说造成什么心灵创伤倒是没有,只是觉得烦,怎么说也说不通,我还为此给她写过信。

冬天还好一点儿,穿棉裤。夏天都是松紧带的裤衩儿,我每次扎皮带还扎不住,所以大热天我也愿意穿裤子。而我妈就老是让我穿短裤上学,说这么热。

一直到二年级,她家搬走了。我才清静了。

夏天的时候,我回老家,哥们儿约吃饭。吃四四席,说是朋友开的。饭馆儿不是很大,大概是个私房菜。一进门,老板娘热情地来招呼。不知道怎么的,我突觉屁股一凉。慌忙四下看看,手立刻捂了一下屁股,别是裤子漏了风。

朋友热情介绍，我也热情回应。

进房间落座，四四席的席面非常讲究，每次上菜一起四样儿，一张八仙桌，四四规制，赶着时令，菜品也有四季变化，四时常鲜。

先四干果儿，四点心，四鲜果，再四平盘儿，后有四大件儿，四行件儿，再就四扣碗的汤菜。

干果儿也就是些寻常松子儿，花生之类配茶水。点心讲究一些，有老字号景德东专供的，白红皮酥，豆沙点心，蜜食酥条之类，配杏茶，四鲜果配甜酒。

等平盘上来，点心鲜果撤去，留干果磨牙，算正式上菜。传统的四平盘儿，应有二三十样固定菜式，只是节气出产不同，便有一些应季变化，卷煎，樱桃肉，板肚，蹄筋儿，香肠，卷煎我曾单独写过一篇文章，说起这个鸡蛋摊薄后，卷肉蒸熟的凉菜，最适合喝酒前垫肚子。平盘儿冷菜的安排也是如此，开胃垫腹。

从四大件儿开始就定下这宴席的标准档次，一般四四席最头面是两样席，若是四大件第一件儿是海参，那今天便是海参席，若是鱼翅，那便是翅席。其余大件皆是陪衬，海参一般是葱烧，或者鱼肚参汤，鱼翅一般鲁菜做法没太特殊，无非是白扒，黄焖，奶汤。今天朋友要拔份儿，硬是鱼翅海参都上了，葱烧海参，奶汤翅子。

博山菜做葱烧海参也是被京派鲁菜，孔府菜相互影响。要按照老办法做，已经无可能。不过好在海参这类的大件儿，只会往好的方向发展。老传统里的工艺配料，即便是复刻出来也未必有现在的出品更合适。这些年很是有几个好厨师在不断地改良，厨师们相互分享经验，但唯有一点不变，无论是山东海参还是辽宁海参，葱都只认一个产地，章丘。章丘与博山相隔百里，好葱都有专供餐厅的渠道。一两米高，葱白甜脆。

章丘人种葱要跟着葱的成长覆土，葱白取决于你土埋多高。甜脆无比，赛国光。

海参无味儿，全靠葱与酱油。烧好的葱段与海参搭配，配碗白饭。天作之合。

翅子有几年不让吃，这二年仿佛又开始有些回来了。前几年铺天盖地的生态保护，当时也总觉得很有道理，这两年口风一变，我又跟着解放了。南方的一些以此为生的人又重新找回了活路。想来想去，口腹之欲都是人的活路。保护，我也支持，让以此为生的人有生活我也是支持的。怕就怕的是对自然的无度索取，也亏了上几年的大力保护，我们今日才偶尔还有鱼翅吃一吃。

老板娘亲自上鱼翅，顺便敬酒。介绍今天的奶汤翅，是怎么个来路，厨师长也跟着来敬酒。这也是传统之一，做大件儿的师傅，要来露露脸，一是来听些意见，二是来照顾一下门面。能有资格做翅子的厨子，在勤行里都是有相当位置的人，也出过不少传奇。

只是他们一进来，我又觉得屁股一凉，那沉重的红木椅子也没挡得住风。

总有种熟悉的心惊肉跳，却不明原因。滚热的奶汤翅子放在面前，也压不住我的凉意。我问朋友觉不觉得凉？他说是不是空调开大了？我说不是。

大件儿继续上，干烧黄鱼，豆腐箱子，这都是大件儿，老板娘亲自上大件儿。

一顿饭吃得我心惊肉跳，却不明所以。

可等再上四行件儿，我便感觉好了许多，行件儿便更博山了一点，爆炒腰花儿，炸广东肉，蒜爆肉，油焖虾。这些菜是四四席厨子的基本功，特别是爆炒腰花儿与蒜爆肉。几乎是同样的做法，出品却完全不同。腰花，笋片儿，那腰花要切成麦穗儿，锅要十成十地热，"欻欻"热爆，出品酱色红润，腰花肥嫩，蒜香十足，这两个菜，几乎就是吃火焰本身的味道。火有多大，滋味儿就有多足。

四扣碗攒底，传统菜单都是汆底菜，汆底鱿鱼，汆底海参，都是水发海产，博山人精于干货海产山珍的发制。汆底菜绝对可以拿来作为代表。

汤头怎么做，干贝怎么用，鸡茸怎么把高汤打清，怎么摆碗，怎么调味儿，怎么蒸制，如何翻盘儿。烦琐无比，所以汆底菜，这几年做的少了。一是人们习惯了鲜活，二是这工艺与回报不成正比。花上连泡发几天的工夫做一个菜，菜价却不高，除非是专门的宴席，不太值当，所以有些老菜，就只能走点高精尖了，倒不至于失传。

最后一个菜是鱼肚参汤。胡椒底汤，清澈见底，醒酒解腻。清清爽爽。又是她亲自上菜。

我看着她的眉眼。终于发现了今日的蹊跷，兹要是她一进来，我便屁股发凉，裤筒子里冒寒气儿。

我想来想去，也想不出其中的所以然来。

她过来给我分汤，一靠近我，寒意更盛。我连忙道谢，她一歪头看着我。

似乎做了个鬼脸儿。

骇得我一下子站起来了。

她说,真好玩儿,你不认识我了?

＊

要非说北京是美食荒漠也不公平，一半是盲目随大流嘲讽，一半是对一些食物盛名之下，其实难副的失望。

卤煮炒肝儿爆肚这类脏器类食物，本身北京土著也有很多不爱吃的，再加上开这类饭馆儿也没什么门槛，大锅一支就能开张。

有讲究的就做得干净做得好，大多数就不太讲究，特别是一些老店，老板也不收拾卫生，越老越脏，桌椅板凳地面都油乎乎的，碗也不好好刷，吃炒肝儿还得讲究顺着碗边儿吸溜，你想想那碗，多少大爷都给吸溜包浆了，任谁端着那碗都不能细琢磨。

所以，很难让人有好体验。要非得说就是吃的这个味儿，那就是抬杠了。

北京烤鸭好吃是真好吃，但是必须趁热，并且得店里有正经炉子的，也得有好师傅。北京烤鸭的坏名声，有一大半儿是全聚德那个二十块钱一袋的真空包装毁了的，我没买过，不知道那里面装的是不是烤鸭。

另一小半儿是全聚德的服务费给毁了的，除了一些法餐意大利餐，很少有餐厅在大厅吃饭也要服务费的。鸭子没多贵，点几个别的菜加上服务费俩仨人破千很正常，要说俩人花一千多吃个烤鸭子，就别怪北京大爷骂街，不过好像全聚德最近也有点回过味儿来了。至于其他的便宜坊，大董，四季民福之类的，也有真做得好的。非常好吃。

北京的大菜反倒都不太出名，老八大楼在九十年代就被三刀一斧的生猛海鲜结结实实地收拾了一顿，之前八大楼的名菜都是鲁菜，大菜都是葱烧海参，三丝鱼翅，糟溜鱼片儿，油爆双脆等，一般老百姓去不起，能去吃的也都不好张扬，所以留下来这些名菜的传说几乎都是晚清民国的。

厨子也都断档好几代了，就拿着老菜谱做，还有一点就是老北京的名厨，总是爱跟徒弟留一手，师祖留一手，师爷留一手，师父留一手，最后一道菜，好嘛，白灼。

我有一阵子八大楼轮着转了一圈，反正也不能算是鲁菜，也不能算是宫廷菜，工序都可能按部就班来的，可都是厚芡，重酱，炒的菜都软绵绵的，毫无火力镬气，但凡从博山找两个家厨来，都能把他们救了。反正，我是失望的，还有同和居那个三不沾，鲁菜里历来都没这个菜，只是宣扬工序，还有不粘锅不粘盘子不粘勺，可是沾脑子啊。总之名头吹得越大，越令人失望。不是不好吃，只是不匹配。

要说我最得意的北京美食，应该就是涮羊肉。

下雪天，没有什么比在胡同里找到一家老涮肉馆子更值得庆幸的事儿了。

铜锅白炭，红肉青葱。长筷子下肉，心里数着滚儿，只要手切，别管它沾不沾盘子，都好吃。我想过很久，为啥涮羊肉这么好吃，后来想明白了，涮羊肉它不用厨子啊。

北京人做什么做得好呢？芝麻烧饼，那是真好。芝麻撒在烤得焦脆无比的壳儿上，这边炉子还没开，那边就开始排队了，真的是出一炉抢一炉。趁热咬一口，芝麻香，烧饼脆，也没有馅儿，内里几十层，都抹了麻酱，盐味儿正好。最香的就是举着边走边吃。

有一回我举着烧饼，路上有个开电轮椅的老太太问我，烧饼哪儿买的？我指明方向后，她开着那电轮椅飞一样地去了。比火三轮儿还快。

还有什么做得好呢？奶酪，艾窝窝，驴打滚儿，还有稻香村的一些点心，兹要是用料扎实，工序越少的就越好吃，牛街那个卖甑糕的，刮风下雨都挡不住排队，常年有黄牛。也没别的，就是真材实料。

现在一些集团化的餐厅都中央厨房了，我们就不说了。果腹没问题，就别宣扬美味了。美食荒漠的责任中央厨房也得背一些。

还有一些扎根在北京几十年的西餐，也都已经是算北京美食了。除了老北京炸鸡，最能挑动老北京神经的就是老莫了，可惜老莫小莫莫多多，都在亏损，老国营饭馆的气质，三流的菜品，一流的价格，要不是在疫情之前还有几位俄罗斯艺人在那儿转圈儿拉琴，连气氛都起不来了。那菜单上你敢点的也就只有红菜汤，奶油杂拌，罐儿牛了。等菜上来，你吃一口，脑门子上能画一串问号，就这？

怪不得钟跃民他们吃老莫能把勺子叉子椅子都顺走呢。

不过现在老莫的银餐具都被顺得凑不齐一套了。

都是惩罚！

*

骑河楼胡同里有个小吃店,门钉儿做得最好。老板姓王,他们一家在故宫后门住了一百来年,手艺传承有序。

故宫博物院里上班儿的人也常去打牙祭,有几位院里金石子画修复的专家,对他做的门钉评价颇高。

我被郭子带着去过一两次,去之前郭子都会给他打电话,提前准备。门钉肉饼这东西出锅三分钟即塌,所以必须赶上出锅。

肉饼,火烧,这类的东西,全国各地都有,但要说油水大,顶人扛饿,一个是鲁西南的牛肉壮馍,一寸多厚,车轮大小,油锅里煎熟炕透,面皮脆薄,肉馅儿油香着实。

看师傅做壮馍也是奇观,篮球那么大的馅儿,托在手中,一个不大的厚面皮儿,从手心儿往上包,面皮延展有劲儿,师傅手劲儿大,似乎玩篮球的动作,旋转,合拢。

你都不知道他是怎么把那巨大的肉蛋包住的。随即饼铛热了,他就直接把手里的巨物扔下,再伸手去摊,用拳用掌,力道匀称,拍成大饼。

一面煎得定型,直接用手抓起,锅里似乎飞起一床棉被,咔嚓一声翻了面儿,已经焦黄。

熟了斩块称斤,堪称一绝。配上胡辣汤或羊汤。吃完有扛牛之力。

另一个就是门钉儿。可惜北京这几年开饭馆儿不让见明火,都是用电。烙门钉儿少了点炭火味儿就差很多,更别说现在人吃不惯这么油大的东西,店家做一锅卖一天,皮儿都塌破了,肉汤都漏完。再怎么热,也难吃。加上门钉里的葱都半生,二次加热,葱就臭了。就算白魁那样的名店,也已没有什么讲究了。

老王的小吃店做街坊买卖,胡同里的人都有闲工夫。去了就等,我这种等不了的就卡着点儿打电话。去了刚好起锅,上桌也不会超过两分钟。

传说正经的门钉肉饼的大小,都是去天安门上的大铜门钉比过。现在肉贵,尺寸都减了。半个拳头那么大,肉馅儿扎实,皮儿大概指甲盖那么厚,两面一圈儿都得煎脆。

开盖儿一汪油水,油水里汪着个大肉丸儿。

这个东西倒没什么配套,回民的食物,大概就是些羊杂稀饭罢了。

就我这胃口,最多吃俩。这几年矫情,减了一个。即便如此,老王也给我做。

不过最近两年忙,一直没去吃。那天在送老霍的时候,在殡仪馆停车场我看见了老王,我戴着帽子口罩,他似乎有些迟疑。

我也没有去寒暄,等有空再去吧。

*

北京夜宵太匮乏，除了江河日下的簋街，雍和宫的广东点心，就剩下屈指可数的一两家卤煮，剩下的都是拉面。

或者胡同里还有些烤串儿的，偶然有赖着不走的酒腻子拖着不关门儿。

也许是北方太冷了，比起潮汕来，北京的夜晚寡淡极了。尽管车水马龙，也都是匆匆忙碌。从二环到五环地奔波。

我无数次地想过，如果把潮州夜晚的猪杂粥与海鲜档搬来，应该是多热闹的景色。

潮州佬把新鲜的猪杂海鲜在街面上铺开，塑料桌椅在德胜门城楼下的广场上沿着护城河摆出二百米。

晚上八点开始熬米粥，肉联厂九点杀猪，十点半送到。新鲜的猪肝儿还突突地跳，生肠，膏蟹，鱼饭，啤酒。小脸盆儿大的砂锅，熬得细碎的粥，一盆滚着猪杂，一锅熬着肉蟹，大虾，鱿鱼，海兔。

如果厨子火旺，要个炒粿条，吃一吃镬气。肝嫩，肠脆，膏蟹煮的蟹黄虾油泛着橘子色的油光。

点料一定要舍得，要真正的丰富。守着基本规矩，开始生活。

北京的夜晚实在太冷了，夜宵的饭馆里捂得严严实实，一整锅的肠子肺头，味道一点儿也散不开，腌得人都一身脏气。

　　夜归人没有去处，冷漠丛生出这许多抱怨，春天也不使人期待了。

*

被一只蚊子咬了手心,
整个夜晚,
我都攥着一个,
痒痒的花骨朵儿。

*

一月什么水果好吃呢？除了各类橙子橘子，当属苹果与梨。可这两样又太普通，市场上多的是富士与鸭儿梨，傻甜傻甜，吃得人有些倦。

昨日居然得了十几箱阿克苏的王林苹果与库尔勒香梨。晚上去换了好多酒喝。一半人都在咳嗽，就我一人喝得尽兴。

让阿姨洗了一盘儿，给大家压压咳嗽。或者是我得的路子正宗，那小梨蛋子疗效斐然，一桌七八个人咔嚓咔嚓啃着，嗓子都清脆了不少。我摸了一个吃。

好，多么好呢？

这梨咬来不是脆，也不似啤梨的冰激凌，也不似鸭梨，咬起来似什么呢？我想了半天，要找个像的东西，绝对似曾相识。

一姑娘突然说，哎？这梨咬起来像酥皮点心。

我立刻被她点化，对了，这梨口感极似油酥万层的酥皮点心，要好粤菜厨子，用上好的猪油，揉出来百千层的酥皮，里面包馅儿是一汪冰梨汤儿。

才一碰到牙齿，还来不及遇到舌头就散了，满口都是。

可算是奇物，有我夏天时吃到国峰七号李子那般惊艳。

一个果子吃出来酥口，这可是绝了。

怎么会是酥呢？酥到令人失神，这并不应该形容一个果子，可又想不出其他了。

　　库尔勒与阿克苏的太阳与戈壁造化灵秀福地，曾让取经人路上惹出滔天大祸的，那像娃娃的果子，大概就是这小梨儿疙瘩吧？

　　样子也像。

我在春风中走着，
色心大起。

*

北京有样东西，别的地方没见过。也很少有人提，豆腐店里都带着卖。开始我还以为是炸菜末儿，拿起来才看到写着素虾。

应该是豆腐或者千张切成小条炸出来的，比薯条细一点儿，但是很酥脆，只有一点儿盐味儿，别的就是香，干嚼没有豆腐味儿，更像是零嘴儿。

我开始当零嘴儿买了一包，吃到一半儿突然想起来老家村儿里，垫炸菜筐的白菜来了。

山东过年要炸菜，大年二十八就开始准备，炸鱼，炸肉，炸茄盒藕盒儿，炸豆腐。以前要摆家宴待客，炸得特别多，一直能吃到十五。炸菜这玩意儿，就刚出锅好吃，多一天就多一点哈喇味儿，放到最后，我就不吃了。除了最后把剩下的炸菜末儿炸肉拿来炖白菜。

白菜必须是垫筐的白菜，那白菜连帮带叶铺在浅筐里，放到十五，叶子都蔫蔫儿的，也沁得油汪汪的。

这时候把它起出来，胡乱切一下，锅烧到极热，下一点油，葱姜辣椒炒煳，白菜下锅炒几下，看着叶子边边有点儿焦了，再放水炖，水开了放下炸菜末儿，豆腐，炸肉，喜欢粉皮的掰一张下去。咕嘟嘟地炖。

特别地好吃。

吃了这一顿，就龙抬头了，麦子开始返青了。

素虾，也是这个吃法儿，虽然白菜是新鲜的，但是味道炖出来也不差，炸透了的素虾在锅里炖透，膨胀变软，变烂糊，豆腐味儿又慢慢地回来了。

配饭极佳。可敌凶柿炒蛋。

*

山东有一种蘑菇，我们叫它"羕子"，只有松林里才生。泰山的最出名，各地山上有松树的也产。

此物气味浓郁，极美无比，以老鸡，五花肉，炸山药，炸豆腐，粉皮炖了，出锅撒一把青蒜。有异香，比起榛蘑，香菇来要美妙得多。

其中诀窍就是泡发羕子的汤，要过滤掉沙子后一起回锅炖。

我后来吃过的所有蘑菇都比不了。

尽管一些名贵品种，松茸，羊肚菌，松露之类也都各有特点，但可能是从小吃惯了，总觉得比不过羕子。

羕子做法粗犷简单，越老的人做得越好吃，先前我姥爷还在的时候，他做就比别人做强很多，还有许多红白宴上做得也很好，七星灶，一炖就是一大锅，几十桌。

似乎就是大锅炖得越多，味道越好。

之前博山的山上也有，我跟朋友去樵岭前采过，一朵朵鲜黄的小伞，非常漂亮，在林子的阴影里醒目无比，熠熠发光。

雨后几小时内长出来，开伞后几个小时就烂了。会生出各种虫子，所以采这个就是要抢。有那种进了银库，能抢多少算多少的紧迫快感。

只是鲜食会导致腹泻，也不是什么大的毒性。比起云南那菌来，它算是正派的。

它的风味是一个晒干后又发制的过程，并不很漫长。山东虽然临海，但很会吃水发的干货。除了蘑菇，还有海参，瑶柱，笋干，最好吃的是一道叫沤底鱿鱼的。那必须吃水发的，口感与香气令人难忘。

2021年我去延庆的永宁镇，看到街上有卖黄蘑菇的。巨大无比，摆在地上像是一些肥厚的花。我闻了一下，味道很熟悉，但又比莪子大了很多，卖货的大哥跟我说，这是黄蘑菇，回去要焯了水才吃，不然腹泻。

我很高兴，看起来虽然有差别，但是味道跟莪子很像，我就包了圆，分成几份儿，给俞岛拿回家一份，给诺诺跟爷爷吃个新鲜。剩下的我冻起来一些，斩了肥鸡豆腐炖了一锅。

是有莪子的味儿，可淡了许多。应该是一个科目下的不同品种。

我就怪没有经过干制的程序，北京没有条件，要是去花园里晒，就都喂了乌鸦喜鹊。

上几天又在赤城的大东关市场看到有干货，也是硕大一朵，香气浓烈。昨晚安排煮了一锅，吃了一些，但也比起泰山博山的差上很多。

早上起来很是舒畅。

*

北京的新疆餐厅几乎比新疆还多。

大盘鸡,红柳烤肉,烤包子,馕,缸子肉,架子肉,馕炒圆白菜,闭着眼睛点都不会出问题。维吾尔族同胞们终于在北京找到了生存之道,扔掉了切糕车与玻璃和田玉,盘着馕坑占领了大半个北京城。

仅仅是新疆各地区的驻京办都有十几家,三里河的新疆大厦里面从邦蛋儿到汗腾格里就有三四家不同规模的餐厅。更甭说乌鲁木齐,喀什,还有大钟寺的巴办了,还有无数的连锁大店小店,巴依老爷西苑饭店什么的。

自从乌办前些年登顶之后,新疆馆子们卷得厉害。

家家的烤包子都有四五个品种,从传统烤包子,到酥皮烤包子,牛肉羊肉肥瘦不同,卷到连皮牙子都是空运过来。奇怪的是,烤包子尽管豪横,但是很难让人吃饱,在你点完菜之后,它总是第一个被端上桌,第二个上桌的是撒着葡萄干儿的酸奶,一人两个烤包子下去之后,开胃了。

大盘鸡也有十几个品种,从走地鸡到白羽鸡,从西北大土豆到沙窝小地蛋,沙湾原教旨主义下面极致的内卷让点菜的人无从下手,但由于香料与辣皮子都是空运来的,所以不管什么鸡吃起来都没啥区别,反正盆底的裤带面都一样筋道,点最便宜的普通速生鸡就最好,肉嫩。

红柳烤肉这些年不卷了，开始跟北京串儿店学坏了，以前都是瘦多肥少，羊腿肉，现在都鸡贼得三瘦一肥了，特别是红柳枝子循环利用，也都盘出包浆了，我有个文玩爱好者兄弟，一次跟我吃完汗腾格里之后，非得顺人家几根儿回去车珠子。

我想了想，也不是不行。

在紫檀与黄花梨逐渐资源枯竭之后，期待着孜然羊油味儿的红柳串儿拯救日益败落的潘家园。

也就是三年前，北京的馕都是白馕，大不了有几个奶馕，大冬天站在馕坑前面排队，等着大鼻子兄弟拿着铁钩子把馕钩出来扔在你手里，趁着热啃一下脆底儿，芝麻又香，面都是新麦子磨的，又香又噎人。现在，卷到有肉馕了。

馕坑帮子上贴馕，杆儿上挂串儿，底上吊着架子肉。

一桌菜，一坑出。

馕凉了还能炒个圆白菜。

我以前认识一伙喀什开饭店的，店不大，之前蜘蛛在鲁院学习，我老带他去吃。伙计们都是包村拉来的，也没有宿舍，晚上打烊之后都睡桌板，后来有一天发现换了个老板，问了一下是老板的弟弟，我说你哥呢？

他说哎哟，我哥哥回喀什了呢，盖的楼高高的，五星级酒店起来了呢。

我羡慕地说真厉害。

他紧接着说，哎，兄弟，我们刚刚排练了一个歌，给你唱一下嘛。

我还没来得及拒绝。

他一招手，几条黑乎乎的大汉从馕坑里跳出来，排着队，扭着脖子给我合唱了一个《我们新疆好地方》。

＊

刚才想去巴州办吃架子肉，谁知去晚了。无处停车。狭小的巷子里很多车，有些后悔进来了。眼看吃不上了，只好掉头往回走。

看到一个路边空位，刚想塞进去。一个足球从路边飞来，砸中我车。一声闷响。我下车看，一个小孩儿在路边搓着手看我。

我看没有伤到人，就跟他说，小孩儿别在马路上踢球，多危险哪。

他有点害怕，也没跟我说话，想冲过来捡球。球钻进车底，我趴到地上够出来。小孩儿搓着手过来，有些不好意思。

我一看他眼睛大大，睫毛长长，是个新疆小孩儿。我把球给他，他抱着往路边跑了。

一直跑进一个路边小店里，小店灯光昏暗。敞着门，堆着一些馕。似乎很像样儿。

我把车放好，过去看。两个新疆年轻人在那儿站着，身后有个馕坑。玻璃橱案板上放着各式各样的馕。

我真在喀什时也没见过这许多品种。那小孩儿看到我过来，"蹭"地跑到后面去躲起来了。我仔细看着贴在玻璃上的馕名字。

白馕，花馕，辣皮子馕，葡萄干馕，核桃馕，油馕，甜馕，咸馕，芝麻奶子馕，窝窝馕，皮芽子馕，力巴馕，棍儿馕，竟然还有肉馕。

还有牛羊肉烤包子，最打动我的还有羊排烤包子，小琵琶一样，外面支着一根烤得焦红的羊排骨头。刚从馕坑里拿出来，还热。我先买了一个，一边吃一边挑。

那羊排烤包子，一咬开，热气直冲天灵盖儿。整支的羊排在里面烤得刚刚好，也没太多香料，肉选得好，就盐跟皮牙子的味儿。

那小孩儿看着我不走，从后面搓着手走出来，藏在大人后面，也不露头。我故意当作没看到他，就跟店主闲聊了几句，知道他们也不过年，家人也都出来了，似乎也并不想家。

我烤包子吃完，又摸着一个热一点的小馕，很小，比巴掌大有限，店主说这是辣皮子馕。我咬了一口，真他妈的香。新疆的辣皮子不辣，一点盐，面里放了葱花与油酥，烤得又脆又软，面也用得好。

我夸赞好吃，那哥们儿嘿嘿一笑，说，好吃的嘛，哎哟，我这里，正宗的新疆馕。

我说好的嘛，亚克西。

我拎着一大口袋馕走，那小孩儿终于松了一口气。从他爸爸身后出来，看着我。

我冲他摆摆手，咬着馕走了。

今日小寒，到家又觉得肉馕最好吃了。

＊

楼下新开了个小吃店，卖老北京炸酱面。我路过的时候看见老方家嫂子在门口剥蒜。我很诧异，在二环的居民区开老北京炸酱面的不多，因为老北京人在外面根本不吃这个，有时候见了还得骂两句。

并且老方两口子是湖南常德人。这个小店以前卖的是正宗的常德牛肉米粉。

抱着巨大的好奇停下车，走进小吃店。其实跟老方并不太熟，只是他的牛肉米粉此间一绝。店很小，之前摆着几口锅，里面炖着几样油码。连不同的汤锅也有两三口。

我没去过常德，但老方的米粉我敢保证是正宗的。调料，米粉都是他定期从老家发来的，据说怕不正宗，那几口锅也是从老家的铺子里用了好几年的老锅。

让我说，非常好吃，又辣又香。酸菜末也正宗，油码就那三四样儿，炖得稀烂的牛排骨，牛蹄筋儿，辣牛肉，葱蒜，酸菜。米粉是圆粉，软又滑，一份儿油码十几块，一个素粉八元。

满满的一大碗，吃起来又烫又辣又香，酸菜末勾引着肠胃，保持着总还差一口的饥饿感。放下碗也意犹未尽。你想再要一碗的时候，要拦一下自己，过个三五分钟，你就会发现你其实已经吃撑了。

我有时候想吃粉了，抬腿就去，虽然跟他两口子不是很熟，但也会偶尔说几句话。

可从他开业到现在，两年多的时间，买卖眼见着地变差了。后来我也慢慢地不去了。重要的原因，是我觉得米粉没那么好吃了，开始我以为是吃够了。

每次路过那里我都快速地走过，或者装作打电话，或者把眼睛看向别处，生怕被老方看见，那有一种罪恶的背叛感。

我用了很久的时间去矫正这个心理状态。一直到那天，他的招牌换成了老北京炸酱面。

老方嫂子看见我来，热情地招呼。说很久没见我了。我就说我忙。

其实她经常能看见我，只是太知分寸，也能体谅我的愧疚与尴尬。

老方在厨房里忙活，店里那几口煮肉的锅不见了。换了一些更干净的小白桌。只是生意实在是不咋地。

他看见我，搓着手出来跟我打招呼。我问他，还有米粉吗？

他一口别扭极了的话，底子还是湖南话，可又夹着儿化音。

不做了，不好卖儿啊，北京人不好这口儿啊。

我就奇怪了，就说那你给我来碗炸酱面。

有一说一，炸酱面绝对不是老北京炸酱面。但其实还挺好吃，肉丁儿炸得也透，干黄酱，豆瓣酱，甜面酱三样酱味儿也有，生葱熟葱也放了。切面也过水了，青豆心里美豆芽菜码也全。

可就是吃着别扭，就跟一个湖南人在你面前说老北京话一样别扭。

我说你这酱里放泡椒了，还炒红油了。

他得意地说，对头，炸酱面嘛我给改良了一下儿，要不莫的腌菜味儿。

我放下筷子，问他好好的米粉为啥不做了？

他说，也不知道为啥，买卖这一阵子越来越不行了，也都按照客人的意见调整了，可就是越来越不行，连外卖也少了。

"在这儿还是得做街坊买卖儿啊。我又不会别的，想来炸酱面跟米粉也差不多，开个炸酱面馆儿得了。"

我说你儿话音终于用对了一次。

他嘿嘿笑着说："你知道吗？老北京话里，这里九外七皇城四的城门怎么说吗？"

怎么说？

"只有东便门儿，西便门儿才能带儿话音。其余的都不能加，比如东直门，西直门……"

我说你这还真下了功夫了。

他说那咋办，"碰到鬼，几得心里吃人"，生意不好，总得想些办法。

我说你米粉做得很好啊，我很喜欢吃。

他说，你也好久没来咯，还说好吃。

我很诚恳地说，你刚在这儿开店的时候，你的米粉是我吃过的世界上最好吃的米粉。

他眼睛亮了一下，可立刻又拉下脸来。

"我也不知道哪儿出问题了,开始的时候生意火得很。"

我说你跟我说说,我帮你分析一下。

开始来了个老爷子,跟我说好吃是好吃,就是太辣了。我开始还说正宗的米粉就这样嘛,汤锅里就是辣的。

他就说,要在这儿想做北京人的买卖,就得别这么辣。

我想了两天,就汤锅里少了辣。

他再来的时候就吃得满意,我还挺高兴。

再后来又来了个附近上班的,说太咸了,附近上班的都是年轻人,不能这么咸。我想了想也是,现在年轻人都讲究健康饮食,我就做得淡了点。

再后来有个女孩说,太油了,我就把油码里的牛油都撇出去了。

我想这回行了吧,谁知道开始嫌辣那位,说我挣了点钱就不好好做买卖了,说味儿不对了。

我听的瞠目结舌。想了半天,这大抵就是很多地方的美食走不出家乡的原因吧?其实也并不是食材的问题,也不是锅的问题,也不是水的问题。

是说话的人太多了。

他们来吃常德米粉,总想在常德米粉里吃出过桥米线,甚至炸酱面的味儿来。吃潍坊朝天锅总想吃出葱烧海参味儿来。

大明白那么多,意见听得多了就动摇了,为了迎合客人,这里变变,那里变变。最后常德米粉变老北京炸酱面了。

我说,你还是换回最开始的米粉吧,就跟你开店第一天时候那样做,就把那几口老锅搬回来炖肉,我保证你生意好。

他半信半疑地跟我说:"我准备学学卤煮,炒肝儿去。"

*

去年我大姨身体有恙，家里安排我在北京挂名医专家给看看。来的时候郁郁寡欢，一下高铁就向我诉苦，说自己可能时日无多了。我知道她只是小病，她却不信任我们，说一定瞒她了。要来北京看看还有什么保命之法。

我说你看你这片子，没啥大毛病啊。你看看这化验单，主要指标都很正常。

她说我又看不懂，要是没病为啥睡不着。

表姐一脸无奈地说，唉，弄不了她。

我说那带您老享受下，给她在某个著名酒店订了个套房。她从车上下来的时候，一脸茫然地说这不像是医院啊？

我说是酒店。她说："我吃不下饭现在。"

我说你这两天就住这儿。她慌里慌张地下车，又开始担心起价钱来。絮絮叨叨地说咱庄户人家不能浪费。我骗她说这是我朋友开的，不用多少钱，你可事儿真多。

我说你先睡一会儿，咱明天就去看医生。她说你可别走啊，我说不走。

休息了一阵我张罗吃饭去。

表姐叹了一口气，拖出来旅行箱给我看。

箱子里面有二十个煮鸡蛋，两三把挂面，竟然有一个小电锅。其余的还有些煎饼咸菜啥的。

我说你这干吗呢?

表姐又叹气,唉,弄不了她。

大姨听到我俩说话,问你俩饿了吗?我给你俩下点面条。

我厌恶地说,都给我扔了扔了。

她说你这孩子咋这么不过日子?我给你俩下面条,下一把够吗?

我说走走走,带你们吃点好的去。她死活不去。

我趴她耳朵边说能报销。

她说那行。

我决心让她见见世面,免得她觉得活一辈子后悔。然后带她去了个贵一点的餐厅,我与那里的经理熟悉,刚停车,就有人过来接。我说今晚给老太君弄点可口的。

经理说好嘞。

大姨探头往外看了一眼,死活不下车,说要回去吃面条。

我小声说你别给我丢人哈。快下来下来。

那姑娘一直微笑着看着,我都快把头塞裤裆里了。

好说歹说,下了车。看她坐在那里浑身难受。我跟她说你踏实吃,你外甥你还客气啥?

我有些夸张地点了些帝王蟹,烤鸭子,龙虾,海参之类。

人虽然不多,我也有些刻意在她面前表现表现的意思,而在长辈面前无负担地挥霍,本就是我幼年宏愿之一。

服务员一会儿举着个张牙舞爪的大螃蟹进来了,她一脸骇然地看着那螃蟹。服务员问我满意吗?我说就这个吧。

我又故意问她,大姨你看这螃蟹行吗?她说这是螃蟹?

然后看向表姐。

表姐说您又咋了？

她趴表姐耳边小声说了两句。

我姐过来说，快快快，拿着螃蟹跟她捏个影。

让她跟帝王蟹合了个影，龙虾来了合了个影，片鸭子车也合了个影。等上了菜，她悄悄问我，光见着龙虾了，咋没见着那个螃蟹，是不是被他们坑了？

我指着那盘子里的螃蟹腿说你不都吃了吗？

她生气地说，那么大个东西就这么点肉？多少钱？我说三四千块钱吧。她说啥？

我说吃吧吃吧，报销。

她想了半天说，谁给你报销？净蒙我。

我说你就吃你的吧。

你看看这葱烧海参，拌米饭最好吃，这个餐厅最好的就是海参了，你看看这鸭子我给您卷着吃，这是黄鱼，这是独钓寒江雪，她说什么雪？我说就是糖醋肉你吃吧。

她越想越心疼，吃着吃着开始抹眼泪。

我说唉，我也弄不了你。吃顿饭咋又吃出来眼泪了？来尝尝这个樱桃鹅肝。

她吃了一个抹抹脸，还真有点肉味儿。

我说你都绝症了你还不多吃点。

表姐瞪了我一眼，说你别胡说八道，她真往心里去。

第二天早上我到了的时候表姐还没起，大姨正在拿小锅煮面条，我没再说她，让服务员送了俩碗，陪着她吃了两碗白水煮面条。

说起来，好像真的比昨晚的饭更好吃。美食也确实不以花钱为标准。她跟我妈下面条都是一个办法，软硬、火候、咸淡儿。老家的麦子，磨麦子的机器，压面条的铁。

这是独特味道的所有组成，只有她们的孩子才能吃出。

她满意地看着我狼吞虎咽，说你小时候去我家玩，我就给你煮面条，还有老孙家那个猪头肉，你能吃一锅。

我说我现在也能吃一锅。她自己也吃了一小碗，她睡了一觉，昨日的拘谨跟别扭已经少了许多，我也发现她竟与我小时候里的大姨毫无改变，温柔又偏执，跟我母亲同样的性格，她们同样传承自一个更偏执的老人。

我们坐着聊了会儿天，她说起我姥爷，说起我远在他乡的二舅，说起她的孩子与我。说，我老了，你姥爷老了的时候我还没觉得，我现在忽然老了，是因为我看到你都有自己的家了。

"而我，还以为昨天傍晚还在学校里，还在给你姥爷往地里送饭，我才十二，你妈才九岁，我们俩推着小车，下的凉面，麻酱拌黄瓜。那凉面还是地瓜面跟棒子面的。"

"我就这么老了。"

她问我："我这一生是不是就这么浪费了？"

表姐这时候起床了，咬着个牙刷出来说，你哪里老了？

我大姨说你吃面条吗？

表姐说，我可不吃，我一会儿去吃自助。

你花钱没够！大姨气哼哼地说。

"又不单花钱，都是住店免费吃的。"

她一拍大腿，说你不早说！

她说你一会儿把锅刷了,我收拾收拾去吃。

我说你不是吃了面条了吗?她说那也不能浪费了。

她拉着我姐去吃了,过了好一会儿才回来。她一脸满意。

在医院大夫举着她的片子看了半天,说你们来干吗了?我说看病啊。

从山东来的?

我说是。大夫说,就这个病还值当找我吗?我后面还有俩肝移植,你这个回去按照你们那儿的这个治疗方案就行。

我大姨说,不用住院吗?医生忙碌地摆摆手。

那不给开点药吗?

医生说,唉,那我给你开一点。

一出医院门,大姨就大手一挥,走,去天安门,去故宫,去给我照相。

我姐撇嘴说,她被医生呲啦两句就好了。

那天我跟我表姐都被她遛瘫了。

我春节回去给她拜年,到了的时候,她正举着手机给一帮老姊妹看照片,她指着那个大螃蟹,说你看这个东西你吃过没?老姊妹都纷纷说没有。她唉,这个东西看着大,其实没多少肉。她又问你知道这么一个螃蟹多钱?

老姊妹们纷纷摇头。她伸出手来,多比了一个指头,这么一个,五千。

老姊妹们啧啧称奇。

她嗑着瓜子往椅子上一歪,斜眼看着她们,说,

"你说气人不?"

*

望京有个小餐厅,老两口开的。应该是朝鲜族人,铺子开在一排旧门房里。旁边很多外国人在这儿住,餐食都很简单。

有全北京最好的雪浓汤。简单的牛骨汤面,送十数个小菜。味道并不重,酌口味自己加些盐与辣椒。

门里都是旧桌椅,菜单厚且陈旧,却干净。即便全点了也没有多少钱。外国人来吃得多,中国人多数在望京吃烤肉。

其余小菜也都不错,臭酱汤,明太鱼,煎黄鱼,泡菜饼。参鸡汤也炖得很烂。朝鲜族人也会炒合菜,也会尖椒干豆腐。

只是我使不惯铁筷子,又滑溜又沉又细,吃两口顺着指头缝儿乱窜。

整个店气质来自九十年代,仿佛德善与崔泽约会的胡同小店。有种奇怪的舒适感,抛开民族不谈,大概人类对家的布置都差不多,气味都不同,却知道那是有一家人生活之处。

一切的布置都在顺手的地方,杂乱却有秩序。

常客甚至都有自己的位置,来了就吃,吃完就走,传说这里面有间谍。我没办法分辨,环顾四周都是极其松弛的人。

谁来这地方吃饭还能带着拼命的心呢?

我刚跟朋友推荐这里,她问我是个什么地方?

我想了想:"汉城农家乐。"

*

交大东路有一个小餐馆，平时卖些回民小吃，酱肉火烧，菜团子之类的。店里也能炒菜，炖一些八大碗，丸子，筋头巴脑之类。之前去过两次，做得一般，都是老北京清真菜那一套，最多能做个扒肉条，羊蝎子。

Lilian 中午跟我在河边遛弯儿，从胡同里拐出来正好这家店在街角。她吵着要吃。我本没什么期待，到处都是这一套，回民小吃看着热闹，但菜单大都差不多，鸿宾楼也一样。就算再好吃，油盐也重，吃不了几回。

我只想随便吃吃，捡几个简单快速的，八大碗现成的，谁知被告知沽清。我再点别的菜，服务员大姐指着菜单下面，圆珠笔写的说："我们这里新来的厨子，芫爆散丹，做得好吃。"

我问她有多好吃？比鸿宾楼好吃吗？

她说我没吃过鸿宾楼，但是这个兄弟炒得还真好。

说得我好奇，她真没吃过鸿宾楼的看家菜，但我偶尔会去吃。名头如山，出品稳定，只是盛名之下，再好吃也显得不过尔尔了。

芫爆散丹是火功菜。火功菜都是厨子的基本功，一个窍门，你去个餐厅无论粤菜北京菜，南方北方。你不知餐厅水平的时候，你就点豆芽儿。北方菜你就点炒合菜，粤菜你就点干炒牛河。能把豆芽儿炒好，大概就不错了，豆芽菜的味儿大概都是火的味儿，火用好了，就好吃。

我说那我先点个炒合菜，点一个醋熘木须，切一点牛肉，两碗饭。

她说不点芫爆散丹吗？

我说吃吃看。炒合菜炒得好，盘子干净，也不汪油，豆芽儿鸡蛋粉丝都很分明，哎呀，小店里来了正经科班，会用火了。

Lilian 吃得眉飞色舞，我赶忙喊大姐加芫爆散丹。大姐说你看价儿没？我说我不用看。

大姐去下单了，许是觉得我先前毛病多，好脸儿给得不足。

菜做得确实不错，原本这菜就难炒。全北京厨子都知道这菜，但敢写菜单上的不多。主要鸿宾楼名气太大，号称第一楼。他家的招牌菜，不太敢造次。

散丹这东西，跟爆肚吃法不同。爆肚也号称讲究火候，但好不好吃都看麻酱，有些店麻酱调得好，爆肚跟自行车胎一样，也能嚼两口。也有些店爆肚做得脆，麻酱差点意思，白嘴儿吃又没甚味儿。要吹口感，海蜇皮也脆，也没味儿。

芫荽只能见杆儿，不能见叶儿。散丹要用面粉揉干净，不得带脏器味儿。锅要热，油要少，胡椒粉要好，烹醋要听到声儿，盘子要热，摆盘要干净，万万不可汪油。上菜要快，数着秒跑。

大姐端上来就催着吃，应该是被厨子反复教育过了。

好吃。

*

大庆很正式地给我写了一封信，装在快递袋子里寄来。信上就三句话。

我有一息尚存，未放弃生活。

我正筹谋东山再起，养了一只猫。

我于十一月十五日做酥锅，你带两瓶酒来家找我。

我那天想起来的时候已经是下午四点半了，他把家搬去了沙河，我从西直门开过去一个半小时。到了沙河打电话给他，他说让我去村口菜市场找他，远远地看着他拎着两个生猪蹄子过来。我大叫不好，上当了。他这会儿酥锅还没做，就是为了骗我的酒。

他看见我就笑了，把两个白生生的猪蹄子递给我，另一只手里还抱着几本旧书。我说你其实还没做吧？

他说我今天下午才想起来今天是十一月十五日。

我说那今晚吃啥？

他说这会儿就做呗，几点做好几点吃。然后说你看，这里面有个卖旧书的。我接过来翻了翻，有《中国艳情小说孤本》《绿野仙踪》《秋秸船》《中国的乞丐群落》《京城民间异闻杂记》《真实性1/2》。

都是些质量极差的盗版旧书，他说这比你出的那些书强多了。

到了他租住的小院，极其杂乱。几乎没有可以下脚的地方，他拎着猪蹄往厨房一扔，说你先帮我洗藕，炸鱼，泡海带。我去喂喂猫。

我说能不能不吃了？我请你出去吃烧烤行不行？行不行？他说那是干吗？我又不是没准备。

然后他就在一堆杂物里喊猫，找了半天猫也没出来。我说你哪来的猫？

他说原本就这院里住着的，我算是搬进它的家了。

我懒得跟他废话，他继续找猫，我从一个破冰箱里翻出来几块已经开始发黑的藕，一条冻鱼。

看起来他的确是有准备，只是绝不在同一天准备的。我们是同乡，之前并不认识，后来在一个酒局上认识。因为口味差不多，一起厮混了一些日子，就熟了。

这厮极其跳跃，来北京十多年，一年创业一次，每次都以失败告终。今天还一身光鲜，明天就混到五环外的城中村去了。

我说你找个班儿上吧。他说那才挣几个钱。

我这会儿一肚子气，想一走了之。可藕都被我洗干净了，索性就做吧。

酥锅怎么做呢，麻烦至极，在山东的话，也要拿一整天的时间来拾掇。一般在一个冬天的早上，家里的孩子放了假，也没什么活了。一早上就要发海带，炸鱼块儿，洗藕，炸豆腐，砍猪蹄儿，肉皮，如果有鸡也可以剁上一只，有牛肉就放些牛肉，在一口大锅里码放整齐，码到杠尖儿，锅沿儿四周再插上白菜帮子，用白菜叶子盖起来。上火要炖一天。

傍晚炖得了，再把锅放院子里冷一晚上，那才算好。

里面猪蹄牛肉都炖得酥烂，肉皮都起了冻，海带软糯，风味儿独特。它不再单纯是某种单一的味道。

但凡一种食物容易勾起乡情，那它一定有一种难以被复制的味觉记忆。与其他地方的一些家乡菜一样，酥锅也出不来市。也有在外地做的，难免失望，吃的时候会挑出无数个毛病来。

我骂骂咧咧地做着饭，他一会儿抱着一只猫进来，那猫胖得出奇，一脸凶恶，绝非善类。他给我介绍，这是黄哥，然后跟猫说，黄哥这是铁鱼。

然后那猫在他怀里弄了他几拳，他一撒手，猫落在地上，看着我刚切开的鱼，它大摇大摆地跳过来，叼了大半截，走了。

我说它不吃猫粮吗？

他说不吃，这鱼就是它的，咱们今晚吃的是它的饭。

我说你这咋混的？

他问我带酒了没？我把车钥匙给他，让他自己去拿。

我看着收拾出来的一大锅犯愁，这他妈啥时候能吃上？

我把火点上，他抱着酒瓶子进来，也给了我一瓶。我俩就守着灶开始干喝，他剥了棵葱给我。

我问他给我写信说要东山再起，怎么个起法？他说过几天你就知道了。

然后又说起我，他说日子难吧？

我说也没个容易的时候啊，一个时代有一个时代的难，日子也从来没一帆风顺过。

我就把它当作玩游戏，一关一关地打，打到哪儿算哪儿。

他说你都说得我有点酸楚了。

聊啊聊，那只胖猫来来回回地走了几趟，后来就趴在他脚边听我们说话。

他过了一会儿，摸了一双筷子去锅里插了一下，然后夹了块藕出来，看了看，嘀咕着说应该熟了吧？

我说熟肯定熟了，可这玩意儿不得炖半宿？不得炖烂了？

他挑着那块藕说你尝尝。我咬了一口，藕熟了。

他说那咱先吃藕，我俩围着锅开始吃藕，吃完藕吃白菜，吃完白菜吃豆腐，吃完豆腐吃鲅鱼……

本来要炖到天亮的酥锅，被我俩当火锅吃了大半锅。后来猪蹄子熟了，我也吃不下了。

他哈哈哈笑着说，吃饱了。

我说你真他妈让我失望。

他说，铁鱼，你玩游戏太认真了，你被主线任务骗了，不一定要有个输赢的。

真的没关系你只要敞开玩儿，别被主剧情骗了。

你看，盗版书也很有意思啊，都是故事，什么都能写。

是不是？我的黄哥？

*

我是村庄里最懒的懒汉，
不会劳作，
侍弄庄稼。
我的二三亩闲田，
一半种星辰，
一半种野花。

*

涿州的驴肉火烧是保定派，圆圆的不大，肉塞得很满。驴肉肥瘦任选，炖得极烂，卤肉的大锅十年不绝火，卤料调配得好极了，驴肉本来味道就纯，没有牛羊肉那种草味儿，香料就得慎重着用，有很多做得不好的，香料味道太大，吃不出肉味儿来了。

涿州的驴肉火烧就很好，纯粹的肉香，香料味儿不出头，不过分，刚刚好压住邪味儿，只剩下好吃。

北京有家做牛肉面的也是这个路子，肉炖得稀烂，热着吃。下一碗素面，筷子头粗细，硬硬地泡在牛肉汤里。牛肉都炖得不成形了，用筷子抿着吃。香极了。

之前我说济南饮虎池的牛肉烧饼，也能排进来。反正就是货真价实，肉烂面香。

火烧用驴油和面，烤出来起酥，咬下去咔嚓咔嚓响。脆极了。

我第一次来涿州，就是选仓库。那一年昌平不让搞图书货仓了，我们就到处找地方搬。我懒得管，可宝来跟我说，涿州有驴肉火烧。我说那走吧。

涿州太小了，那次去正好是春天，田野里梨花开满了。说是胜雪，那说得太简单了。那是田野里落下来的云。

人经常做梦，梦见自己在云端，在云里浑身软绵绵的，脚下软绵绵的，起初还有些惊慌，但你很快发现，云在四处抱着你，随意地摔也没事。

风吹散一些云，它再变成白花瓣儿，落在身上，招蜂引蝶，浪漫极了。

下雨那天，我在济南。我还问王刚，今天济南的云怎么这么好看，在酒店里看出去，在山的半腰上。他说这是台风带来的雨。

后来我回到北京，雨下得越来越大，我还特意去雨里跑了一圈。这般的雨，我十来岁时，山东下过一场。那一场应该也是台风，院子里的大泡桐被风拔出来两棵，都两人合抱了。我那天还很高兴，我早就不喜欢那几棵桐树了，它们春天会生那种吓人的大肉虫子，一身红斑，咕咕涌涌，落得到处都是。

也没有好的办法，我父亲却说这树长得快，长大了打新家具用。

那天下了一场痛快风雨，给我除了心头之患。

可那天麦子也倒了。

成千上万亩的麦田，就在麦收的前几天。麦子都熟了。麦穗儿正沉，一场风雨，都趴在地上了。

我不担心粮食，那是大人们担心的事儿。只是我要被拉去扶麦子。

看看那些伟大的农民，他们来不及惋惜就带着绳子下了地，用草绳一把把地把麦子扶起来，给大地扎起来无数小辫儿，小啾啾。

等太阳出来，小辫儿很快就干了。有一些发了芽，大部分都还是好粮食。发了芽的单独挑出来,有一些喂了鸡,还有一些干净的,可以在家里做一点儿糖瓜。

我还不知道,水都去了涿州。

我还在跟 Lilian 讲故事,说那年,我来不及干活,在麦田里抓了好多青蛙。

后来幸福跟我说出事了,我也没当回事,能有多大事呢?

再后来,新闻说永定河的桥塌了。令人震惊,我看着电视里的洪水,那是我从未在北方看到过的东西,我无数次地去过黄河。

黄河从进入山东开始,就没有狂躁了。那天的永定河,龙王发了疯。

后来水去了涿州。

我那时候想,永存驴肉店应该没事吧?

那天我跟俞岛拉着一大卡车物资,连夜去了涿州,凌晨到达的时候,那里是一个安置点。那里住了几千人,我那时依然还没有太过担心,我们来的路上,四面八方的车在往这里输送物资。

安置点里,很多人都没有睡觉。他们都站在那个操场上聊天,接收物资的人,是当地派出所的一个副所长,他光着膀子,眼睛充血,一身溃泥,臭气熏天。尽管是凌晨,这里闷热极了。他几天没睡了,随意聊了几句。

卸车的时候,我还发了微博说我是卸车王。本想沽钓些勇猛的名誉,骗骗读者。

结果才不久,就一下子来了二三十个老百姓。有男有女,有老有少。他们一声不吭，井然有序。

一条极彪的大汉，一米八几，黑乎乎胖胖的，纵身跳上大车，搬起水跟我说："叔叔！接住！"

声音稚嫩，我吓了一跳。我说你几岁？

他爸爸也在车上，大光头，一脸横肉，跟他说："快跟叔叔说，你十四了。"

我吓得够呛，这哪是十四岁的孩子？我说真是了不起的孩子！

他爸爸说，他很棒，比我还棒！有的是力气！

卸完车我让岛去拿可乐给他的时候，他们就走了。

照片都没拍到。

我知道我们也受了灾。

我生在太平盛世，一个太平的地方。我的村庄在一片大平原上，我在北方长大三十多年，我没有对灾难的记忆。

我再一次进涿州时，是在水退了之后。

这是我人生中第一次进入真正的灾区。此后我这一生，将会无数次地说起今天。

那天晚上来的时候，我只在车灯里看见了水。

今天我来的时候，大水走了，它走了以后，矮树与粮食都变成了灰色，高一点的树，它也留下了记号。路边的汽车很多，乱七八糟地撞在一起，还盖着厚厚的泥，这些昂贵的东西此时看起来一钱不值。

慢慢地路上也有了泥，救援队依然还没走，车辆开始拥堵，一些路口架起来临时的红灯，忙碌的交警在疲惫地指挥。

我脑子很乱，闯过了一个红灯。俞岛说，别担心，摄像头都没有电了，不会拍到。

我们笑了几声，然后都沉默了很久。

以前我的村子后面有条河，平时没有水。只有下大雨的时候才会灌满，那水也不会流动，就在那里沤着。河里多的是垃圾与荒草。

有一年，村里闹五号病，死了很多牲口。村民都把它们埋在了树下，下雨的时候，又都冲了出来。

它们就那样漂在河里，开始腐烂。那种沉闷的臭，安安静静，深入骨髓。

你只要路过那里，一辈子身上都洗不掉。

我的车是一辆极其昂贵的车，它的密封性很好。只要关好门窗，它甚至还有一个生化功能，据说暴发僵尸都能保住生命。

而今天我开在这里，那年夏天的味道开始慢慢地充盈在车里。我无法分辨它从哪里来，窗外什么都没有，或者是从我的骨头缝里散发出来的。令人闻之欲呕。

我们走过的地方，有三米高的世界被染成了灰色，整个世界被一分为二，整整齐齐地画上了一道杠。

人们在阳光下走着，无声无响，又很鲜活。

大家都活着，像往常一样，需要收拾一些生活的烂摊子。

河里的树都倒了，我的记忆猛然被唤醒，我跟俞岛说，我小时候曾经给麦地扎过小辫儿。

那些倒在河里的树，让我想起来那些麦子，沉甸甸的，把头低垂进泥土。

我们开过河流，河里依然满着，我被带来清点我的损失。我拉了满满一车的西瓜，我不知道有啥用。这些西瓜都很甜。

我看到的景象都写过了，那种狂暴的现实，是我此生从未亲历过的，它远远比灾难电影来得更加震撼。

你如果站在那里，你根本没有心思去计算得失。

那里负责的人不断地在道歉，我问他为什么要道歉？

他想了想，还是说对不起。

我说没关系，算命的说我遇水而兴。

你看到墙上那道痕迹没，洪水曾经到达那里。你让人画上一道杠。写上：2023.7.31

就那样，那些书在洪水中变成了另外的一种东西。我走在废墟里，这是用纸张，油墨，文字还有泥土，洪水组成的废墟。

它们原本是要在人手中，在书架上陪伴人虚度一些美好时光。

而它们现在，用另一种方式，成为自己的一个故事，它们用这种姿态来记录了一场洪水的到来，记录了一场灾难的发生。

它甚至像一场装置艺术，没有艺术家。是大自然跟人类共同创造，如果灾难可以被这样形容的话。

我接下来会请几位艺术家，去把这些纸张油墨文字，想办法去打造一个雕塑。放置在这里的正中央，我也会把这个雕塑做成一些小小的纪念品。送给为这里付出的人们。

一只小猫在废墟上站着，它脚下是几万册小说。我招招手,它就走过来,一头扎进我的手心里。我的猫当年也是这样,我原本不想养它,可它一头扎进我的手心里。我就知道坏了。

工人大哥说它在洪水来临时,在屋顶上等了四天四夜。昨天才刚刚下来,饿得瘦骨嶙峋。

他说,你不要带走它,这里是它的家。我们会好好养它。因为它会带来好运。

然后我们给它起名叫"会带来"。

人们不知道我是一个商人,因为我并不是一个好的商人。我做人荒唐,管理无能,性格古怪。起起伏伏,偶有所得,都是命运赠送。

我是个无比幸运的人。我从泥泞中来,原本就两手空空。如此结局,我不觉得遗憾。

我伟大的同事们,让我担负起责任。

我说当然义不容辞,在此难关之下。

我又想起来那个驴肉店,我不知道它是否也经历了灾难。

我打电话过去问,说正在营业。

我跟俞岛、王幸福说:

"太好了。"

"事已至此,咱们先吃饭吧。"

"我们去吃驴肉火烧吧。"

*

从涿州出事到今天，胸里一直顶着一口气。不知道是委屈还是斗志，就那么一直烧啊烧啊烧。

周末回了趟山东，我父亲开始每天跑步，看起来精神矍铄。

他也在新闻上看见了我，那几天他没打电话问。只是跟我说他小菜园的长势。

他在门前的湾里开辟了一小片荒地，种了丝瓜豆角茄子辣椒，韭菜茴香南瓜，小白菜等等。每样都有一点点，割一次够吃一顿，第二天就又长出来了。

还在菜园里养了一群鸡。他用了一个多月的时间，在菜园里给鸡焊了个巨大的钢铁鸡窝，我这次回来看到，真是一个杰作。如果有人挑眼，这都可以算是违建了。

自从他彻底退休以后，精力无处释放，开始拾掇这些。

我回去没告诉他，车开到家门口，大铁门紧闭。打了很多电话都没接，邻居说他俩去遛弯儿了。

"一出去就是一对儿。"

我最近总是感觉，他跟我妈的关系，一下子变得甜蜜许多。之前争吵了一辈子，谁也不服谁。

我去找他们，在村外的小路上，我先看见了我妈，她站在路边儿，仰头看着。

我跑过去，我妈嘴巴里咬着一个绿色的小桃，她看见我了，朝树上喊，你看看那是不是庆！

我爸从树上探出头来，手里抓着俩桃，说哎？还真是。

我说你俩干吗呢？怎么还爬树呢？

我爸蹭地一下从树上跳下来了，说你妈想吃这绿化带里的桃。

"我跟她说不好吃不好吃，她非得吃。"

我说这人家不让摘啊。

他说没人管。然后又问你咋回来了。

我说想回来就回来了呗。

他说，你等着我再给你娘摘几个。

我妈说，其实这个玩意儿还挺好吃的，不太甜。顺手给了我一个。然后我就跟她吃着桃，看着我父亲蹭蹭蹭，又爬上了树。

他六十多岁了，他根本就没老，甚至比我还年轻得多。

爬树偷桃这事儿，我现在是万万做不出来了。

我跟我妈兜着几个绿色的小桃，只有李子大小，绿油油的，邦邦硬。咬起来并不脆，艮艮的，果汁也不太多，绿化带里十几年前种下的。

之前村里搞开发，把那些参天的野树都砍了，我还记得这里原本有一棵老枣树，我奶奶说她刚嫁过来的时候就已经这么粗了。

每年能结满满一树长枣，中秋前后每家孩子都来打枣。被"石钳子猫"蜇得满身肿。后来都砍了，要统一绿化。

张钢搬过来时，这里热火朝天。后来不知道怎么了，那么巨大的一个工厂一夜之间就停产倒了。

人们都走了。

绿化带没人修理，都长疯了。这些桃树都是些绿化品种，并不好吃。也不知道是怎么回事，没人管了，眼看着它们自然生长了，这桃却好像能吃了。

我爸说不走大车了，没有那么多土了。

我们仨就捧着桃往回走。有村里的人看到我们，说看看你们这一家，多好啊。

我爸说就是很好啊。

晚上烙了点菜饼，茴香鸡蛋，韭菜鸡蛋。那大铁鏊子终于烂了，我妈用电饼铛烙得依然很好。

她举着那饼批子有种绝世剑客的味儿，摘花飞叶都可杀人。

我爸说，还得是自己种的菜啊。确实，他种的菜有菜味儿。

这些菜见过阳光雨露，经过风吹，听过雷声，常有野雀落下，养着一些小兽，促织蚂蚱草蛉偶尔蹦出来，路过的猫盯着豆架上的一只蛾。

这一切都有老农照料，摘下来每一片叶子都那么挺拔。

阳光里芬芳混杂，我一身风尘气息被阳光洗净，刀枪入库，马放南山。

我本来说我要减肥，要去参加个活动，怕上镜不好看，要断碳水。

我妈张嘴就骂，竟是些狗臭毛病，我做了你不吃我打死你。

我不敢忤逆，吃了一角，胃口大开，她烙一张我吃一张。她跟我赌上了气，看我能吃多少，似乎我到底是什么样子，她并不关心，是她儿子就行。

她说，你很好看。我说真的吗？

她歪着头说，反正我看着很好看。

我原本总是怕他们失望，变瘦一点，或者多挣些钱，总还憋着个衣锦还乡的心思。多是报喜不报忧。后来发现我什么也藏不住。那年被学校开除，他们也早就知道了。

后来我爸给我倒了一杯酒，说："你现在就不赖了。我跟你妈都很知足。"

*

以前在海边开酒吧，每天做的最多的事是钓鱼。其中钓到最多的是鲻鱼，还有狗逛鱼。鲻鱼是汽水鱼，海里河里都很多。

鲻鱼爱追着轮船跑，所以在码头，很容易钓到。很多人不爱吃，因为它有时候会有股子"洋油"味儿。

狗逛鱼在潟湖里多，没有太大的。咬钩快，用沙蚕钓鲈鱼的时候，它是鲈鱼的先锋。经常鲈鱼钓不到，能拎一桶逛鱼。逛鱼据说是一年生鱼，应该不科学。我见过很大的逛鱼，那绝对不是一年能长成的。它确实生长得很快。

传说它跟别的鱼吹牛："我一年能长一尺，三年能长一丈。十年要吃掉海龙王。"传到龙王耳朵里，所以龙王决定让它只能活一年。

这两样鱼都是海边城市最便宜的鱼，鱼肉细嫩。刺儿也都不多，只是逛鱼是虾虎鱼，头太大，肉少。

昨天回山东，路过黄骅的时候，我就跟 Lilian 说起以前渤海湾有很多鲻鱼，有股子洋油味儿，但是吃习惯了，就成了一种独特风味儿。

她说鲻鱼是什么鱼？我说之前北京的山东办，春天会有个时令菜，叫"开凌梭"，他们说的梭鱼就是鲻鱼。在春天刚破冰的时候最肥。

她说那我们去吃吧。

我在2021年来过黄骅港，现在叫渤海新区。那时候还在停摆期，我先去了滨州的贝壳堤，又穿过盐田来到这里。这是沧州最远的一块地儿，围着海港打造的一座小城。

比上次路过时热闹了许多。酒店前台的姑娘跟我说："你要是来玩儿，可算是来错地方了。"

我说我就是路过，你们这儿有啥好吃的？

她说，这个季节啥也没有，海都封了。海鲜都很少。

不过这里回民多，有牛肉汤，牛肉，羊肉汤，羊肉。好吃。

我说唉，我想吃个鱼。她说酒店餐厅里有鱼啊。可以去吃那个海鲜自助。

去那个巨大的自助餐厅逛了一圈，跟在其他地方的没啥两样儿。

我在房间客厅的沙发上，发现了上一位客人在便笺上写的命书。

"1957，正月十三，下午两点。仙缘／鬼。南北适合。学业考学／考公。财运婚姻，未来老公。叔，孩子，相克相助。财足健康。"

看了半天，愣是没看明白这个命书主人是个什么样的人。也许是一个父亲给女儿算的卦。

我之前在这儿吃过黄菜蒸饺与蟹，很好吃。

小城只有几条街，很快就穿了几个来回。餐厅很多，都是些朴素的店名字。

看着一家人多的店,招牌上挂着海鲜。进去就看到点菜展台,摆着的大鲳鱼。

鲳鱼炖粉条,只要四十元。

鱼很新鲜。点菜时听到有人在我身边咦了一声。

回头看是个姑娘,头发散着,胳膊文了个花臂,看起来很酷,就是图案有些乱七八糟。都是些 Hello Kitty 之类的。

并不认识。

她看我一脸茫然,说,刚才我们还见面啦。在酒店。

我才认出来,刚才穿着职业装的前台姑娘。这才不一会儿,就这么大的变化。

我说原来是你,你也来吃饭哪?

她笑着说,下班儿啦,这是我叔开的店。

我说那你刚才怎么没给我推荐?

她说,我都吃烦了。都是些土菜,不上档次。我们酒店那个上档次。

我说你这才说错了。我是土老帽儿,这儿才好吃哪,都是特产。

她说那倒是。欢迎来我们这儿,这儿那个蒸饺超好吃。

我客气说,要不要一起吃点?

她却痛快地说,行。

她看我点了鲳鱼。说这个鱼这时候还挺好吃,等秋天了一股子煤油味儿。

我说我就吃这个煤油味儿。

她哈哈笑着说你可真逗。

我说真的，以前我也在海边生活过，就这个最好钓。吃得很多，后来就吃不出煤油味儿了。

这个炖得真好，粉条煮着鱼汤，汤也厚。鱼肉吃起来像雪花膏，实在是太新鲜了，鱼一进冰柜就完，肉就硬了。

她说这倒是，这都是今天上来的鱼，虽然一天了，但刚刚好吃。你喜欢吃鱼，我晚上开船出去给你钓去。

我有些受宠若惊。

她说，别不好意思，原本我也要出去钓鱼的。你要不好意思，那你就买我的鱼。

我开玩笑说好。

回来的路上 Lilian 说，这姑娘真是个人才。

我说，是啊在这里待着有些可惜了。

早上 Lilian 懒床，我自己出来找小吃。

顺便去看了码头。码头是个小潟湖，离海很远，只能看到一些红草。很漂亮，但也很无趣。此处海都被港口围起来了，确实没什么美景。

隔着一个海湾几公里外，就是无棣的贝壳堤保护区，那里沙滩很大，退潮时泥滩可以露出来五六千米。赶海物产丰富。

还有一道贝壳堆成的长堤，围出来很多海水湿地，很丰茂。风光很好，只是从这里过去要绕行很远，看得见，过不去。

回来路上看到一辆摩托车呼呼地跑，骑手戴着一个很酷的头盔。我到早餐店门口的时候，看到那摩托也停在那儿。

有糁跟煎包。进去店里就看到了那姑娘在吃油条，她看到我哈哈地笑了。说你是不是跟踪我？

我说那摩托车是你的啊？

她说对啊。

我说真酷。

她把油条塞嘴里说你等会儿，然后跑出去。拎了个钓箱回来。里面有两条硕大的鲈鱼。

我说，你不是开玩笑啊？

她说开什么玩笑？

我说不是禁渔期嘛？

她说让钓着玩儿。没事儿。一会儿你去那边市场要俩泡沫箱子，装点儿冰。跑回去没问题。

我说你可真是个人才，在这里做前台太可惜了。英雄无用武之地啊，这里这么小，你伸展得开你的胳膊吗？会很无聊吧？

英雄应该出去闯一闯嘛，成败都是前途。

她说，闯过啊，都见识过了。我去过北京，拼也拼过了，没太有趣，胳膊在地铁里更伸不开，留在北京的都是英雄，还是这里好，有家，可以骑摩托车，有简单的工作，生活又容易，还能开船，钓鱼。

我说是吗？

她说，是啊，我玩游戏都只喜欢在新手村玩儿。只喜欢买皮肤，为什么要当英雄啊？我不想当什么英雄啊。

"人有不当英雄的权利啊，不是吗？"

*

那天到了潍坊便发微博问哪家鸡鸭和乐好吃？翻着回复寻找时，接到了一个陌生号码打来的电话。

电话里说，你来我这儿吧。听着声音很熟，却又不太敢信，毕竟这个声音的主人已经消失两年了。

按照她给的地址，开车过去。一个普通的小店，挂着一个小招牌——和乐。过了饭点了，店里没客人。我推门进去，山东这两天突然冷了，屋里热气腾腾，迎面是一个开着半堵墙的厨房，墙只起到人腰间，后面烧着一口大锅。

锅里煮着十来只鸡鸭，灶火不大，汤刚微微翻滚，看着是煮了很久了，汤头看着烂糊。肉锅旁边还有口大锅，锅上面架着一副和乐床子，下面的锅里水正沸，我探头进去看，并没有发现有人。

我刚想打电话，从楼梯后面走出来一个女人，依然很瘦，化了妆。妆看着还很新，穿着一条旧裙子，裙子上还有没来得及熨开的褶，她笑着走过来，跟我轻轻拥抱。

她说，好久不见。

我说原来你在这儿。

不说她的名字了，免得打扰。之前她在北京拼了许多年，原本也不错，突然有一天消失了。

我也听说了种种一些，知道她是离开了。

她放开我，说你等着，我给你下和乐去。然后她扎上围裙就转进厨房。

知道她在我来的路上去化了妆，去换了裙子。她几乎没变化，妆也是我还熟悉的那个，这条裙子我也见过。只是她没来得及换高跟鞋，我便到了。

我找了张桌子坐下，店很小，只有五六张桌子。但是极干净，摆放也都算是讲究。筷笼，醋壶都是一些小而精致的物件，都有些北京的影子。

想起她在北京的风头，想起她踩着高跟鞋大杀四方，想起她与我做对手时，我几乎不是对手。

一碗鸡鸭和乐，摆得像一团花，巨大的青碗里，整齐地码上切成片的旱肉，蛋皮，香椿咸菜末儿，萝卜，醋蒜切一些片儿，葱花，辣椒。和乐面本身筷子粗细，硬面在和乐床子上压出来的。

其余的地方也有和乐，比如山西叫"饸饹"，面的做法差不多，都是压出来，只是潍坊的面更硬，西北有种炮仗面，比那个还硬三分。

旱肉更像是山东版的午餐肉，好猪肉粗粗地剁了，剁上葱姜，鸡蛋，粉，上锅猛蒸，蒸成结实一大块，然后再切成片，并不细致，能吃出肉末儿来，很香。

硬面咬着过瘾，又烫，又滑溜，咬断了它竟能在嘴巴里弹开一下。混着旱肉与一点香椿末，偶尔咬到一片甜蒜，便陡生出另一种味道来，面肉蒜香椿仿佛在口中打仗，胜负难说，意犹未尽。

她端了一碟芥末鸡过来放到桌上，然后在我对面坐下。

我也没说话，她也没说话。直到我把碗吃空了，才看见芥末鸡，我夹了一筷子，芥末太足，呛得我眼睛一下子湿了。

我假意咳嗽了两声，放下筷子。她笑着问我，怎么样？

我说手艺不错，干得不错。

她点了一根烟，说，我回来看见老家放着个和乐床子，都有些生锈了，我没事就学了学。

我也没问她太多，她也没说太多。

我说，这儿真干净，崭崭新。

她说："是啊，人总得要有重新开始的力气。"

是啊，祝每个人都有重新开始的力气。

*

有人问我读过多少书。我想了想，很少。现在还能想起来的有一些，但让我引经据典已经做不到了。

人的一生短暂得可怜，能读书的时间更加可怜。我真正享受阅读，也就是从识字以后十多年罢了。十几岁的时候一个纸片儿都能读半天，有机会翻来覆去读的除了语文课本，生物课本，再就是租书小屋里的金庸古龙黄易。鲁迅的名篇只在课本上翻来覆去地读。

更多的阅读来自我三姨家的废品收购站，还有我父亲的养鸡场。废品收购站有的是破烂旧书，崭新的高年级的课本来自那些初中毕业就混了社会的孩子。江湖传说，色情读物来自一些打工返乡人，从外面带回来这些花花绿绿。养鸡场里有什么呢？一屋子用来垫育雏箱的报纸，党报，日报，齐鲁晚报什么都有，来自一些党政机关的后勤，我读的是他们一些小小的灰色收入。

这就是我的图书馆，我没有因此而读过更多名家名著。一直到现在，我以此养成的写作习惯仅仅还是来自我的本能。我无法更多地体会前辈高山，着眼世间都是枝微末节。

有一次，我跟晏燚去西城公安局，路过后广平胡同，里面有个巨大的图书馆。她说，她小时候放了学就来这里写作业，小时候就读了马尔克斯，读了黑格尔。

我没读过，只能听她跟我讲。

我依然渴望童年有一个图书馆。如果未来有可能，我也打算弄一个，小书店也好，小图书馆更好。

就在街角的旧房子。简单刷一下，把书架打满墙，过道里放几张木头桌子，放几张舒服的椅子。热水器放到楼梯下面，谁想喝茶自己去接。一整个下午都悄无声息，一群放学的孩子在门外吵着，走进来却都蹑手蹑脚。

他们翻小说，翻漫画，找到使他们启蒙的东西。也可以先在这儿写作业，也顾不上玩游戏。

有些大一点的孩子，在这里谈了第一场恋爱。用书的名字排成情书。

有些人在这里写下了他的第一行诗，写在纸条上，夹在某一本书里。期待着有人把它买回去。

时不时地有家长来找他们吃饭，他吵着再要一点零用钱买一本闲书。

装修也不豪华，没有大玻璃，也没有在海边，也不是最孤独的。可是它有一只猫。

它只是人间的一角，等年轻人长大后，记忆里最舒适的那个角落。

一些人在这里长大，一些人刚刚到来。

这里也有很多很多人，一些伟大的人，在等待一个好奇的年轻人翻开。

图书馆的名字我想好了，就叫——风雨无。

*

20世纪90年代，我老家村后面有一间破屋，住着一个僧人。房子是青砖盖的，砖是坟砖，六七十年代平坟还耕的时候，从地里起出来的，各个年头的都有，都是村里祖先们的阴宅拆的。以前盖这个屋子是为了看机井，后来就没人去了，不知道他什么时候来的，就住在里面了。

这个僧人无名无姓也无法号，平时也不穿僧袍，冬天就一身灰棉袄，夏天就灰裤子。每天笑嘻嘻的。头剃得也不太干净，但是隔一段时间都自己刮一遍，他自己手艺不行，就大致刮一刮，真狗啃的一样。

有人说他是劳改犯跑出来的，也有人说他是某某山上的大师。村里人也很少跟他来往，他也不化缘，也不主动结交人，那房子周边有一条旱河，河道里多是空地，他就在那儿耕种，一年两季粮食，四季瓜菜，自给自足，也不占用村里的耕地。

我们一群坏孩子老是去祸害他的瓜菜，他也不恼，有一回我跟俩孩子去偷他种的西红柿，那几棵柿子都还没有红，只有几个刚刚变粉，就被我摘了。其实我们也不缺这口，各家也都有种。我咬了一口极酸无比，就扔了，又摘一个，还是极酸无比，又扔了。最后给他几棵柿子架祸害得没几个了，一回头看着他笑嘻嘻地站在岸上看着我。

我被抓包，撒腿就跑，旁边有片秝秝地，结果地里有个大粪坑，我一头就扎进去了，因为下雨里面灌满了粪水，下去就上不来了。几个小孩都跑了，没人发现我掉坑里了。

我扑腾了几下，水都淹到脖子了。被和尚一把抓住胳膊抱了出来。他拉着我到他的小屋前面，用缸里的水给我冲。我也不敢回家，他给我身上屎尿洗干净之后，也顺便把我的衣服鞋子都刷了一遍。那时候我父母开拖拉机拉石料，白天是没人管我的。我那次在那儿待了一整个下午，也主要是光着屁股走不了。

那是我第一次进那个坟砖盖的房子里。原本我以为会阴森恐怖，谁知进去之后，干净清爽，只有一些香火味儿。房里很简陋，一张弹簧行军床，地上也铺着砖，正北的地方有一张小桌子，上面摆着佛祖观音几个神像。神像上面有一个长相框，门口照进来的阳光正好晒着，里面写着四个字，歪歪扭扭的——"老实念佛"。

我问他啥他都笑嘻嘻的，简单回答我。比如说我问他会不会武功，他说阿弥陀佛，不会。少林跟武当哪个更厉害，他说阿弥陀佛，不打架。

一直到晚上，他端着满满一锅柿子汤给我吃。我本来不想吃，可真是饿，我就喝了一碗，就着他自己蒸的黑馒头。那汤没有油水，也没鸡蛋，我至今记得，极酸无比。都是我白天咬了一口扔掉的那些，他全部捡回来，做了一锅汤。他呼啦呼啦地吃了大半盆。

我吃完了就回家了。

后来村里来了个歌舞团，在村口晒粮的场院上扎大棚，九十年代那种下乡的歌舞团,是完全的草台班子,靠表演艳情节目来收钱。我的性启蒙都来自偷偷钻进那个大棚所见识的令人震惊的大场面。有骑马钻圈的,还有人头蛇身。光怪陆离,群魔乱舞。

歌舞团来了的第三天,那里面有一个演员小伙子喝多了,骑着马出来,摔死了。我当时在现场,所有的人都在围观。那和尚走进人群,蹲在那个尸体身边,用手摸着他的头,喃喃地念着经。声音很小,却如雷贯耳,是佛在度一个客死他乡的人。

那一刻,所有的人都跟着他双手合十,默念阿弥。第二天,那歌舞团依旧在表演,一切节目照旧,只是少了一个骑马的小伙子。

只是他们临走的时候,那个团长带着人去给那和尚送了一些钱,和尚不收。团长带着个女的还有个小孩给他磕了三个头。

那时候我突然有种感觉,人间这个小村庄是被保佑着的。这个坟砖盖的小屋子,是一座庙,是一个菩萨的道场。

后来我经常去帮他种地,他每年播种,在沟边树下,除了瓜果粮食,他还会种红豆扁豆,也会晒大枣,晒莲蓬,每年腊八他都会在他的庙里煮一大锅腊八粥。

有上坟的人路过,他就把碗摆出来,热在蜂窝煤炉子上,送人吃。几乎全村的人都吃过他的腊八粥。那粥不甜,只有杂豆与枣子的味道。

可是特别烫。你得慢慢地一边吹一边吸溜,才能吃完。他就笑嘻嘻地看着人们吃粥,也不说话。

后来有一天他走了。

无人知道去处。

后来有一天,我父亲告诉我,那个小庙拆了,附近都盖了工厂。

我说还剩下啥没?

他说,有一块匾,上面写着,老实念佛。

今天腊八,请你吃粥。

旧衣夜披雪,荒林挂鹿声。
陈粮全换火,白头照天明。
大风需酒解,狂醉算无穷。
痴愚二十年,芥子纳飘零。
山神应记得,问路狮子僧。
破庙三千法,无一是长生。